Julianne MacLean

Conquise par le Highlander

Le Highlander – 2

Traduit de l'anglais (États-Unis) par Pascal Tilche

Milady Romance

Milady est un label des éditions Bragelonne

Titre original : *Claimed by the Highlander*

Suivi d'un extrait de : *Seduced by the Highlander*

ISBN : 978-2-8112-0852-3

Bragelonne – Milady
60-62, rue d'Hauteville – 75010 Paris

E-mail : info@milady.fr
Site Internet : www.milady.fr

Il a été banni et, en son absence, tout a été perdu. Mais bientôt, son heure viendra. Le lion endormi se réveillera, et alors les MacEwen entendront son rugissement.

L'Oracle, 3 mars 1718,
Îles occidentales d'Écosse.

Chapitre premier

Kinloch Castle
Highlands, juillet 1718.

Le cauchemar la réveilla en sursaut quelques minutes à peine avant le début du siège.

Le souffle court, Gwendolen MacEwen se redressa dans son lit et tourna le regard vers la fenêtre à meneaux. *Ce n'était qu'un rêve*, se dit-elle en s'efforçant de calmer sa respiration. Plus tard, elle appellerait ça une prémonition, mais, pour l'instant, elle était certaine que la terreur qui lui avait empli le cœur n'était qu'un artifice du sommeil.

Renonçant complètement à dormir, elle rejeta les couvertures, s'assit sur le bord du lit et tendit la main vers sa robe de chambre. Elle se leva et l'enfila pour se protéger de la fraîcheur de l'aube, avant de se glisser jusqu'à la fenêtre, attirée par une vague lueur à l'horizon.

Une nouvelle journée commençait. Enfin. Fermant les yeux, Gwendolen pria pour que ce soit celle du retour de son frère Murdoch, depuis longtemps en voyage. Les MacEwen avaient besoin de leur chef, et elle craignait que, s'il ne rentrait pas bientôt pour réclamer la place qui lui revenait de droit, quelqu'un d'autre ne tente de s'en emparer – car certains villageois semblaient mécontents. C'était ce que lui avait raconté sa femme de chambre, dont la sœur était mariée à l'aubergiste. Et après le rêve qu'elle venait de faire…

Soudain, le cor sonna du côté de la cour intérieure.

Peu habituée à entendre une telle clameur alors que le château dormait encore, Gwendolen se détourna de la fenêtre. *Bon Dieu, qu'est-ce que… ?*

Le cor sonna une deuxième fois. Puis une troisième.

Son sang ne fit qu'un tour, car elle connaissait la signification de ce signal. Il venait du toit et annonçait un danger.

Gwendolen se précipita à la porte, l'ouvrit à la volée et monta l'escalier de la tour quatre à quatre.

— Qu'est-ce qui se passe ? demanda-t-elle au garde qui marchait de long en large. La fraîcheur matinale transformait son souffle haletant en vapeur.

Il pointa l'horizon du doigt.

— Regardez par là, Miss MacEwen !

Elle se hissa sur la pointe des pieds pour se pencher par-dessus un créneau, plissant les yeux afin de distinguer les ombres qui se déplaçaient dans le champ à la faible lumière de l'aube. C'était une armée en marche, qui s'approchait rapidement depuis l'orée de la forêt. Certains de ses membres étaient à pied, d'autres à cheval.

— Combien d'hommes ? interrogea-t-elle.

— Au moins deux cents, répondit le garde. Peut-être plus.

Elle s'écarta du rempart et le regarda d'un air calme.

— Combien de temps avons-nous ?

— Tout au plus cinq minutes.

Elle se retourna et se trouva nez à nez avec un autre des hommes du clan, qui surgissait de l'escalier de la tour, un mousquet à la main. En la voyant, il s'arrêta net, pris de panique.

— Ils sont apparus comme par enchantement, expliqua-t-il. Nous sommes faits, sans l'ombre d'un doute. Vous devriez fuir avant qu'il soit trop tard, Miss MacEwen.

Révoltée, Gwendolen fit un pas en avant, attrapa l'homme par sa chemise et le secoua sans ménagement.

— Ne vous avisez pas de répéter ces mots, monsieur, ou votre tête en répondra ! (Elle se retourna pour faire face au garde.) Va prévenir l'intendant.

— Mais…

— Fais ce que je te dis !

Ils n'avaient pas de chef. Son père était mort, et le chef de guerre actuel était un ivrogne qui passait ses nuits au village depuis cette disparition et ne se trouvait donc pas dans l'enceinte du château. Quant à son frère, il n'était pas encore revenu du continent. Il ne restait plus que l'intendant, Gordon MacEwen, qui était certes un excellent comptable, mais pas un guerrier.

—Est-ce que ton arme est chargée ? demanda-t-elle à l'homme au mousquet. As-tu assez de poudre ?

—Oui.

—Alors vise l'ennemi et défends les portes.

Il fila se mettre en position, tandis que Gwendolen regardait dans la cour, où les hommes du clan se rassemblaient, répondant enfin à l'appel du cor. On avait allumé des torches, mais la confusion régnait : tout le monde criait et les questions inutiles fusaient.

—Hé, les MacEwen ! Écoutez-moi, maintenant ! lança-t-elle. Une armée approche par l'est ! Nous allons être attaqués dans très peu de temps ! Prenez vos armes et rejoignez vos postes aux créneaux.

Ce n'est que lorsque le brouhaha se calma, tous les regards tournés vers elle, qu'elle se rendit compte qu'elle portait toujours sa robe de chambre.

—Toi, là ! appela-t-elle en désignant un adolescent. Prends une épée, puis rassemble toutes les femmes et tous les enfants, emmène-les à la chapelle, verrouille les portes de l'intérieur et reste avec eux jusqu'à la fin des combats.

Le garçon hocha bravement la tête et fonça vers l'armurerie.

—Ce sont des MacDonald ! cria un garde depuis la tour d'angle opposée.

C'était Douglas MacEwen, un de ses amis fidèles, habile à l'épée.

Relevant les plis de son vêtement, Gwendolen courut à sa rencontre.

— Tu en es sûr ?

— Oui, regarde. (Il pointa du doigt le champ où brillaient à présent la brume et la rosée.) Ils portent la bannière d'Angus le Lion.

Gwendolen avait beaucoup entendu parler d'Angus MacDonald, banni par son père, le chef du clan MacDonald et l'ancien seigneur de Kinloch. Ce dernier était mort lors de la prise du château par les MacEwen. C'était un traître jacobite, raison pour laquelle le roi avait accordé au père de Gwendolen le droit de prendre Kinloch au nom de la Couronne.

Certaines rumeurs disaient qu'Angus était le Boucher des Highlands, un renégat jacobite de sinistre réputation, qui aurait taillé en pièces des armées anglaises entières avec sa hache légendaire.

Selon d'autres sources, ce n'était qu'un traître exilé dans le Nord par son propre père du fait d'un crime inavouable.

Quoi qu'il en fût, tout le monde s'accordait à dire qu'il s'agissait d'un guerrier féroce et sans pitié, plus rapide et plus sanguinaire qu'une créature légendaire sur le champ de bataille. Certains prétendaient même qu'il était invincible.

Une chose au moins ne faisait aucun doute : c'était un expert à l'épée et il n'avait aucune pitié, ni pour les guerriers, ni pour les femmes.

— Bon Dieu, qu'est-ce que c'est que ça ?

Elle se pencha en avant et plissa les yeux. Un pressentiment terrible la parcourut.

Douglas s'efforça lui aussi d'y voir clair à travers la brume, et pâlit d'un seul coup.

— Une catapulte. Et leurs chevaux tirent un bélier.

Elle entendait le bruit sourd mais puissant de leur approche, et eut soudain l'impression que son cœur était pris dans un étau.

— Prends le commandement jusqu'à ce que je revienne, déclara-t-elle. Il faut défendre les portes à tout prix, Douglas.

Il acquiesça en silence. Elle lui tapota le bras en signe d'encouragement, puis se hâta vers l'escalier de la tour. Quelques secondes plus tard, elle poussait la porte de sa chambre. Sa servante attendait près du lit. L'inquiétude se lisait sur son visage.

Gwendolen parla sans se démonter :

— On nous attaque, dit-elle. Nous avons peu de temps. Aide à rassembler les femmes et les enfants, rejoins directement la chapelle, et reste là-bas jusqu'à ce que tout soit terminé.

— Bien, Miss MacEwen !

La femme de chambre sortit de la pièce sans traîner.

Après avoir fermé la porte derrière elle, Gwendolen enleva rapidement sa robe de chambre, qu'elle laissa tomber sur le tapis tressé. Puis elle alla à son armoire pour y prendre des vêtements.

C'est alors qu'elle entendit tambouriner vivement à sa porte, comme si un animal ruait contre elle.

— Gwendolen ! Gwendolen ! Tu es réveillée ?

La jeune femme s'arrêta net. Ah ! Si seulement elle avait été encore endormie ! Si seulement tout ça n'avait été qu'un rêve ! L'inquiétude qu'elle percevait dans la voix de sa mère lui prouvait bien cependant qu'il n'en était rien. Elle se dépêcha d'aller ouvrir.

— Entrez, mère. Nous sommes attaqués.

— Tu es sûre ?

Onora semblait avoir déjà pris le temps de s'habiller pour l'événement. Ses longs cheveux bouclés étaient rassemblés en une tresse qui, bien que réalisée à la hâte, n'en était pas moins élégante, et elle portait une nouvelle robe de soie bleue et blanche impeccable.

— J'ai entendu le cor, mais je me suis dit que ça ne pouvait être qu'une fausse alerte.

— Eh bien non ! (Gwendolen retourna à l'armoire et enfila une jupe par-dessus sa chemise.) Les MacDonald s'attaquent aux portes en ce moment même. Le temps nous est compté. Ils ont apporté une catapulte et un bélier avec eux.

Onora entra et ferma la porte derrière elle.

— Mon Dieu, comme c'est moyenâgeux !

— C'est le mot ! Angus le Lion est à leur tête.

Gwendolen jeta un bref coup d'œil inquiet à sa mère, puis se mit à chercher ses chaussures.

— Angus le Lion ? Le fils banni du chef du clan MacDonald ? Que Dieu nous vienne en aide ! S'il triomphe, ce sera notre fin à toutes les deux.

— Ne parlez pas comme ça en ma présence, mère, la tança Gwendolen. Ils ne sont pas encore dans les murs. Nous sommes capables de les tenir à distance.

Après tout, il s'agissait du puissant Kinloch Castle. Ses remparts étaient épais de deux mètres et hauts de vingt. Seuls les oiseaux pouvaient atteindre les tours et les créneaux. Les murs étaient de plus entourés d'eau, protégés par un pont-levis et une herse de fer. Comment les MacDonald pourraient-ils s'emparer d'une telle place forte ?

Elle ressentit soudain vivement l'absence de son frère, Murdoch. Pourquoi n'était-il pas là ? Il aurait dû rentrer dès qu'il avait appris la mort de leur père. Pourquoi était-il resté au loin si longtemps, les laissant sans chef ?

Sa mère se mit à faire les cent pas.

— J'ai toujours dit à ton père qu'il aurait dû bannir tous les membres de ce clan jacobite, sans exception, quand il a revendiqué son droit sur ce château. Crois-tu qu'il m'aurait écoutée ? Non ! Il a tenu à se montrer miséricordieux, et regarde où ça nous a menés !

Gwendolen enfila son corset et sa mère en noua les lacets.

— Je ne suis pas d'accord avec vous. Les MacDonald qui ont choisi de rester ici sous la protection de père se sont montrés paisibles et loyaux envers nous durant les deux dernières années. Ils vénéraient père. Ce qui arrive ne peut être de leur fait.

— Mais tu n'as pas entendu les vilains bruits qui circulent au village et les récriminations sur les loyers ?

— Si, répondit Gwendolen en rassemblant ses cheveux pour les attacher avec un simple lacet de cuir. Mais ces sentiments ne sont partagés que par un petit nombre de villageois, et ce uniquement parce qu'il n'y a pas de chef pour résoudre les conflits. Je suis sûre que, quand Murdoch sera de retour, tout rentrera dans l'ordre. Et puis, tous ceux qui ont choisi de rester n'étaient pas des partisans des Stuart au départ. Ils ne veulent pas prendre part à une nouvelle rébellion. Kinloch est désormais acquis à la maison de Hanovre.

Elle se mit à genoux et tendit le bras sous le lit pour attraper sa malle, qui crissa sur le sol quand elle la tira vers elle.

— Non, j'imagine qu'ils n'y sont pour rien, reconnut Onora. Ce sont des fermiers et des paysans. Ce à quoi nous devons désormais faire face, c'est la vengeance de guerriers qui ont refusé de prêter allégeance à ton père quand il s'est proclamé seigneur de Kinloch il y a deux ans. Nous aurions dû nous douter qu'ils reviendraient prendre ce qui leur appartient.

Gwendolen ouvrit la malle et en sortit un petit sabre, avant de se relever et de l'attacher à sa ceinture.

— Kinloch ne leur appartient plus, à présent, rappela-t-elle à sa mère. Il est aux MacEwen par ordre du roi. Quiconque prétend le contraire est traître à l'Angleterre et hors-la-loi. Et je suis certaine que le roi ne permettra pas que ce puissant bastion écossais tombe aux mains de ses ennemis jacobites. Nous recevrons bientôt des renforts.

Sa mère secoua la tête.

— Tu es bien naïve, Gwendolen. Personne ne nous viendra en aide, en tout cas pas à temps pour nous éviter d'avoir la gorge tranchée par ce rebelle sanguinaire d'Angus MacDonald.

— Kinloch ne tombera pas entre leurs mains, insista Gwendolen. Nous combattrons et, si Dieu le veut, nous aurons le dessus.

Onora ricana tristement en la suivant jusqu'à la porte.

— Ne sois pas idiote ! Ils sont plus nombreux et nous n'avons pas de chef ! Il va nous falloir nous rendre et demander grâce. Même si je ne vois pas bien en quoi cela nous sera utile. Nous sommes la femme et la fille du chef de clan qui a tué le leur et conquis son château. Crois-moi, la première chose que fera le Lion, c'est se venger sur nous !

Gwendolen n'avait aucune envie d'en entendre davantage. Elle sortit rapidement de la pièce et s'arrêta un instant dans le couloir pour ajuster son épée.

— Je vais à l'armurerie prendre un mousquet et de la poudre, expliqua-t-elle. Puis je me rendrai sur les remparts, afin de me battre au nom du roi pour ce qui nous appartient. Je ne laisserai pas détruire l'œuvre de père.

— Es-tu devenue folle ? (Onora la suivit jusqu'à l'escalier.) Tu es une femme ! Tu ne peux pas les combattre ! Tu dois rester ici, en sécurité. Nous prierons pour nos vies et réfléchirons à un moyen de nous protéger de ces porcs de MacDonald quand ils enfonceront la porte de ta chambre.

Gwendolen se retourna.

— Vous, vous pouvez demeurer ici et prier, mère, mais il est hors de question que je reste assise là à attendre qu'ils viennent me trancher la gorge. Si je dois mourir aujourd'hui, qu'il en soit ainsi, mais je ne quitterai pas cette vie sans avoir combattu. (Elle s'engagea dans l'escalier en colimaçon.) Et avec un peu de chance, je vivrai assez longtemps pour tirer une balle de mousquet droit dans le cœur maléfique d'Angus MacDonald lui-même. Et ça, c'est une chose pour laquelle vous pouvez prier !

Le temps que Gwendolen rejoigne les remparts pour se mettre à tirer sur les assaillants, qui avaient réussi à abaisser le pont-levis, le bélier à tête de fer s'attaquait déjà aux épaisses portes de chêne. Elle sentit les murs du château vibrer sous ses pieds et dut s'arrêter un instant pour évaluer la situation.

L'effrayante réalité de la bataille la frappa de plein fouet. Elle se sentit soudain perdre pied, comme si elle avait plongé dans un tourbillon de bruit et de confusion. Elle ne pouvait plus bouger. Les hommes qui l'entouraient s'apostrophaient en criant. La fumée et l'odeur de la poudre lui brûlaient les poumons et lui piquaient les yeux. Un guerrier en kilt avait laissé tomber toutes ses armes à côté d'elle et, succombant à une crise de larmes, s'était affalé contre le rempart.

Nauséeuse, elle resta un instant à le regarder, indécise, tandis que les tirs de mousquet retentissaient autour d'elle.

— Lève-toi ! finit-elle par lui crier en se penchant pour l'attraper sous le bras et le relever. Recharge ton arme et sers-t'en pour combattre !

Le jeune homme la regarda quelques secondes d'un air absent, puis empoigna sa corne à poudre.

Gwendolen se pencha à un créneau pour voir en contrebas. Les MacDonald se précipitaient à travers les portes enfoncées, rampant comme des insectes sur le bélier de bois. Elle visa et tira sur l'un d'entre eux, mais elle le rata.

— À la cour ! hurla-t-elle, et le raclement de dizaines d'épées qu'on tirait de leur fourreau lui donna du cœur au ventre.

C'est avec des mains qui ne tremblaient plus et une volonté inébranlable qu'elle rechargea son mousquet. Il y avait des cris et des hurlements, des hommes qui couraient en tous sens pour finir par se précipiter dans les escaliers…

— Gwendolen ! appela Douglas en s'arrêtant près d'elle. Tu ne devrais pas être là ! Tu dois redescendre dans ta chambre et t'y enfermer ! Laisse les hommes se battre !

— Non, Douglas. Je lutterai pour Kinloch et mourrai ce faisant, si c'est mon destin.

Il lui lança un regard plein d'admiration et de regrets et reprit d'un ton radouci :

— Au moins, bats-toi depuis le toit, ma belle. Le clan ne survivrait pas à ta perte.

Elle comprit ce qu'il voulait dire – elle savait qu'il avait raison. Elle était la fille du chef du clan

MacEwen. Elle devait rester en vie pour négocier les termes de la reddition si on en arrivait là.

Gwendolen hocha la tête.

— Vas-y. Je vais rester ici, où je peux recharger mon arme. C'est un bon emplacement. Je ferai ce que je peux.

Il l'embrassa sur la joue, lui souhaita bonne chance et fila vers l'escalier.

Les combattants étaient déjà face à face dans la cour en contrebas. Il y avait un vacarme effrayant, celui de plus de trois cents hommes hurlant en même temps, et le fracas assourdissant provoqué par la rencontre des lames d'acier retentissait à ses oreilles tandis que, sans relâche, elle tirait et rechargeait son mousquet. Elle dut toutefois bientôt cesser, car les deux clans avaient fusionné en une masse compacte et elle ne pouvait pas risquer de tirer sur l'un de ses propres hommes.

La cloche de la chapelle sonna pour appeler les villageois à la rescousse, mais même si tous les hommes valides étaient arrivés instantanément, ils n'auraient pas suffi. Armés de lances, de mousquets, de haches et d'arcs, les hommes du clan MacDonald étaient rudes et aguerris. Ils étaient sur le point de prendre le contrôle de la situation. Elle ne pouvait rien faire de là où elle était, et descendre aurait été du suicide, or elle se devait de vivre pour son clan.

Puis elle le repéra. Leur chef, Angus le Lion, au cœur de la mêlée.

Elle rechargea rapidement son mousquet et visa, mais il se déplaçait trop vite : pas moyen de le tenir en joue.

En abaissant son arme, elle sentit son estomac se nouer. Rien d'étonnant à ce qu'il ait été surnommé le Lion. Sa chevelure était une épaisse crinière fauve qui lui descendait jusque dans le dos, et il rugissait chaque fois qu'il fendait l'air de sa claymore, tranchant sans effort apparent les adversaires qui se trouvaient devant lui.

Gwendolen était figée, incapable de détacher son regard de la masse de muscles qui constituait ses bras, son torse et ses jambes, des jambes épaisses comme des troncs d'arbre, comme le bélier encore en place sur le pont-levis. Ses mouvements meurtriers étaient pareils à ceux d'un danseur de ballet à l'équilibre parfait. Il plongeait et tuait, puis, d'un coup de tête, dégageait de ses yeux ses cheveux trempés de sueur pour plonger de nouveau et tuer encore.

La crainte et la fascination faisaient battre le cœur de Gwendolen à tout rompre. C'était un animal puissant, un guerrier magnifique à tout point de vue, et le seul fait de le voir au combat dans toute sa gloire légendaire faillit la mettre à genoux. Il détournait tous les coups qui lui étaient destinés avec son solide bouclier noir et maniait l'épée avec une grâce exquise. Elle n'avait jamais rencontré un tel homme auparavant, ni d'ailleurs imaginé qu'une telle puissance puisse prendre forme humaine.

Elle se rendit soudain compte que les prédictions de sa mère avaient été justes. Il n'y avait aucun moyen de défaire cet homme. Ils étaient perdus. Plus de doute : le château allait tomber aux mains de ces assaillants, et on ne leur manifesterait aucune pitié. Il ne servait à rien de se bercer d'illusions.

Elle traversa le toit jusqu'à la tour d'angle qui abritait sa chambre et considéra la lutte sans espoir qui continuait dans la cour.

L'assaut avait été bien trop facile pour les MacDonald. Ce spectacle la faisait trop souffrir et, honteuse, elle ferma les yeux et détourna la tête. Elle aurait tellement voulu triompher de ces attaquants ! Malgré ses vingt et un ans, elle n'avait jamais assisté à un tel combat. Elle avait évidemment entendu des récits de guerre et imaginé les maux que celle-ci engendrait, mais elle ne savait pas que cela pouvait être aussi violent et aussi macabre.

Bientôt, les cris se raréfièrent : seuls quelques guerriers acharnés continuaient à se battre à mort. D'autres membres du clan MacEwen, l'épée sur la gorge, avaient accepté leur sort, déposé les armes, et étaient tombés à genoux devant l'ennemi. Ceux qui se rendaient ainsi rejoignaient une file alignée contre le rempart du fond.

Gwendolen, qui avait observé le Grand Lion pendant toute la bataille, s'aperçut soudain qu'il avait disparu comme un fantôme dans la fumée des tirs de mousquets. Prise de panique, elle parcourut en tous sens la cour du regard à la recherche des yeux brillants de ce diable d'homme. Où était-il passé ? Quelqu'un l'avait-il tué ? Ou bien avait-il forcé les portes de la chapelle pour massacrer aussi les femmes et les enfants ?

Elle finit par le repérer sur le toit, près de la tour d'angle de l'autre côté de la cour. Il avait sa large épée au côté et son bouclier attaché dans le dos. Il écarta les bras et apostropha les hommes présents dans la cour :

— Je suis Angus Bradach MacDonald, fils du défunt lord MacDonald, véritable seigneur de Kinloch Castle ! (Sa voix profonde et caverneuse résonnait dans la poitrine de Gwendolen.) De par ma naissance, Kinloch m'appartient ! Je m'en déclare seigneur et maître, ici et maintenant.

— Kinloch appartient aux MacEwen ! cria quelqu'un dans la cour. Par la grâce du roi George de Grande-Bretagne !

— Si tu veux me le reprendre, gronda Angus en dégainant et en s'approchant du bord du toit, lève ton épée et viens me combattre.

Seul le silence répondit à ce défi, jusqu'à ce que, envahie par une colère incontrôlable, Gwendolen ne puisse plus se contenir.

— Angus Bradach MacDonald ! laissa-t-elle échapper des profondeurs de son âme indignée. Écoute-moi bien ! Je suis Gwendolen MacEwen, fille du chef de clan qui a gagné ce château par des moyens honnêtes et légaux ! C'est moi le chef ici, et c'est donc moi qui me battrai contre toi !

Ce n'est qu'alors qu'elle se rendit compte qu'elle avait avancé jusqu'au bord du toit et tiré son sabre, qu'elle pointait vers lui à travers l'espace qui les séparait.

Son cœur battait à tout rompre. Elle n'avait jamais ressenti une telle excitation. Elle était comme ivre. Elle aurait voulu qu'il y ait une passerelle entre les deux tours pour la franchir en courant et le combattre jusqu'à la mort.

— Gwendolen MacEwen, fille de mon ennemi ! cria-t-il en retour, tu as été vaincue !

Et c'est ainsi, sans autre forme de procès, qu'il dédaigna son défi pour s'adresser aux hommes du clan dans la cour.

— Tous ceux qui ont pris part à l'usurpation de ce château et qui ont pris possession de terres qui ne leur appartenaient pas, rendez-les immédiatement à mes hommes !

La colère de Gwendolen reprit le dessus, plus vive encore que précédemment.

— Les MacEwen refusent ! répliqua-t-elle.

Il pointa son épée vers elle en un violent geste d'avertissement, avant de l'abaisser et de poursuivre comme si elle n'avait rien dit.

— Si le propriétaire légitime est mort ou absent aujourd'hui, déclara-t-il, vous pouvez rester, mais vous devrez être loyal et me jurer allégeance comme seigneur de Kinloch !

Il y eut un nouveau silence prolongé, que finit par rompre un brave MacEwen.

— Pourquoi te jurerions-nous allégeance ? Tu es un MacDonald, et nous sommes des MacEwen !

Le Lion resta un moment silencieux. Il semblait plonger les yeux dans ceux de chacun des hommes réunis dans la cour sous lui.

— Afin que nul ne l'ignore, je déclare ici que nos deux clans vont s'unir !

Il pointa de nouveau son épée en direction de Gwendolen, et elle ressentit la chaleur intense de son regard comme si une flamme la traversait.

— Car je revendique comme épouse cette femme pleine de courage et de noblesse, votre chef. Un jour, notre fils sera à son tour seigneur de Kinloch.

Des vivats montèrent soudain du groupe de guerriers MacDonald, tandis que, choquée et incrédule, Gwendolen tentait d'assimiler ces paroles. Il la revendiquait comme épouse ?

Impossible !

— Il y aura une fête ce soir dans la grand-salle, rugit le Lion, et j'accepterai les serments d'allégeance de tous les hommes désireux de demeurer ici et de vivre en paix sous ma protection !

Des murmures de reddition s'élevèrent et atteignirent les oreilles échauffées de Gwendolen. Elle serra les dents et planta ses ongles dans les froids moellons de la tour. Rien de tout ça n'était en train de se produire. Plaise à Dieu que ce soit encore son rêve et qu'elle se réveille bientôt ! Hélas, le chaud soleil du matin sur ses lèvres lui rappela que les rêves d'une nuit agitée avaient déjà cédé la place à la réalité, et que le château de son père avait été mis à sac et conquis par un guerrier insatiable. Et qu'il avait en plus l'intention de faire d'elle son épouse et de la forcer à porter ses enfants. Seigneur, qu'allait-elle faire ?

— Je ne suis pas d'accord ! cria-t-elle, et le Lion pencha la tête de côté, la considérant bizarrement, comme si elle était une espèce de créature surnaturelle. Je désire négocier les termes de notre reddition !

Elle se mit à trembler en attendant sa réponse. Peut-être allait-il simplement envoyer un homme lui trancher la gorge devant tout le monde, en guise d'exemple à ceux qui seraient assez effrontés, ou assez fous, pour lui résister. Il semblait prêt à le faire. Elle sentait les flammes brûlantes de sa colère de là où elle se tenait.

C'est alors que se produisit une chose étrange. L'un après l'autre, tous les guerriers MacEwen présents dans la cour se tournèrent vers elle et mirent un genou à terre. Ils inclinèrent la tête en silence, tandis que les MacDonald, debout parmi eux, les observaient, mal à l'aise.

Sur la tour nord, Angus resta un long moment sans rien dire en regardant les hommes du clan MacEwen manifester cette défiance inattendue à son égard. La tension monta encore d'un cran et Gwendolen eut peur qu'ils ne soient tous massacrés.

Enfin, le Lion tourna le regard vers elle.

Elle releva le menton, mais le dédain menaçant de son ennemi était tel qu'il sembla l'étrangler et elle eut soudain du mal à respirer.

— Gwendolen MacEwen, je vais entendre vos conditions dans la grand-salle, déclara-t-il d'une voix calme, empreinte de gravité et d'autorité.

Pas certaine de pouvoir parler, elle hocha la tête et remit son sabre au fourreau, avant de se diriger, la tête haute, vers l'escalier de la tour, tandis que ses jambes, cachées par sa jupe, tremblaient de manière incontrôlable et menaçaient de céder sous elle.

Quand enfin elle atteignit le haut de l'escalier, elle s'arrêta un instant pour reprendre son souffle et remettre de l'ordre dans ses pensées.

Seigneur…

La nausée la reprenait et la tête lui tournait.

Elle se pencha en avant, posa le plat de la main sur les pierres froides, et ferma les yeux, se demandant comment elle pourrait négocier avec ce guerrier qui venait tout juste de défaire son clan lors d'un assaut sanglant et de la revendiquer comme sa propriété. Elle n'avait rien, vraiment rien, à lui proposer. Mais peut-être sa mère et elle parviendraient-elles à trouver quelque chose, un autre moyen de gérer la situation, au moins en attendant le retour de son frère.

Ah, si seulement Murdoch était là…

Souhaiter ce genre de choses était vain. Il n'était pas là et elle ne pouvait compter que sur elle-même. Elle devait rester forte pour ses gens.

Elle leur jeta un dernier regard. Angus le Lion avait quitté le toit et rejoint ses hommes. Il donnait des ordres et circulait au milieu des morts et des blessés, sans aucun doute pour évaluer l'ampleur de son triomphe.

Une légère brise souleva sa lourde chevelure d'or, qui étincelait à la lumière matinale. Et tandis qu'il ajustait la lanière de cuir qui maintenait son bouclier sur son dos, son kilt s'agita doucement autour de ses jambes musclées.

À cet instant il leva les yeux et vit qu'elle l'observait. Il lui fit face, le regard fermement planté dans le sien.

Gwendolen en eut le souffle coupé. Ses genoux se mirent à trembler et son rythme cardiaque s'accéléra. Elle ne savait pas si c'était dû à la peur ou à la fascination. De toute façon, cela ne présageait rien de bon pour les négociations qu'elle allait devoir mener avec lui.

Secouée, elle se dégagea du mur et descendit rapidement l'escalier de la tour.

Chapitre 2

Bien droit sur la terre abreuvée de sang, Angus regarda la fille de son ennemi disparaître dans la tour est. Dès qu'elle fut hors de vue, il posa la main sur son épaule et tenta de dissiper la douleur en la frottant. Il se rendit cependant vite compte que c'était pire qu'il ne l'avait cru. Il grimaça, puis poussa vivement de la main pour remettre l'articulation en place. Enfin, il rejoignit lentement l'autre côté de la cour, où il prit le temps de récupérer.

La bataille avait été rude. Ses vêtements étaient tachés de sueur, de poussière et de sang, dont le sien, mais cela en avait valu la peine, car il était là chez lui. C'était son château. Les MacEwen n'avaient aucun droit dessus.

Et son père était mort.

Il se retourna, considéra le carnage et sentit son esprit combatif reprendre le dessus en se rappelant la courageuse jeune femme qui avait élevé la voix et interrompu son triomphe. C'était une vraie beauté, ce qui, d'une certaine façon, ajoutait l'aversion qu'il éprouvait pour elle. Il ne voulait pas d'une femme belle, et il n'avait d'ailleurs même pas songé un seul instant à ce à quoi pourrait ressembler la fille de son ennemi. Qu'elle fût belle ou non était le cadet de ses soucis. Elle n'était qu'un instrument, rien de plus, et c'était justement pour ça que sa beauté et sa hardiesse lui avaient donné la chair de poule.

Angus fit de nouveau rouler son épaule pour tenter de se débarrasser de la douleur et résolut d'oublier la jeune femme pour l'instant. Il ne la laisserait pas gâcher ce moment. Il revenait de trop loin pour ne pas savourer sa victoire.

Après avoir lancé un cri de triomphe plein d'ardeur que renvoyèrent les murs du château et qui attira l'attention de ses hommes, il dégaina son épée et la planta dans le sol. Puis il mit un genou à terre et inclina la tête devant sa garde panier étincelante.

Il se laissa alors aller au soulagement, même si celui-ci était en partie gâché par le chagrin. Son père était mort depuis deux ans, mais Angus ne le savait que depuis quelques mois. Entre-temps, Kinloch était tombé aux mains de l'ennemi et son clan avait été en partie absorbé par un autre.

Il avait trop différé son retour.

Son cousin Lachlan vint se placer à ses côtés.

—Ce n'est pas juste, déclara-t-il en enfonçant à son tour son épée dans la terre.

Angus leva les yeux.

—Qu'est-ce qui n'est pas juste ?

—Qu'un homme ait à lever une armée pour conquérir sa propre maison.

Angus se redressa de toute sa hauteur et considéra son cousin et ami, l'homme qui avait passé près de deux ans à le chercher, avant de le trouver tout à l'ouest des Îles occidentales et de l'aider à mettre sur pied une armée pour récupérer ce qui leur appartenait.

— Peut-être est-ce mon destin, répondit-il, car je ne me vois pas de but plus important que celui-ci. J'ai tiré l'épée pour ma maison, mon clan et mon cher Kinloch. Peut-être ces hauts faits me permettront-ils de racheter mes péchés. Peut-être est-ce ainsi que j'obtiendrai ma rédemption.

Il tourna le regard vers les portes en morceaux, puis vers les victimes étendues au sol. Il y avait eu de terribles pertes des deux côtés.

— Que fait-on des morts ? demanda Lachlan, observant à son tour le spectacle désolant des guerriers tombés.

— Nous les honorerons. Les MacEwen se sont battus avec courage. (Il pencha la tête vers Lachlan.) C'est à mettre au crédit de leur chef, peut-être ?

— Quel répondant ! Et jolie avec ça ! (Il leva un sourcil interrogateur.) Tu crois pouvoir la gérer ?

— Mettrais-tu en doute mes capacités, Lachlan ?

— Tu viens juste de t'emparer de sa maison et de détruire la moitié de son clan. Ce dont je doute, c'est qu'elle soit ravie de partager ton lit.

Angus arracha son épée du sol et la glissa dans son fourreau.

— Je me fiche pas mal de ce qu'elle ressent. (Il n'avait aucune patience pour les femmes se laissant aller à leurs émotions, et il ne s'agissait à l'évidence pas d'une histoire d'amour. Elle le savait aussi bien que lui.) Son père nous a volé Kinloch. À elle de rembourser cette dette.

Il se mit en route vers la grand-salle.

Lachlan tira une flasque de son sporran et but une gorgée.

— Inutile de te dire de surveiller tes arrières, dit-il. Son sabre a beau être petit, sa pointe est acérée.

Angus entendit la mise en garde de Lachlan, mais n'y répondit pas.

Gwendolen pénétra dans sa chambre et y trouva sa mère qui attendait, inquiète, à la fenêtre.

— Oh, ma chérie, dit Onora. Dieu merci, tu es vivante. J'ai craint le pire. Qu'est-ce qui s'est passé ?

Gwendolen ferma la porte derrière elle et parla sans détours.

— Les MacDonald ont enfoncé les portes du château. Il y a eu bataille et ils ont pris Kinloch. Angus le Lion s'est proclamé chef et il a l'intention de me prendre comme épouse pour produire un héritier et unir nos deux clans.

Le calme avec lequel elle avait tout raconté la surprit elle-même, alors que la peur la dévorait de l'intérieur.

Sa mère la regarda quelques instants l'air ahuri, puis se mit à rire.

— Il a l'intention de te revendiquer comme étant sienne ? Seigneur Dieu, mais ne sait-il pas dans quel siècle nous vivons ?

— Visiblement pas. (Gwendolen se tut, pensive.) Vous auriez dû le voir, mère. Il est tout ce qu'on dit de lui : puissant, violent et effrayant. J'ai été saisie d'étonnement en le voyant échanger des coups avec nos guerriers les plus forts et les plus habiles, et j'ai eu le souffle coupé quand il s'est mis à parler.

Sa mère fit un pas vers Gwendolen, fascinée.

— Alors c'est vrai, il est féroce et invincible ?

— Ça ne fait aucun doute.

— Et il a l'intention de te prendre pour femme ?

— Oui. Je ne sais pas quoi faire.

Onora leva les mains au ciel.

— Es-tu stupide ? Tu vas accepter, bien sûr. Que pourrais-tu faire d'autre ?

Elle se tourna vers le miroir, se pinça les joues pour leur redonner de la couleur et passa ses doigts dans les longues boucles de sa chevelure auburn. Pour une femme de son âge, elle était étonnamment belle. Ses lèvres étaient pleines, ses pommettes, finement dessinées, sa silhouette, mince et fine.

— Voilà d'excellentes nouvelles, déclara-t-elle. Je dois dire que je suis grandement soulagée.

— Soulagée ? Comment peux-tu être soulagée ?

Onora se tourna vers sa fille.

— Ne sois pas si idéaliste. Il n'y a pas d'autre moyen de s'en sortir. Le Lion a pris le château et nous sommes à sa merci. Il pourrait nous tuer toutes les deux, mais il est prêt à t'épargner, toi. Et il veut même t'épouser. Que pourrais-tu vouloir de plus ? Ta position ici ne changera pas. De fait, elle va même s'améliorer. La mienne, en revanche… (Elle se tut un instant et revint au miroir.) Ça reste à voir. (Elle s'humidifia les lèvres et les avança.) Mais ne t'inquiète pas pour moi. Je saurai négocier ma vie et ma position.

Gwendolen rit amèrement.

— Négocier ! C'est exactement ce que je vais devoir faire d'ici quelques minutes. Mais avec quoi, je vous le demande ? Vous l'avez dit, nous sommes à sa merci. Nous n'avons aucun pouvoir. Il s'est proclamé chef et a terrorisé tous les guerriers encore vivants. Ceux qui n'étaient pas disposés à se rendre sont morts.

Onora fit face à Gwendolen, le regard en feu.

— Et c'est bien pour ça que tu vas te soumettre à lui. Complètement…

— Me soumettre…

— Oui. (Sa mère lui prit le poignet.) Tu vas faire exactement ce qu'il te demande de faire, Gwendolen. Et si tu as la moindre jugeote dans ta jolie tête, tu feras comme si tu y prenais du plaisir.

Gwendolen arracha son bras à l'étreinte de sa mère.

— Pourquoi n'allez-vous pas vous soumettre à lui vous-même, mère ? S'il y a quelqu'un ici qui sait comment satisfaire un homme au lit, c'est vous, pas moi.

— Je t'assure que je me soumettrais immédiatement si j'étais celle qu'il voulait. Mais c'est toi qu'il a choisi, et c'est exactement ce qu'il va obtenir, sinon nous sommes mortes toutes les deux. Maintenant, écoute ce que je te dis. Tu dois te montrer docile et aimable. Et pour l'amour de Dieu, attife-toi mieux que ça. Mets une jolie robe. (Elle tendit les mains pour défaire les lacets du corset de Gwendolen.) Il t'a fait un présent, une chance de conserver ton statut. Tu dois le remercier et l'attirer dans ton lit.

— L'attirer dans mon lit ? (Gwendolen repoussa les mains de sa mère.) Il a fait le siège de notre maison. Je ne vais pas m'allonger et attendre qu'il fasse aussi celui de mon corps. Je vais le rejoindre dans la grand-salle avec dignité, comme l'aurait fait père.

— Pour lui dire quoi ?

— Je vais négocier les termes de notre reddition.

Onora ricana.

— Tu oublies que nous avons déjà été défaits. Il n'est plus question de reddition. Il va te rire au nez.

S'écartant de sa mère, Gwendolen se rendit compte qu'elle avait au contraire de quoi négocier.

— C'est là que vous vous trompez, mère. Il veut quelque chose de moi : un enfant. Je vais l'informer que je ne serai pas aussi facile à conquérir que ce château. Et, plus important, si je parviens à nous faire gagner un peu de temps, il y a une chance pour que Murdoch arrive et nous rende notre liberté.

— Gwendolen !

Le cœur battant la chamade, elle sortit de la pièce et ferma la porte derrière elle, avant de descendre rapidement l'escalier, ignorant les appels indignés de sa mère, dont l'écho la poursuivit dans les couloirs voûtés.

Tandis qu'elle approchait de la grand-salle, elle sentit son estomac se nouer. Elle allait affronter et défier un combattant aguerri et sans pitié, un homme capable d'enfoncer les portes d'un château et de massacrer une armée entière dès le saut du lit.

Physiquement, elle n'était pas de taille à lutter avec lui, c'était certain. Il était puissant et costaud et, s'il le désirait, il pouvait en finir avec elle en un clin d'œil. Cependant, quoi qu'il arrive, elle ne lui montrerait pas qu'elle avait peur. Elle était la fille d'un chef highlander, et ses gens lui avaient prêté allégeance. Elle l'affronterait d'égal à égal.

Heureusement, la grand-salle était vide quand elle y parvint, ce qui lui laissait quelques minutes pour rassembler ses esprits et décider de la façon dont elle s'adresserait à Angus Bradach MacDonald. Elle s'arrêta sous l'arche de l'entrée, derrière l'estrade, et tourna les yeux vers la paroi où étaient exposées les impressionnantes armoiries des MacEwen. De lourdes tapisseries de soie ornaient les murs, des drapeaux et des oriflammes pendaient des poutres, et le blason de la famille avait récemment été sculpté dans la maçonnerie.

Elle eut un regard pour le fauteuil que son père occupait encore peu de temps auparavant. Lorsqu'il présidait à la grande table, les festivités étaient de mise. Les rires, la musique et la poésie retentissaient dans la nuit. Il n'y avait aucune menace de guerre ou de tyrannie. C'était un homme bon, un chef puissant et juste. Si elle ne tenait pas tête à ce nouveau conquérant, toute sa vie changerait. Ce soir-là, il n'y aurait que soumission, ou serments arrachés et danger pour ceux qui s'y refuseraient.

À moins, bien sûr, qu'elle ne parvienne à exercer une influence, aussi faible soit-elle...

Elle monta sur l'estrade et s'approcha du fauteuil vide.

Père, aidez-moi à être courageuse, car je veux faire mon devoir pour les MacEwen.

Sa prière fut interrompue par un bruit de pas provenant de l'entrée côté cour. Elle leva les yeux et son pouls s'accéléra quand elle vit son ennemi, Angus le Lion, à l'autre bout de la salle.

Il n'avait pas encore pris conscience de la présence de Gwendolen et s'arrêta devant l'entrée. Il leva les yeux au plafond, puis son regard froid parcourut l'enfilade des bannières des MacEwen accrochées aux larges poutres de bois.

Gwendolen put l'observer de plus près. Il portait un kilt sombre, et le tartan correspondant, drapé sur son épaule, était fermé d'une grosse broche brillante d'argent poli. C'était un homme colossal. Elle le savait déjà mais, de près, elle pouvait voir que ses mains l'étaient aussi, ce qui lui parut particulièrement décourageant, pour ne rien dire des armes qu'il portait. Outre le bouclier accroché dans son dos et sa lourde claymore, il avait à la ceinture deux pistolets et, en travers de la poitrine, une corne à poudre. De plus, une dague était glissée sur le côté de sa botte.

Elle regarda attentivement son visage, ce qui la rendit encore plus anxieuse.

Il était à la fois rude et beau, avec des proportions parfaites, une bouche pleine, sensuelle, et un superbe nez aristocratique. Ses yeux étaient bleu pâle, clairs comme la glace d'un lac gelé, et pourtant ils avaient un éclat brûlant. Elle sentit soudain une agitation curieuse en elle, une trépidation inhabituelle, une vague de chaleur qui la parcourut jusqu'aux orteils et qu'elle eut beaucoup de mal à contrôler.

Le Grand Lion détailla les tapisseries, les murs et les pierres du foyer, puis sa grande main rejoignit la garde de sa large épée et ses yeux se fixèrent sur Gwendolen.

Jusqu'à ce jour, celle-ci n'avait jamais su ce que cela faisait d'être l'objet du regard d'un homme de cette prestance. Elle dut se concentrer pour ne pas perdre son équilibre.

Angus, en revanche, semblait parfaitement à son aise, même s'il y avait quelque chose d'intense et d'effrayant dans la manière qu'il avait de la regarder. La soif de sang provoquée par la bataille ne devait pas l'avoir lâché tout à fait.

Elle ne réussirait à traverser cette épreuve qu'en se souvenant qu'il souhaitait quelque chose d'elle. Elle n'était pas entièrement démunie.

La main toujours posée sur la garde de son épée, il traversa la salle d'un air menaçant et déterminé.

Le cœur de Gwendolen se mit à battre à tout rompre. Lorsque Angus atteignit l'estrade, elle était dans le même état d'excitation sauvage que celui qu'elle avait éprouvé sur le toit, quand elle l'avait défié avec sa petite épée.

— Descendez, ordonna-t-il.

— Pour que vous puissiez me regarder de haut ?

— Oui. Votre famille a volé ma maison. Vous êtes des voleurs. Tous autant que vous êtes.

Elle était en rage.

— Vous avez l'air pâle, ma belle. Seriez-vous malade ?

— Non, je vais très bien, répliqua-t-elle, avant de se raviser. Pardonnez-moi. Je retire ce que je viens de dire. Je ne vais pas bien. Je suis dégoûtée.

Il fit un pas en avant et s'esclaffa.

— Dégoûtée ? Par moi ?

— Oui. Vous vous attendiez à autre chose ?

Il la regarda avec un air résolu et menaçant.

— Ce n'est pas la réponse à laquelle je m'attendais, mais cela n'a pas d'importance. Ce château est désormais mien. Je vous ai revendiquée comme épouse. Voilà les faits.

Elle inspira lentement pour reprendre ses esprits. Faisant fi de toute politesse, il était gênant de concision.

— Et que suis-je supposée faire de ces faits ? demanda-t-elle. Faire venir tout le monde et caracoler de plaisir dans la grand-salle ?

— Non, ma fille, pas question de caracoler en public. Que vous le vouliez ou non, vous coucherez avec moi ce soir… et c'est quelque chose que nous ferons en privé.

Elle inspira profondément, s'efforçant de contrôler l'hostilité qui montait en elle.

— Si tôt ?

— Et encore, ça n'est pas assez tôt, si vous voulez tout savoir. Je n'espérais pas épouser une telle beauté.

Gwendolen rit.

— Vous espérez obtenir ce que vous voulez en me flattant ?

Les coins de sa bouche se relevèrent en un rictus sinistre.

— J'ai déjà ce que je voulais, ma belle. Pas besoin de flatter qui que ce soit.

— Et que vouliez-vous exactement ?

— N'était-ce pas évident quand j'ai enfoncé les portes du château ? Je voulais Kinloch, et à présent, je l'ai.

Elle déglutit avec difficulté.

— Certes.

Ils se turent quelques instants. Gwendolen luttait pour garder une apparence de sang-froid et de dignité, tandis qu'Angus semblait se laisser distraire sans la moindre gêne par la courbure de ses seins et de ses hanches.

— Ne vous ai-je pas demandé de descendre ? finit-il par dire en inclinant la tête de côté. Ou faut-il que je monte et que je vous fasse descendre comme un sac de navets ? Je suis fatigué par le combat et pas d'humeur à transporter des légumes. Alors, descendez de là, femme. Ne m'obligez pas à répéter.

Gwendolen entendit distinctement la menace dans sa voix et s'approcha du bord de l'estrade, puis en descendit en redressant les épaules et en le regardant droit dans les yeux. Il la considéra de la tête aux pieds, puis sauta sur l'estrade, qu'il parcourut d'un côté à l'autre comme s'il la mesurait.

Elle resta silencieuse tandis qu'il s'asseyait dans le fauteuil de son père et se laissait aller contre le dossier en allongeant ses longues jambes musclées devant lui.

— Enfin chez soi, dit-il.

Il leva de nouveau les yeux vers les armoiries des MacEwen. Il ne disait rien, mais elle devina qu'il pensait à l'avenir, à moins qu'il n'ait été en train de se souvenir du passé.

Elle observa son visage, essayant d'y lire son humeur et ses intentions. Tapi là comme un lion aux aguets, il semblait parfaitement maître de la situation, ne doutant pas un seul instant qu'il était désormais seigneur de Kinloch et qu'elle deviendrait son épouse obéissante et servile.

Il se berçait d'illusions !

— Où est votre frère, Murdoch ? s'enquit-il. Pourquoi n'est-il pas là pour défendre Kinloch et protéger ses gens ?

— Il est à l'étranger pour visiter Rome et s'instruire. Il croit qu'un chef puissant doit connaître le monde, une aspiration que vous ne pouvez probablement pas comprendre. Il a pris la route avant la mort de mon père.

— Pourquoi n'est-il pas rentré après ?

Elle regarda Angus sans ciller.

— Je ne suis pas sûre qu'il sache que notre père est mort. Nous lui avons envoyé une lettre, bien sûr, mais nous n'avons aucun moyen de savoir s'il l'a reçue. J'espère qu'il ne va pas tarder. Peut-être va-t-il arriver sans prévenir.

C'était une pique volontaire, destinée à contrer l'arrogance du Lion. Elle voulait qu'il sache que, si sa victoire de la matinée avait semblé aisée, les MacEwen ne seraient pas toujours une proie aussi facile et qu'il devrait rester sur ses gardes.

Angus posa un coude sur le bras du fauteuil.

— Est-ce qu'il se montrera difficile ?

— J'espère bien.

Il la scruta du regard.

— J'imagine que la vraie question est en fait de savoir si vous, vous allez être difficile.

— Aucun doute là-dessus.

Il fronça les sourcils de déplaisir et elle regretta sa réponse insolente. Après tout, elle était venue là pour négocier de manière civilisée. Elle s'attendait presque à ce qu'il se lève du fauteuil pour la souffleter, mais il resta assis calmement, détendu, avec une expression concentrée qui donna à Gwendolen le sentiment qu'elle se tenait nue devant lui. Le rouge lui monta aux joues.

— Avez-vous bien compris, ma belle, que je vous ai déjà revendiquée comme épouse ?

— C'est ce que j'ai entendu quand vous avez crié votre demande en mariage sur les toits au lieu de me l'adresser directement.

Il inclina la tête.

— Voulez-vous que je me mette un genou en terre ?

— Pas particulièrement.

Il hocha la tête, comme s'il déduisait son caractère et son tempérament de ses réponses.

Il se laissa de nouveau aller dans le fauteuil.

— Ça tombe bien, parce que je ne suis pas du genre romantique.

— Non, c'est vrai ? Vous me surprenez.

Il y eut un bruit d'ailes dans les poutres au-dessus d'eux, et il leva les yeux. Il aperçut le petit oiseau qui nichait dans la grand-salle d'aussi loin qu'elle puisse s'en souvenir. Celui-ci franchit la porte voûtée et rejoignit la cour.

— Personne n'est parvenu à se débarrasser de cet oiseau, dit-elle. Vous aurez peut-être plus de chance. À moins que la pauvre créature sans défense vienne juste de se rendre compte de la calamité qui s'était abattue sur la maison et se soit décidée à fuir son nid.

— Nous verrons, répliqua-t-il en se levant, comme si la conversation avait fini par l'ennuyer et qu'il avait des choses plus importantes à faire.

Elle se dépêcha de s'approcher avant qu'il pût la congédier.

— Cela mis à part, lâcha-t-elle, j'aimerais négocier les termes de ma reddition.

Il reporta le regard sur elle et lui répondit d'un ton condescendant :

— Votre reddition… ?

— Oui. Je vous ai dit que je vous résisterais, et je le ferai, à moins que nous ne puissions résoudre cette situation à ma convenance.

Il resta longuement le regard braqué sur elle, comme s'il avait du mal à comprendre ce qu'il venait d'entendre. Il se renfrogna, et pourtant son expression trahissait autre chose que de la colère. Se pouvait-il qu'il prenne plaisir à son insolence ?

— À votre convenance ? reprit-il.

— Oui.

En voyant sa mâchoire se crisper et toute lueur d'amusement disparaître de ses yeux, elle comprit qu'elle avait fait vibrer la mauvaise corde. La fureur qui montait dans son regard prouvait bien qu'il n'était pas habitué à entendre la moindre exigence, en tout cas pas de la part d'une femme qu'il venait de déclarer sienne. Il était accoutumé à ce qu'on le craigne.

Il descendit de l'estrade et s'approcha d'elle. Elle recula d'un pas. C'était une chose de parler à un seigneur de guerre vainqueur quand il était assis dans un fauteuil à trois mètres de distance, mais une tout autre chose de se retrouver les yeux à hauteur de son torse, proche à en voir les taches de sang qui imbibaient les fils de sa chemise et à sentir le parfum frais de sa sueur.

Lentement, prudemment, elle leva les yeux.

Il rivait sur elle un regard noir d'hostilité.

— J'écoute, déclara-t-il.

Soulagée que son épée n'ait pas quitté le fourreau et d'avoir conservé sa tête, Gwendolen se racla la gorge.

— Je veux que vous respectiez les conditions que vous venez d'offrir aux gens de mon clan, mais j'ai quelque chose à ajouter.

— Eh bien, parlez !

Elle s'humidifia les lèvres.

— Ceux qui doivent renoncer à leurs terres mais choisiront de rester et de vous prêter allégeance recevront une compensation du trésor de Kinloch. Par ailleurs, je comprends bien qu'il n'y aura pas de compensation pour ceux qui décideront de partir, mais je dois être sûre qu'on les laissera partir librement, sans crainte pour leur vie et sans menace de représailles de la part de vos guerriers.

— C'est d'accord, répondit-il.

Surprise par la rapidité et la facilité avec laquelle il venait d'accéder à sa première requête, elle n'en continua pas moins avec circonspection.

— Je voudrais que ma mère soit traitée avec le respect qui lui est dû en tant que veuve d'un seigneur de Kinloch. Elle gardera ses appartements et ses bijoux, et aura sa place à notre table.

— C'est d'accord, dit-il. Autre chose ?

Elle déglutit avec difficulté.

— Les membres du clan MacEwen auront les mêmes droits que ceux du clan MacDonald, et ce dans tous les domaines.

Il réfléchit un instant à cette dernière demande.

— S'ils me prêtent allégeance ce soir, je vous donne ma parole qu'ils auront les mêmes droits.

Elle se rendit soudain compte qu'elle transpirait à grosses gouttes et se passa le dos de la main sur le front.

— Enfin, en ce qui concerne notre union par le mariage… (Soudain, elle sentit son estomac se nouer et elle dut déglutir de nouveau pour ne pas perdre la voix.) Je demande que vous renonciez à faire valoir vos droits d'époux avant la nuit de noces.

Curieusement, ce fut la seule de ses exigences qui sembla lui donner réellement matière à réflexion, et ses yeux se mirent bientôt à briller d'un éclat sexuel.

— Êtes-vous vierge, ma belle ?

— Bien sûr, rétorqua-t-elle, interloquée.

Il étudia son expression, puis son regard plongea plus bas. Le temps parut s'arrêter quand il leva la main et se mit à tracer du doigt la ligne de sa mâchoire, rejoignant sa gorge puis son décolleté, avant de parcourir ses clavicules de gauche à droite comme s'il dessinait un sourire de son doigt calleux.

Gwendolen frissonnait, car aucun homme ne l'avait jamais touchée comme ça auparavant, et cet homme-là était beaucoup plus impressionnant que la plupart des autres. Il lui glissa un regard séducteur, et toute l'énergie qui l'avait aidée jusque-là à affronter son interlocuteur la quitta brusquement. Sa peau semblait brûler de fièvre au contact de son doigt, et sa tête se mit à tourner.

Elle se sentit soudain incapable de négocier quoi que ce soit. En fin de compte, peut-être sa mère avait-elle raison ? Peut-être aurait-elle dû se contenter de le remercier de son offre ?

— C'est une sacrée exigence, ma belle. J'irai même jusqu'à la qualifier d'effrontée, et je n'ai pas très envie d'épouser une femme qui ne sait pas où est sa place.

— Et où est ma place, exactement ?

— Votre place sera dans mon lit. À me satisfaire.

Elle avait un mal fou à respirer.

— Si j'ai bien compris, dit-elle en tremblant, si je deviens votre épouse, mon devoir sera de vous fournir un héritier. Tout ce que je demande, c'est d'avoir le temps de me préparer à cette… obligation.

Il plissa les yeux sensuellement, l'air résolu.

— À quoi bon repousser l'inévitable ? D'une façon ou d'une autre, vous finirez sur le dos et j'userai de vous selon mon bon plaisir. Vous pourriez même vous apercevoir que vous aimez ça.

— Aimer ça ? s'esclaffa-t-elle. Je ne pense pas, non.

Le regard d'Angus s'attarda sur les lèvres de Gwendolen, et tandis qu'il prenait sa joue dans sa main et laissait ses doigts jouer dans les boucles de ses cheveux, elle eut l'impression que tout en elle fondait pour donner naissance à une grande flaque chaude de sensations.

— Puisque nous sommes en train de négocier les termes de votre reddition totale et entière à mon égard, déclara-t-il, j'acquiescerai à votre requête à deux conditions.

— Qui sont ?

Elle s'efforça de repousser le rouge qui lui montait aux joues.

— Je laisserai votre doux hymen intact, pour peu que vous acceptiez de vous montrer aimable à mon égard d'ici notre mariage. Vous ne me défierez plus devant les clans comme vous l'avez fait ce matin, pas plus que vous ne remettrez en cause mon autorité sur Kinloch. Vous soutiendrez mes décisions, en public comme en privé.

Mal à l'aise, elle se demanda si elle pouvait accepter ces termes.

Elle accepterait n'importe quoi si cela signifiait qu'il ne tenterait pas de la prendre dès la nuit suivante. Et peut-être, si la chance ou le ciel étaient avec elle, son frère arriverait-il à temps pour la sauver avant la date fatidique.

— Entendu. Quelle est la seconde condition ?

Elle faisait tout ce qui était en son pouvoir pour ignorer le pouce d'Angus qui allait et venait à présent avec douceur sur son menton.

— Quand votre frère arrivera en héros sur son cheval blanc, dit-il comme s'il avait lu dans ses pensées, comme je ne doute pas que ça se produise, c'est à moi, votre mari, qu'ira votre loyauté, et vous ne trahirez pas vos vœux.

— Mais que deviendra mon frère ? Ce château est son héritage, à lui aussi. Vous ne pouvez pas simplement compter qu'il…

Un éclair de colère brilla dans les yeux du Lion.

— Ce n'est pas son héritage. C'est le mien. Mais votre frère aura le choix. S'il me prête serment d'allégeance, il recevra des terres et un poste de haut rang ; sinon, il sera libre de partir.

Elle se tut, incrédule.

— Est-ce que vous promettez, est-ce que vous me donnez votre parole d'honneur d'Écossais que vous ne le tuerez pas ?

Angus s'écarta d'elle.

— Non. Car s'il lève son épée contre moi, ou tout autre membre du clan MacDonald, je le fendrai en deux sans hésiter.

Gwendolen regarda par terre. Elle ne doutait pas de sa parole et, pour la première fois, un vrai sentiment de défaite l'envahit. C'était un ennemi puissant, et elle était à court d'arguments.

— J'accepte ces termes, dit-elle enfin, se consolant avec le fait qu'elle avait au moins réussi à obtenir des compensations pour ses gens, et que le Lion n'essaierait pas de la forcer cette nuit-là. Peut-être Murdoch reviendrait-il bientôt avec une armée de tuniques rouges et traînerait-il ce rebelle jacobite à la potence pour trahison. Elle essaierait de lui faire passer un mot pour le prévenir de l'urgence de la situation et s'accrocherait à l'espoir que, même après l'abandon de son innocence, le château pourrait être récupéré par le clan. Tout espoir n'était pas perdu.

Ce serait son sacrifice, se disait-elle. Sa vertu en échange de la liberté éventuelle de son clan.

Elle leva les yeux et rencontra le regard bleu inflexible d'Angus.

— En avons-nous fini ? demanda-t-il. Avez-vous obtenu ce que vous vouliez ?

— Oui.

Elle se sentait toutefois complètement défaite.

— Alors, scellons cet accord. Prouvez-moi que votre parole est sincère.

— Comment ?

— Gagez-la avec un baiser, répondit-il d'une voix transformée en un murmure rauque.

Et avant que Gwendolen puisse s'y refuser, il avait posé sa bouche sur la sienne. Le sol sembla se dérober sous ses pieds. Elle n'avait jamais été embrassée auparavant, pas une seule fois. Elle avait vécu une existence vertueuse, résolue à devenir une femme très différente de sa mère, qui se servait du sexe comme d'un instrument de pouvoir sur les hommes.

Mais ce n'était pas la même chose. Pas du tout. Gwendolen n'avait aucun pouvoir en la circonstance. Elle était complètement fascinée et incapable de faire autre chose que de plier et de s'adoucir sous la force de sa volonté.

Il glissa ses mains derrière sa taille et l'attira contre lui, et sa tête s'inclina en arrière sous la pression du baiser, si plein d'urgence et si pénétrant qu'il la fit presque tituber. D'un coup, ce serment auquel elle avait consenti en toute naïveté lui parut une promesse de profond engagement physique. Ici, dans cette pièce, en joignant ainsi leurs bouches et leurs corps, il exigeait d'elle une reddition et une capitulation totales, et elle ne savait que faire d'autre qu'y répondre.

Il lui inclina la tête de côté et lui prit la nuque dans la paume, forçant doucement ses lèvres de la langue pour aller la mêler à la sienne. Le baiser arracha à Gwendolen un gémissement involontaire de soumission.

Puis, alors qu'elle commençait à s'habituer à la sensation provoquée par la rencontre de leurs lèvres et de leurs langues, il se retira et fit courir un doigt sur la joue enflammée de Gwendolen.

— Je crois décidément que vous allez aimer ça quand le moment sera venu, ma belle, déclara-t-il d'une voix bourrue.

Elle sentit ses genoux flancher.

— Certainement pas !

Il tourna les talons et partit vers la cour.

— Attendez ! dit-elle.

Il s'arrêta mais ne se retourna pas.

— Il y a encore une chose.

Tendue, elle avança vers lui.

Il tourna la tête.

— Je veux que les armoiries de ma famille restent dans la grand-salle, à côté des vôtres.

Pendant un temps qui parut infini à Gwendolen, Angus resta de dos, sans parler. Elle sentit l'incertitude lui nouer l'estomac.

Enfin, il se retourna.

— Vous vous en tiriez si bien, ma belle. Quel besoin avez-vous eu de tout gâcher ?

— Gâcher quoi ? Je demande juste ce qui nous revient de droit. C'est le roi de Grande-Bretagne qui a accordé ce château à mon père, et on ne peut pas rayer purement et simplement notre nom de ses murs.

Un autre guerrier pénétra dans la salle. Il était imposant lui aussi, mais ses cheveux étaient noirs comme la nuit et ses yeux, sombres comme le péché. Il s'arrêta à peine une fois la porte franchie.

Angus parla par-dessus son épaule.

— Lachlan, viens là et escorte ma future épouse jusqu'à ma chambre. Elle a besoin d'une bonne leçon sur les règles de la guerre et la signification du mot "reddition". Enferme-la et mets un garde à la porte.

— Quoi ? (Gwendolen sentit son cœur vaciller.) Je croyais que nous avions un accord.

— Nous avions un accord, et je dois avouer que j'ai pris plaisir aux négociations, mais vous n'auriez pas dû dépasser les bornes, ma belle. Je vous l'ai dit, je n'ai aucune envie d'épouser une femme qui ne sait pas quelle est sa place. Il est temps que vous appreniez quelle est la vôtre et que vous compreniez les limites de ma tolérance. (Il fronça les sourcils.) Je ne suis pas un homme gentil.

— Je n'ai franchi aucune limite. J'ai juste demandé une chose de plus.

— Les négociations étaient terminées, rétorqua-t-il. Ça suffit, maintenant. Suivez Lachlan et attendez-moi dans mon lit !

L'autre guerrier traversa la salle et lui prit le bras.

— Ne résistez pas, lui dit-il. Vous ne feriez qu'empirer les choses.

— Comment pourraient-elles être pires ? demanda-t-elle.

Lachlan gloussa.

— Vous ne connaissez pas Angus !

Chapitre 3

À l'instant où la porte claqua derrière elle et où elle entendit la clé tourner dans la serrure, elle serra très fort les paupières. Il lui fallut lutter contre un besoin presque irrépressible de hurler et de marteler la porte de ses poings. Elle se sentait assez désespérée pour le faire, mais elle n'avait jamais été le genre de femme à succomber à des crises d'hystérie. Ça ne servait à rien.

Et Angus le Lion ne lui avait vraiment pas semblé le genre d'homme à se laisser émouvoir par de tels enfantillages. Elle se dit qu'il ne devait pas exister grand-chose qui soit susceptible de l'émouvoir, car son cœur semblait de pierre. Il n'y avait rien de doux en lui, absolument rien. Elle n'avait repéré ni tendresse ni compassion dans sa façon d'être. Il l'avait traitée comme un objet. Il s'attendait à ce qu'elle le craigne et lui obéisse, et il avait clairement indiqué que si elle s'y refusait, il utiliserait son corps pour lui apprendre à se soumettre. Il avait également l'intention de se servir d'elle pour porter un enfant dans un but politique… et peut-être aussi pour satisfaire son désir de sauvage.

Elle rouvrit enfin les yeux et regarda autour d'elle la chambre de son père. Personne n'avait utilisé la pièce depuis son décès, mais Gwendolen n'en avait pas moins donné l'ordre aux domestiques d'y faire le ménage et de changer les draps une fois par semaine, car elle voulait que la chambre soit prête à tout moment, en vue du retour de son frère. Il semblait bien qu'au lieu de cela, elle l'avait fait préparer pour son ennemi. Et pour sa propre défloration.

Elle alla vers le lit, dont les couvertures écarlates étaient éclairées de brillants carrés de lumière solaire découpés par les fenêtres à meneaux. Le dernier livre qu'avait lu son père était ouvert sur la table de chevet à côté de la lampe. Personne n'y avait touché, pas plus que ses chaussures, qui étaient restées exactement à l'endroit où il les avait laissées la nuit de sa mort.

Gwendolen les regarda. Elles avaient bien servi et avaient pris la forme de ses pieds.

Qu'y avait-il donc dans les chaussures d'un homme qui laissait penser qu'il était toujours vivant et qu'il finirait par rentrer chez lui ? Elle se dit que c'était une preuve concrète de son existence, une partie de son être physique. Elles lui rappelaient son courage et sa force.

Elle s'agenouilla et fit courir un doigt sur la bosse laissée dans le cuir par l'un des orteils de son père, décidant qu'elle aussi serait courageuse. Quoi qu'il arrive, quoi que son vainqueur lui fasse subir, elle ne s'effondrerait pas. Elle ne succomberait pas à la puissance qu'il lui avait imposée quelques minutes plus tôt dans la grand-salle, quand il avait scellé leur accord d'un baiser. Elle avait été prise au dépourvu, voilà tout, et cela ne se reproduirait pas. La prochaine fois, elle serait prête à son toucher et aux sensations qu'il déclenchait, et ne se laisserait plus fasciner. Qu'il vienne, à présent, et elle remplirait sa part du marché avec courage, dignité et savoir-vivre.

Des pas résonnèrent dans le couloir et une clé tourna dans la serrure. Angus entra dans la pièce ; elle se retrouva soudain à souhaiter que le destin n'ait pas été tellement à l'écoute de ses nobles aspirations.

Elle se leva.

— Je vous ai dit de m'attendre au lit. (Il la montra de la main.) Et pourtant vous êtes là, debout. Êtes-vous simple d'esprit ? Ou juste incapable de suivre un ordre ?

— Je suis la fille d'un grand lord, pas un de vos laquais.

— Mais vous serez bientôt ma femme.

— Bientôt, peut-être, répliqua-t-elle. Mais nous ne sommes pas encore mariés, et nous ne le serons jamais si vous continuez à vous comporter comme un sauvage.

Elle s'écarta encore du lit et il la suivit d'un regard chargé d'une sévère mise en garde.

— Mais vous n'avez donc rien appris dans la grand-salle il y a quelques minutes à peine ? On ne me pousse pas dans mes retranchements, et je ne tolérerai pas une épouse désobéissante.

— Et qu'allez-vous faire de moi si je vous défie ? Me battre ? Me tuer ? Ce n'est pas ainsi que vous aurez l'enfant que vous désirez.

Il l'observait avec un intérêt croissant.

— Je pourrais vous mettre sur le dos en un instant de nombreuses façons différentes, ma belle, et aucune ne serait douce ou chevaleresque, alors je vous conseille de rentrer cette langue affûtée.

Elle se tourna vers la fenêtre, de nouveau en proie au désespoir.

— N'avez-vous pas eu votre content de violence pour la journée ? Et puis, est-ce que ce ne serait pas plus agréable pour vous si j'étais docile, ou même enthousiaste ?

Mon Dieu... Elle était vraiment à bout d'arguments !

Il s'avança, lentement.

— Tiens, tiens, voilà qui est intéressant. Enthousiaste comment ? Donnez-moi un exemple.

Il était trop malin, trop perspicace, pour ne pas savoir qu'elle n'avait pas la moindre idée de la façon dont elle pouvait manifester son « enthousiasme » une fois la défloration tant redoutée effectuée. La question lui fit perdre toute contenance.

— Allons, allons, reprit-il. Ne soyez pas timide. À quel point serez-vous enthousiaste quand je commencerai à vous déshabiller ?

Elle s'humidifia les lèvres et sentit qu'elle recommençait à vibrer intérieurement.

— Cela dépendra de votre magnanimité.

Elle était assez fière de la façon dont elle avait détourné la question.

— Et de vos talents de comédienne.

Il se rapprocha encore, sa lourde épée battant doucement contre sa hanche, et elle dut se cuirasser contre l'effet qu'il lui faisait. Il était grand et puissant, et la perfection de ses traits d'airain détournait son attention de ses desseins dégénérés. Elle se retrouva bouche bée devant ces lèvres pleines et douces et ces yeux d'un bleu si intense, à se demander comment une telle perfection était possible chez un homme, qu'il soit ignoble ou bien la bonté même.

— Je vais être franc avec vous, déclara-t-il en touchant sa joue du dos d'un doigt. Magnanime ou non, je vais vous mettre dans mon lit, donc vous feriez mieux de vous débarrasser de tout espoir stupide que je puisse être facilement manipulé ou dissuadé par votre précieuse innocence, ou par vos charmes, aussi généreux soient-ils. Je ne me laisserai pas toucher non plus par une quelconque supplication. Je ne me laisserai ni affaiblir, ni embobiner, et rien ne me détournera de mes intentions. Je n'ai pas grand-chose en guise de cœur, vous voyez, alors ne perdez pas votre temps à essayer de le toucher. Soumettez-vous et acceptez que les choses soient comme elles sont. Je ne serai ni violent ni cruel à votre égard – en tout cas, tant que vous vous souviendrez de ne pas me contrarier –, et vous pourriez même vous rendre compte qu'il y a certaines choses que vous appréciez.

— Certaines choses ? Comme quoi, précisément ? Votre dague sur mon cou tous les soirs ?

Quelque chose passa dans ses yeux, quelque chose qu'elle n'y avait pas encore vu, et elle se demanda s'il était amusé.

— C'est un peu théâtral, dit-il. Il me semble que vous attachez trop d'importance à mes armes. Mais ne vous inquiétez pas, ma belle. Je les mettrai de côté quand je vous ferai l'amour.

— Faire l'amour ? C'est comme ça que nous allons appeler ça ?

— Vous préféreriez que j'utilise une autre expression ? Je ne demande pas mieux, même si vous ne me semblez pas vraiment du genre à dire "baiser" ou "n…"…

— Arrêtez, je vous en prie ! (Elle recula et trébucha.) Ne… ne lui donnons pas de nom. Je préfère même qu'on n'en parle pas.

Ses yeux luisirent d'un intérêt renouvelé tandis qu'il la suivait à travers la pièce.

— Et pourquoi non ?

— Parce qu'il n'y a pas moyen d'en parler sans être obscène ou vulgaire.

Il rejoignit le lit d'une démarche chaloupée de prédateur et appuya sa large épaule contre la colonne de lit.

— Permettez-moi de ne pas partager cette opinion, ma chère. Certains hommes peuvent être tout sauf vulgaires lorsqu'ils s'efforcent de séduire une jolie femme comme vous. Je n'en suis pas, mais si vous le souhaitez, je peux tenter de vous charmer avec un sonnet.

—Maintenant, vous vous moquez de moi.

—Oui. (Son regard était froid et menaçant.) Je vous l'ai déjà dit : je ne suis pas du genre romantique.

Elle redressa le menton.

—Comme si, vous, vous connaissiez un sonnet.

—Vous avez raison. En plus de tout le reste, je suis une brute illettrée. Tout ce que je sais faire, c'est conquérir. Et piller, piller et encore piller.

Il vint vers elle et elle sentit sa vision se brouiller. Elle recula en disant :

—Si j'en étais capable, je ferais sortir mon père de sa tombe pour vous vaincre. Et il y parviendrait, croyez-moi. Cette chambre était la sienne, vous savez, et c'était un grand guerrier.

Plus il se rapprochait, plus elle se sentait perdue.

—Je n'en doute pas, et j'admire votre dévotion à son égard, ma belle, mais ce soir, c'est la discipline qui l'emporte, pas les fantômes.

—Et comment comptez-vous me discipliner ? Allez-vous me jeter sur le lit comme la bête sauvage et sanguinaire que vous êtes et me prendre malgré moi ?

—Est-ce que vous seriez en train d'essayer de m'exciter ?

Saisie, elle resta un instant sans respirer.

—Ou allez-vous me battre, reprit-elle, et me garder enfermée pour toujours ?

Il la força à reculer jusqu'au mur et laissa son regard affamé la parcourir lentement du haut du crâne jusqu'aux orteils.

— Ni l'un ni l'autre ne me tente vraiment pour le moment. Je me suis assez battu pour aujourd'hui. Tout ce que je désire, c'est tenir votre charmant corps nu sous le mien, et je suis surpris que nous soyons encore debout à en parler. Vous pouvez être fière de vous, ma belle, pour avoir tant retardé l'échéance.

Gwendolen serra les poings.

— Pourquoi ne vous trouvez-vous pas une autre femme pour satisfaire vos désirs ? Je ne suis pas partante.

— Vous êtes un peu mégère, non ?

Il passa les lèvres sur sa joue. Il était si près qu'elle sentait le parfum viril de sa peau.

— Si ça doit vous déplaire, alors oui, je le suis.

Sans prévenir, il la souleva dans ses bras et la jeta sur le lit. Avant qu'elle ait pu émettre la moindre protestation, il était au-dessus d'elle, l'enfonçant si profondément dans la douceur du matelas de plume qu'elle crut qu'elle n'en ressortirait jamais.

— Peut-être est-ce que je devrais vous prendre maintenant, histoire de compléter l'invasion ? susurra-t-il en glissant sa main sous ses jupes pour lui caresser la cuisse. Pourquoi attendre notre nuit de noces ?

— Nous avions un accord. Dans la grand-salle... Vous avez promis...

— Peut-être que je jouais simplement avec vous ?

Il frotta le bout de son nez contre celui de Gwendolen, puis sur sa joue jusqu'à son oreille, tandis qu'il passait sa large paume dans son dos et faisait basculer ses hanches pour les coller à son propre bassin.

Gwendolen se souvint qu'elle venait de se promettre d'être courageuse quoi qu'il lui fasse, et elle s'efforça de conserver une attitude digne face à ce saccage soudain et brutal de son innocence.

— Peut-être serai-je forcée de vous céder mon corps, dit-elle, mais je ne vous céderai jamais mon âme.

Il rit dans son oreille.

— Assez de théâtre, ma belle. Vous savez que vous êtes vraiment amusante ? On dirait une mauvaise pièce. Quelles sont vos dernières lectures ?

Elle était à la fois furieuse et mortifiée. Tout son corps semblait pulser et s'enflammer malgré elle, et elle se sentait totalement exposée.

— Je n'avais pas l'intention de vous amuser.

— Pourtant, je suis sous le charme. Si je ne devais pas vous maintenir allongée, j'applaudirais votre performance des deux mains et je vous jetterais des roses.

D'un coup, il colla sa bouche contre la sienne. C'en fut trop pour elle. Ses lèvres, brûlantes et douloureuses, s'adoucirent au contact de la langue d'Angus, qu'elles laissèrent bien vite passer entre elles.

Oh, comment allait-elle parvenir à traverser ce sacrifice ?

Mais « sacrifice » était un terme de moins en moins approprié pour décrire ce qui se produisait, car elle se retrouva sans tarder à flotter sur un petit nuage de sensations enivrantes.

Il déposa des baisers mouillés sur ses paupières et sur son front, tout en rampant lentement sur elle, se propulsant contre son corps avec de douces ondulations qui lui évoquaient la mer. Quelques instants plus tard, c'est la peau sensible et frissonnante de son cou qu'il vint explorer de sa bouche, poussant la langue dans le creux de sa gorge.

Gwendolen se concentra sur sa respiration, s'efforçant de ne pas céder à ses assauts et de donner au moins l'apparence de l'indifférence.

Les yeux rivés sur le ciel de lit écarlate, elle se reprochait d'avoir capitulé si vite. Sa détermination à combattre et mourir dans l'honneur au côté des vaillants guerriers de son clan lui avait pourtant paru si solide. Au lieu de ça, elle était en train de fondre comme du sucre dans les bras de leur vainqueur.

Elle se dit que ce n'était que parce qu'elle n'avait jamais été embrassée avant ce jour et qu'il lui manquait l'expérience indispensable pour utiliser le sexe comme une arme, comme l'aurait fait sa mère avec efficacité si elle avait été à sa place.

D'un autre côté, elle avait le sentiment que sa mère n'aurait peut-être pas fait mieux. Elle se serait probablement retrouvée à fondre, elle aussi.

Soudain, le visage de sa mère lui apparut.

— Je vous en prie, il faut que je vous demande quelque chose, souffla-t-elle hors d'haleine. Est-ce que ma mère est saine et sauve ? Dites-moi que vous ne lui avez pas fait de mal.

Angus l'embrassa dans le cou et lui donna un coup de bassin.

— À quel point voulez-vous vraiment le savoir ?

— Je veux vraiment le savoir, répondit-elle. Je promets, si vous me dites qu'elle est saine et sauve, de ne plus vous mettre en colère. Je ferai tout ce que vous demanderez.

Sans cesser ses baisers, il eut un sourire suffisant.

— Ah, ma belle, vous m'avez montré deux fois aujourd'hui que vous avez un talon d'Achille fort tendre, et très joli d'ailleurs. Juste le genre de choses qu'un guerrier sans pitié espère trouver dans une situation de ce genre. Le défaut de la cuirasse, la porte entrebâillée...

— Qu'est-ce que vous dites ?

Il revint à ses lèvres.

— Vous rendez les choses presque trop faciles. Ce n'est même plus drôle.

— Drôle pour vous, peut-être. Pas pour moi.

Le Lion se souleva sur les bras et la considéra dans la lumière matinale qui entrait à flots par la fenêtre.

— Vous et votre précieuse, votre sainte vertu, dit-il. Vous devriez vraiment laisser tomber.

Gwendolen luttait pour arriver à réfléchir.

— Attendez... Qu'est-ce que vous voulez dire par un défaut dans ma cuirasse ?

Il l'embrassa de nouveau sur la bouche. Jamais elle n'avait imaginé que les lèvres et le corps d'un homme pussent provoquer de telles sensations. C'était comme boire du feu liquide ou tomber d'un nuage.

— Que vouliez-vous dire ? répéta-t-elle.

Il roula sur le côté, posa la joue sur une main et lui lança un regard glacial.

— Ce que j'essayais de dire, ma belle, c'est que si vous me contrariez encore une seule fois, ce n'est pas vous que j'enfermerai, ce sera votre mère tant aimée.

— Pardon ?

— Vous êtes trop facile à déchiffrer et bien trop prompte au sacrifice, reprit-il d'une voix mauvaise. Je crois que vous seriez morte pour votre clan si je vous avais poussée trop loin dans la grand-salle. Et regardez-vous maintenant, jouant le rôle d'une partenaire pleine de bonne volonté, vous ouvrant à moi comme une fleur au printemps alors que nous savons tous les deux que vous préféreriez me tirer une balle dans la tête plutôt que de me laisser glisser une main sous vos jupes.

— Non, répondit-elle, un peu ridicule, ce n'est pas tout à fait vrai.

Il se glissa hors du lit et remit le bas de sa chemise dans son kilt, puis tira la dague fixée à sa botte et en pointa la lame acérée vers elle.

— Nous avons un accord, déclara-t-il, et je serai fidèle à ma parole. Je ne revendiquerai pas votre hymen avant que nous soyons mariés, et votre mère aura ses bijoux et sa place à notre table. Et je donnerai l'égalité des droits à tous les MacEwen qui me prêteront allégeance ce soir. Le tout, à condition que vous respectiez votre part du marché.

Gwendolen se hissa sur les coudes et lutta pour calmer sa respiration hachée.

— Et que vous ai-je promis exactement ?

Seigneur ! Elle ne s'en souvenait même plus. Son esprit était embrouillé. Ses pensées avaient été piétinées comme le raisin dont on fait le vin. Elle se sentait complètement ivre.

— Vous m'avez donné votre parole que vous seriez dorénavant aimable à mon égard. Vous ne me défierez pas, pas plus que vous ne résisterez à mon autorité sur Kinloch ou ne la contesterez. Vous me soutiendrez dans mes décisions, en public comme en privé. Et quand votre frère reviendra, ce sera à moi, votre mari, qu'ira votre loyauté, et pas à lui.

Et cela signifiait qu'en contrepartie, il ne coucherait pas avec elle ? Qu'il ne la forcerait pas ? C'était là le seul aspect sur lequel elle semblait pouvoir se concentrer.

— Est-ce que nous sommes bien d'accord ? demanda-t-il.

Elle acquiesça vivement.

— Bien. Vous voilà enfin obéissante. Maintenant arrachez-vous à ce lit, femme. Il y a des blessés dont il faut s'occuper.

Sur ce, il tourna les talons et sortit de la chambre.

Gwendolen se laissa retomber sur le lit et expira un grand coup. Jusque-là, il avait lu en elle comme dans un livre ouvert et exploité toutes ses peurs et toutes ses faiblesses à son avantage. Ce n'était clairement pas une brute ignorante. Il était intelligent et calculateur, et doué pour la stratégie, dans la chambre à coucher comme sur le champ de bataille.

Mais elle aussi était intelligente. Son père, Dieu ait son âme, l'avait encouragée à faire usage de sa tête. Elle allait donc passer le reste de la journée à réfléchir à ce qu'il lui avait montré. Elle aussi lirait en lui et, dès ce soir, elle l'aurait déchiffré et commencerait à lutter pour sa survie.

Chapitre 4

Ce soir-là, la grand-salle résonnait des rires des hommes, soulignés par la musique inspirée d'un ménétrier qui circulait dans la vaste pièce en faisant danser joyeusement son archet sur les cordes de son violon. Les robes colorées des femmes MacEwen donnaient un air festif à l'assemblée, et les fumets du pain frais et des gigots aux herbes, ainsi que la promesse de pâtisseries pour le dessert, laissaient croire qu'il y avait quelque chose à célébrer.

Ce n'était pourtant pas le cas pour Gwendolen. Elle entra, vêtue d'une simple robe de soie grise, avec le sentiment qu'elle descendait dans les flammes brûlantes de la salle de banquet du diable.

Toutes les armoiries des MacEwen avaient été retirées. Il n'en restait rien, à part le blason gravé dans les pierres qui dominaient l'âtre. Elle se dit que si chacun semblait plutôt content en apparence, pour les MacEwen, cette attitude civile et souriante envers leurs conquérants n'était qu'un masque cachant leur peur et leur haine.

Surtout leur peur, d'ailleurs, grâce à – ou plutôt à cause de – leur nouveau chef.

Elle s'aventura plus avant dans la salle et circula dans la foule. Elle avait passé la journée à s'occuper des blessés des deux camps, et était épuisée, tant physiquement qu'émotionnellement. La plupart de ceux qui avaient survécu au combat n'avaient que des blessures sans gravité. Certains étaient même présents au banquet, couverts de pansements, mais prêts à boire et à faire la fête. Toutefois, l'un des hommes de son clan, son cher ami Douglas, était mort dans de terribles souffrances quand le chirurgien avait tenté de lui retirer une balle de mousquet de l'épaule.

La musique et les effluves de nourriture ne suffisaient pas à améliorer l'humeur de Gwendolen. Elle savait qu'elle devait pourtant cacher son chagrin, car les gens de son clan auraient besoin de son assurance et de ses encouragements pour les jours à venir.

Elle repéra sa mère de l'autre côté de la salle. Vêtue d'une robe vert sauge qui mettait en valeur sa chevelure auburn, elle était rayonnante. Gwendolen eut la consolation de voir qu'Onora portait ses plus beaux bijoux, ce qui voulait dire qu'Angus avait tenu parole et ne l'avait pas privée de son statut.

Elle jeta un coup d'œil circulaire à la recherche de son futur mari, qu'elle n'avait pas vu depuis le matin, mais ne reconnut que le beau guerrier ténébreux qui l'avait escortée jusqu'à la chambre de son père, celui qui s'appelait Lachlan. Il venait d'apercevoir Onora et s'était mis à traverser résolument la grand-salle afin de la rencontrer.

Gwendolen se dépêcha de rejoindre sa mère, et ils se retrouvèrent tous trois au centre de la pièce en même temps.

— Puis-je savoir à qui j'ai l'honneur de m'adresser ? demanda Onora quand Lachlan lui tendit un verre de vin qu'il venait de prendre sur le plateau que faisait circuler un domestique.

— Je suis le cousin d'Angus, répondit-il. Lachlan MacDonald, chef d'état-major. Mon père, avant moi, était également chef d'état-major de Kinloch. Il est mort au combat lorsque votre mari a envahi les lieux il y a deux ans.

Il regardait Onora avec une arrogance toute masculine, dont n'était toutefois pas absente la badinerie.

La mère de Gwendolen, pour qui la badinerie n'avait pas de secret et que rien ne pouvait désarçonner, lui renvoya un sourire éclatant.

— Quel honneur de rencontrer un homme aussi courageux et héroïque. Je suis charmée.

Elle tendit la main.

Il se pencha en avant et la baisa sans lâcher un seul instant sa propriétaire des yeux.

— Vos lèvres sont douces, monsieur.

— Et vos yeux, madame, sont aussi beaux que vos bijoux.

Gwendolen fit un pas en avant pour les interrompre.

— Nous nous sommes rencontrés ce matin, dit-elle.

— En effet. Miss MacEwen.

— Et où est notre grand conquérant, ce soir ? demanda-t-elle. J'espère qu'il nous fera bientôt la grâce de sa présence.

Il eut un sourire narquois devant son sarcasme évident.

— Et moi donc, car je n'ai aucune envie d'occuper son fauteuil. J'ai d'autres plans.

Onora posa un doigt sur la broche qui ornait son tartan à l'épaule et ajusta ce dernier.

— Et quels sont donc ces plans, monsieur ?

— Je ne sais pas encore, madame. Il me faut d'abord me réhabituer au terrain.

— Eh bien, reprit Onora, les yeux brillants, si vous avez besoin d'aide pour retrouver votre chemin dans le château, commencez par vous adresser à moi. Je serai ravie de vous aider. Si je peux vous être utile en quelque manière. Quels que soient vos besoins...

Gwendolen se racla la gorge.

— Si vous voulez bien nous excuser, Lachlan. Je voudrais échanger quelques mots avec ma mère.

Il s'inclina et recula vers un groupe de guerriers qui trinquaient avec leurs chopes d'étain avant de renverser la tête en arrière pour engloutir le peu de leur bière qui n'avait pas fini au sol.

Gwendolen conduisit sa mère dans un coin tranquille.

— Faut-il absolument que vous flirtiez sans réfléchir avec tous les membres du clan ennemi ? Vous ne pouvez pas vous retenir, ne serait-ce qu'une nuit ?

Onora secoua la tête.

— D'abord, je ne flirte jamais sans réfléchir. N'oublie pas que celui-là est chef d'état-major. Maintenant, raconte-moi ce qui s'est passé dans la chambre. Tu peux tout me dire, ma chérie. D'ailleurs, dis-moi tout.

Gwendolen regarda autour d'elles pour s'assurer que personne n'écoutait, puis se pencha vers sa mère pour murmurer à son oreille.

— Ça a été vraiment difficile. Il s'est servi du sexe comme menace pour me faire rentrer dans le rang parce qu'il savait que je n'en voulais pas.

Onora s'écarta légèrement.

— Il n'a fait que menacer ?

— Oui. Enfin… Il m'a bien jetée sur le lit pour m'y rejoindre et prendre certaines… libertés.

Rien qu'à ce souvenir, elle sentait son corps se remettre à trembler.

— Tu n'as pas tenté de le repousser ?

— Bien sûr que si, mais il est très fort.

— Hum. J'ai vu, oui.

— Vous l'avez rencontré ?

— Oui. Il est venu dans ta chambre ce matin pour me parler brièvement après t'avoir vue. Il est entré sans frapper et m'a informée sans ménagement qu'il était le nouveau seigneur. Puis il m'a dit de retourner à mes appartements et que je pouvais garder mes bijoux.

— Qu'avez-vous répondu ?

— Rien. Il est ressorti avant que j'aie pu ouvrir la bouche. Il n'avait de toute façon pas l'air intéressé par ce que j'aurais pu dire. Il était très impatient et semblait très pressé.

Soudain, le silence se fit : le Grand Lion était entré dans la salle et se dirigeait vers le fauteuil du père de Gwendolen à la table principale, qui était recouverte d'une nappe blanche et ornée de compotiers de fruits et de jattes de fleurs en étain. Un domestique apporta une coupe de vin incrustée de joyaux et la plaça devant lui. Il la prit et se laissa aller contre le dossier de son siège.

Onora le regardait avec intérêt.

— J'ai appris aujourd'hui qu'il avait été exilé aux Hébrides, où il a passé les deux dernières années, et qu'il y avait une devineresse comme maîtresse.

— Une devineresse ? (Même si Gwendolen ne voulait rien savoir des maîtresses passées d'Angus, elle ne pouvait nier que cette information-là l'intriguait vraiment.) Une vraie ? Est-ce qu'elle prédisait l'avenir ?

— Il semble bien. Elle lui a dit qu'il parviendrait à reprendre le contrôle de Kinloch, que son heure viendrait et qu'il réaliserait tous ses rêves. Tu vois… Le genre de choses susceptibles d'encourager la passion chez un homme. (Onora enroula une mèche de cheveux autour de son doigt.) Je devrais peut-être me présenter comme oracle, moi aussi.

Gwendolen ignora la remarque ironique de sa mère.

— Où est cette devineresse maintenant ? Je vous en prie, dites-moi qu'elle ne l'a pas suivi ici.

— Non, il l'a laissée derrière lui aux Hébrides. D'après ce que j'ai compris, c'était une sacrée ensorceleuse. Et ça n'est pas un compliment dans ma bouche. (Onora prit une gorgée de vin en regardant Angus par-dessus le bord de son verre.) Comment a-t-il été, quand il est venu te voir ?

— Que voulez-vous dire ?

— S'est-il montré bon amant ?

Gwendolen laissa échapper un soupir de mécontentement.

— Comment le saurais-je ? C'était la première fois que quoi que ce soit de ce genre m'arrivait, je ne suis donc pas en mesure de répondre à cette question. Et pourrait-on parler d'autre chose, s'il vous plaît ? Cet homme est mon ennemi. Ça m'est égal qu'il soit bon amant ou pas. Ça n'aura pas d'importance.

Onora but une nouvelle gorgée.

— À mon avis, tu découvriras bien vite qu'en fait, ça a beaucoup d'importance. Et ce d'autant plus qu'il est ton ennemi !

Gwendolen observait son futur mari discuter au pied de l'estrade avec un guerrier MacEwen qui cherchait sans aucun doute à faire bonne impression.

— Je ne vous comprends pas.

— À l'évidence, non, mais tu finiras par comprendre et peut-être même par me demander conseil : tu auras alors un océan de sagesse à ta disposition. Nous verrons qui contrôle qui, et tu auras peut-être la surprise de te découvrir en position dominante. (Onora porta de nouveau le verre à ses lèvres et regarda attentivement Angus en buvant longuement.) Au moins, il est beau. Tu imagines s'il avait une tête de sanglier ?

— Mère !

Onora reporta son regard brillant sur sa fille.

— Promets-moi au moins d'essayer de le charmer. Tu sais ce qu'on dit, on n'attrape pas les mouches avec du vinaigre…

— Je ne veux pas l'attraper. Je veux qu'il s'en aille. Et c'est d'ailleurs pour ça que nous devons envoyer un message à Murdoch pour lui raconter ce qui s'est passé. Plus tôt il reviendra, mieux ce sera. S'il pouvait revenir avec une armée…

— Hum. Je suppose que c'est ce qu'il y a de mieux à faire, en effet…

Gwendolen regarda autour d'elle d'un air consterné.

— Parfois, je me demande pourquoi je vous suis si dévouée.

Le visage d'Onora s'éclaira d'un large sourire.

— Mais parce que je suis ta mère et que tu m'adores.

Dix domestiques pénétrèrent dans la grand-salle en portant des plateaux couverts de pain chaud, tout juste sorti des fours, qu'ils placèrent sur les longues tables à tréteaux. Le bourdonnement des conversations et des rires cessa tandis qu'hommes et femmes prenaient place sur les bancs.

— J'imagine qu'il est temps que nous rejoignions nos ennemis, dit Gwendolen.

Elle allait partir quand sa mère la retint par le bras.

— Attends, dit Onora, retrouvant son sérieux. Tu dois savoir, Gwendolen, qu'Angus a ordonné à ses hommes de s'abstenir de poursuivre de leurs assiduités les femmes de notre clan, dont certaines ont perdu leur mari au combat aujourd'hui. Elles doivent toutes avoir le temps de faire leur deuil. Ce n'est qu'ensuite que les hommes du clan MacDonald auront le droit d'en faire leurs épouses.

— Pourquoi me dites-vous ça ?

Elle haussa les épaules.

— J'ai pensé que tu aimerais le savoir. Et que peut-être ce genre d'informations sur le compte de ton futur mari t'aiderait à remplir tes obligations conjugales. La première fois, ce n'est jamais simple.

Gwendolen eut un regard de gratitude pour sa mère.

— J'apprécie ce que vous essayez de faire, dit-elle, mais je crois que rien ne pourrait rendre ça moins difficile. Prions seulement pour que ce soit vite terminé.

Un domestique vint remplir son verre, puis Angus se laissa aller en arrière dans son fauteuil. Il fut bientôt distrait par l'image de sa future épouse traversant la salle pour le rejoindre à table.

Il était étonné d'avoir eu cette chance inattendue d'être tombé sur une femme qui n'avait pas mauvaise figure. Même dans cet horrible vêtement gris, elle en remontrait à toutes les femmes présentes, car il y avait quelque chose d'intangible, d'étrangement éthéré dans sa beauté, quelque chose d'irradiant qui brûlait dans ces yeux marron si perçants. Ses épais cheveux noirs lui donnaient un air exotique et contrastaient avec son teint d'ivoire. Par-dessus tout, il y avait ses lèvres rouge cerise souples et pleines. Sa présence suffisait à lui faire tourner la tête.

Toutefois, tandis qu'il la regardait s'approcher et qu'un violent désir charnel lui donnait envie de se lever pour la prendre par la main et l'entraîner jusqu'à son lit, il commença à se demander s'il ne s'agissait pas d'une malédiction plutôt que d'une bénédiction, car il ne tenait absolument pas à s'enticher de qui que ce soit, et surtout pas d'une épouse.

Il avait vu ce qu'une obsession romantique pouvait faire à un homme. Il avait vu son ami le plus proche, Duncan MacLean, déposer les armes et abandonner sa vie de guerrier pour l'amour insensé qu'il portait à une femme.

Et une Anglaise, en plus. Angus avait été tellement contrarié par cette histoire, et si frustré par son incapacité à faire entendre raison à Duncan, qu'il avait un peu perdu la tête lui-même, jusqu'à laisser sa rage l'amener à une incroyable trahison, suivie d'une honte insupportable.

— Tu as l'air perdu dans tes pensées, dit Lachlan en s'asseyant à côté de lui et en prenant un morceau de pain croustillant. Je te comprends. Sacré trophée, celle-là.

Gwendolen s'était arrêtée pour parler à une vieille femme dans la foule.

Angus prit son verre et fronça les sourcils.

— Oui, elle est ravissante, c'est sûr, et elle a l'esprit combatif d'un guerrier écossais, mais ne t'y trompe pas, Lachlan. Le vrai trophée, c'est Kinloch.

Lachlan se laissa aller contre le dossier de son siège.

— Peut-être, mais qu'est-ce que Kinloch sans les gens qui y vivent ? Sans eux, c'est juste un tas de pierres liées par du mortier.

Angus le regarda, l'air irrité.

— Des pierres et du mortier, Lachlan ? Le combat de ce matin t'a-t-il rendu faible d'esprit ? Sans ces murs, il n'y a pas de foyer. Il n'y a rien.

Il pouvait en témoigner. Il était resté deux ans en exil, vivant dans le froid et l'humidité des franges occidentales des Hébrides dans une hutte au toit de chaume, avec Raonaid, paria comme lui. Une diablesse de femme, que ses dons surnaturels avaient fait bannir et qui n'avait d'autre endroit où aller. Pendant toute cette période, il s'était senti comme un bouchon dans une mer glacée, sans terre en vue, ni même un fond vaseux où se planter. Il ne s'était jamais senti si perdu ou si inexistant. Jamais, auparavant, il n'avait pensé qu'on put se sentir comme un mort vivant.

Il prit une nouvelle gorgée de vin et observa Gwendolen par-dessus le bord de sa coupe ouvragée. Elle et sa mère – une autre beauté dangereuse – discutaient toujours avec la vieille femme, qui essuya une larme du dos de la main. Gwendolen lui offrit un mouchoir plié qu'elle avait dans la manche.

— Ta future belle-mère m'a tout l'air d'une sacrée renarde, dit Lachlan à voix basse en se penchant vers

Angus. Tu devrais garder un œil sur elle. J'ai appris aujourd'hui qu'elle a mis l'intendant de son défunt mari dans son lit le soir même des funérailles et que, depuis, elle lui fait faire tout ce qu'elle veut.

— C'est pire que ça, répondit Angus. Cela fait en réalité plus d'un an qu'elle couche avec lui et qu'elle régente Kinloch depuis sa chambre à coucher. Son mari n'était qu'un fantoche.

Lachlan prit un peu de vin.

— Je dois avouer que je ne suis pas surpris, car je viens de la rencontrer. Est-ce que la fille est au courant ?

Angus considéra Gwendolen à travers la salle.

— Je ne peux pas en être sûr. Il est difficile d'imaginer qu'elle n'ait pas su ce qui se passait. Elle est intelligente et résolue. Mais elle me semble trop vertueuse pour fermer les yeux sur quelque chose de ce genre.

Il pensa à la douceur de sa peau sous ses mains exploratrices et à la façon dont elle avait réagi à ses caresses, avec tant de désir réprimé. Il se demanda si elle était comme sa mère et s'il s'agissait en réalité d'une comédie, destinée à lui faire croire qu'il était parvenu à la conquérir, à lui donner un sentiment de pouvoir trompeur ; ou si, au contraire, elle avait vraiment été excitée par ses baisers et s'avérerait malléable à l'avenir.

— Qu'as-tu appris sur le fils ? demanda Angus, changeant le cours de ses pensées. Ma future épouse croit qu'il va revenir d'un moment à l'autre pour récupérer ce qu'il considère comme son bien.

— J'ai bien peur que ce soit la stricte vérité. On lui a envoyé un message le prévenant de la mort de son père, mais il n'a pas répondu, ce qui veut dire que pour ce qu'on en sait, il pourrait fort bien se présenter demain aux portes du château. J'ai également appris que son départ ne s'est pas fait dans la bonne humeur. Lui et son père se sont disputés pendant des semaines. Certains disent que leur désaccord portait sur une femme qu'on ne lui donnait pas le droit d'épouser, ce qui expliquerait leur éloignement et son absence au chevet de son père.

Une fois encore, Angus pensa à l'obsession romantique de son ami Duncan pour une femme et à la façon dont de telles passions pouvaient distraire un homme de ses desseins de guerrier et de meneur d'hommes.

— Est-ce que Murdoch est assez puissant pour lever une armée ? demanda-t-il.

— Il a le soutien du roi George. C'est d'ailleurs pour cette raison que nous avons perdu Kinloch au profit des MacEwen.

— À cause des éternelles passions jacobites de mon père.

Angus se mit à siroter son vin en se souvenant de toutes les actions politiques et guerrières menées pour le compte de la couronne des Stuart et de la manière dont elles s'étaient soldées, à la défaite de Sheriffmuir.

Lachlan prit un autre morceau de pain.

— Ton père avait levé une armée en vue de détrôner un roi, et les monarques régnants n'aiment pas ça, Angus. Le roi George va certainement te surveiller de très près dans les mois à venir et s'assurer que tu ne manœuvres pas en secret.

— Je n'en ai pas la moindre intention, répliqua Angus. En tout cas, pas pour l'instant. Je veux la paix à Kinloch. J'ai vu assez de sang couler pour un moment.

Lachlan considéra le profil de son cousin.

— Je n'aurais jamais cru vivre le jour où Angus le Lion n'aurait plus le désir impérieux de se battre.

— Moi non plus. Et ça ne veut pas dire que cette envie ne me reviendra pas un jour ou l'autre. Mais, pour l'instant, j'ai un devoir à accomplir ici : rendre Kinloch aux gens de mon clan et leur assurer la stabilité.

— Une femme et un enfant devraient y contribuer fortement.

— Oui, et à ce propos, nous nous devons de réduire à néant toute possibilité d'invasion future de la part d'un autre chef MacEwen ambitieux.

Lachlan se pencha vers Angus.

— Je croyais t'avoir entendu dire que tu étais fatigué de voir couler le sang.

— Oui, je le suis, rétorqua Angus. Et je préférerais qu'on n'en arrive pas là. Je ne pense pas que ma fiancée apprécierait. Il s'agit de son frère, après tout.

— Que veux-tu faire ?

Angus abaissa encore le niveau de sa voix.

— Envoie un homme à la recherche de Murdoch ; qu'il lui offre des terres et une situation. S'il veut la paix, il l'acceptera.

— Et sinon ?

Angus regarda calmement Gwendolen, qui reprenait son chemin vers la table.

— Fais le nécessaire pour assurer la paix. Il ne doit plus y avoir d'invasion.

Lachlan hocha la tête et se laissa aller en arrière dans son siège.

— Je comprends. Je lancerai quelques limiers sur sa trace dès l'aube.

Soudain, le bruit des conversations et des rires s'atténua. Gwendolen montait sur l'estrade. Angus se leva et tendit la main. Elle hésita et la regarda d'un air soupçonneux avant de se décider à glisser ses petits doigts dans la paume d'Angus et de faire face aux membres des clans réunis. Le silence se fit. Les conversations ne reprirent que lorsque Angus et Gwendolen se furent assis ensemble pour manger.

Chapitre 5

Gwendolen contempla le bol de soupe qu'on venait de placer devant elle et huma le lourd fumet de la viande qui nageait dans un épais bouillon épicé. Au centre de la table, sur un plateau, trônait un cochon rôti entier, doré et croustillant à souhait, qui n'attendait plus que d'être tranché et dévoré. Elle regarda autour d'elle avec découragement les compotiers de fruit, les chandeliers étincelants et tous les domestiques parcourant la grand-salle avec des plateaux chargés de nourriture : son chaos intérieur ne voulait pas se calmer.

— Je me suis laissé dire, déclara Angus, que vous vous étiez montrée fort utile à l'infirmerie aujourd'hui. Que vous aviez travaillé sans relâche, avec zèle, et que vous vous aviez fait preuve de beaucoup de douceur et de compassion. Bref, que vous étiez un véritable ange de miséricorde.

Gwendolen s'efforça de se souvenir qu'elle avait promis de se montrer aimable à son égard.

— J'ai fait ce que j'ai pu, mais il y a malheureusement eu quelques pertes inévitables, et très pénibles.

— Les hommes de votre clan se sont battus courageusement, dit-il. Vous pouvez être fière d'eux.

— C'est probablement vrai, mais ma fierté ne ramènera pas le fils de cette femme d'entre les morts, dit-elle en montrant Beth MacEwen, la mère de Douglas, à qui elle venait de parler longuement.

Angus lui lança un regard aigu.

— Pas plus que mon triomphe d'aujourd'hui ne ramènera mon père dans ce fauteuil, ma belle. Au lieu de ça, c'est à moi de prendre sa place.

Elle prit note du déplaisir qui perçait dans sa voix et laissa un peu temps s'écouler pour calmer le jeu avant de répondre.

— Je suis désolée de la perte de votre père. Ce n'est jamais facile à vivre. Comme vous le savez, j'ai moi aussi perdu mon père, et mon deuil est très récent.

Il inclina la tête.

— Est-ce un concours ? Croyez-vous que parce que mon père est mort il y a deux ans, vous souffrez plus ?

— Non, je ne voulais pas dire ça…

— J'ai appris la mort de mon père il y a un mois. Pendant deux ans, j'ai vécu en exil sans en avoir connaissance. Je n'étais pas là pour combattre à ses côtés et je le regretterai toujours.

Elle resta assise sans rien dire, plongeant sa cuillère dans le bouillon devant elle.

— Je suis désolée, finit-elle par déclarer. Je ne savais pas.

Et, après un nouveau silence, elle ajouta :

— J'imagine que cela signifie que nous avons quelque chose en commun.

— Et quoi donc ? demanda-t-il avec impatience.

— Le chagrin. Un chagrin vieux de quatre semaines.

Il étudia son profil un moment, puis tourna la tête de l'autre côté pour dire quelque chose à Lachlan, assis à sa gauche.

De la même façon, Gwendolen se retourna vers sa mère, qui vantait la nourriture et le vin au membre du clan MacDonald attablé à sa droite.

— Alors, est-ce que tu apprends des choses ? demanda discrètement Onora à sa fille tout en tendant la main pour attraper une pomme rouge vif.

— Je fais de mon mieux.

— Continue, ma chérie. Tu dois trouver comment mettre cet homme à genoux.

En n'importe quelle autre circonstance, Gwendolen aurait été choquée d'entendre ainsi parler d'un homme, car elle croyait à la sincérité et à l'honnêteté entre les sexes, et pas à ces attitudes et à ces petits jeux de stratégie. Mais ce mariage tout proche n'avait rien de naturel. Il allait marquer l'aboutissement de combats sanglants et d'une quête de pouvoir, et elle ne pouvait pas se montrer vertueuse ou romantique, pas plus que se dérober à son devoir.

— Je ne sais pas quoi lui demander.

— Tente de savoir s'il compte suivre les pas de son père et organiser une nouvelle rébellion pour le compte des Stuart. Si c'est le cas, nous risquons de nous retrouver du mauvais côté de la loi quand le roi George l'apprendra. Il a accordé ce château à notre clan en reconnaissance de sa loyauté. Il n'est pas question qu'on nous croit jacobites. Tu dois découvrir les intentions d'Angus.

Gwendolen se retournait déjà vers son futur mari quand Onora lui toucha le bras.

— Attends. D'abord, essaie de savoir si c'est lui le Boucher des Highlands. Une information comme celle-là n'aurait pas de prix. Le Boucher est le rebelle le plus recherché d'Écosse, et si nous parvenions à révéler son identité et à le livrer aux Anglais, le roi serait notre obligé.

Consciente que ce plan était brillant, Gwendolen se tourna vers Angus et tenta d'amener le sujet de son passé sur le tapis sans avoir l'air d'y toucher.

— Est-ce que je peux vous poser une question ?

— Oui.

— Pourquoi êtes-vous resté si longtemps loin de Kinloch ? Et pourquoi êtes-vous parti, si vous aimez tant cet endroit ?

— N'avez-vous pas entendu les rumeurs ?

Son regard était froid, voire glacial.

Décidée à ne pas fuir la question, elle le regarda droit dans les yeux.

— J'en ai entendu, oui, mais je ne leur accorde pas beaucoup de crédit. Surtout s'agissant d'un homme comme vous, qui attire les ragots.

— Pourtant je ne cherche pas toute cette attention.

— Elle vous trouve malgré tout. Et vous n'avez toujours pas répondu à ma question.

— Pas plus que vous ne m'avez dit quelles sont les rumeurs que vous avez entendues.

Elle prit une gorgée de vin.

— Il y a plusieurs histoires qui courent. L'une d'elles dit que vous êtes le Boucher des Highlands, de sinistre réputation, le fameux rebelle jacobite qui a disparu il y a deux ans après s'être évadé d'une prison anglaise. Personne ne l'a vu ni n'a entendu parler de lui depuis. Son identité reste un mystère et beaucoup pensent qu'il est en train de rassembler en secret des forces pour lancer une nouvelle révolte. Est-ce vrai ? conclut-elle sans ambages. Avez-vous pris Kinloch pour créer une garnison de Jacobites ?

Il resta longtemps sans répondre.

— Non. Je ne veux pas fomenter de révolte. Je veux vivre en paix.

Elle scruta son visage, cherchant la vérité, quelle qu'elle fût, dans ses yeux, mais tout chez lui était dur comme l'acier. Son expression était indéchiffrable. On ne décelait aucun point faible, aucun défaut dans sa cuirasse.

— De toute façon, vous ne me le diriez pas, n'est-ce pas ? reprit-elle. Même si cet endroit devait devenir un bastion jacobite, vous protégeriez ce secret de votre vie, car vous connaissez mes opinions politiques.

— Oui.

— Mais pourriez-vous me dire si vous êtes le Boucher ? demanda-t-elle. Parce que je voudrais savoir si je m'apprête à épouser quelqu'un de si… (Elle allait dire « couvert de sang », mais se ravisa.) De si célèbre.

Angus la regarda d'un air entendu, comme s'il savait exactement ce qu'elle avait failli dire.

— Avez-vous suivi ses équipées, ma belle ?

— Oui, et même si je n'ai été d'accord ni avec ses choix politiques, ni avec la sauvagerie avec laquelle il poursuivait ses objectifs, j'ai été intriguée et étrangement émue par ses passions. On dit qu'il a tout fait pour venger la mort de sa bien-aimée et qu'il l'aimait tant qu'il ne pouvait vivre sans elle.

Angus prit le temps de siroter son vin.

— Je me serais attendu à ce que vous le condamniez pour ses méthodes, pas à ce que vous fassiez l'éloge de ses motivations.

Elle plongea sa cuillère dans sa soupe.

— Je n'en fais pas l'éloge. J'ai simplement trouvé sa situation intéressante. C'est tout. Comme vous le savez, je suis une partisane de la paix, et ses méthodes étaient vraiment inexcusables.

Angus se retourna dans son fauteuil pour lui faire face.

— Parfois la violence est le seul moyen de parvenir à la paix. N'oubliez pas que votre propre père a attaqué ce château en son nom. Ce jour-là, bien des hommes ont dû combattre, et nombre d'entre eux sont morts.

Gwendolen acquiesça.

— Et je ne suis pas le Boucher des Highlands, ajouta-t-il. Je vous en donne ma parole.

Elle fut contente d'apprendre qu'elle n'allait pas épouser ce rebelle particulièrement sanguinaire, dont la réputation dépassait celle d'Angus le Lion, mais elle se souvint soudain que s'il avait été le Boucher, l'armée du roi George serait intervenue sans tarder pour libérer rapidement son clan des griffes de ce fugitif écossais.

— Me croyez-vous ? demanda-t-il.

Elle leva les yeux vers lui et hocha la tête.

Les yeux d'Angus redevinrent froids tandis qu'il s'emparait de son verre.

— Tant mieux. Parce que ça ne pourrait vraiment pas être moi. Je n'ai jamais eu de bien-aimée et n'ai jamais non plus été capable d'une telle passion pour une femme. Ce genre de choses obscurcit le jugement d'un homme et le rend faible.

Elle soutint son regard, consciente qu'une fois encore, il s'efforçait de la remettre à sa place, de s'assurer qu'elle comprenait bien qu'elle ne pourrait jamais le contrôler ou exercer d'influence sur lui par le biais de sa féminité. Elle n'était qu'un agneau pour lui. Pas une menace.

— Vous préférez qu'on vous craigne, dit-elle.

Il se laissa aller contre le haut dossier de son fauteuil et la regarda avec un appétit sexuel renouvelé qui semblait surgi de nulle part.

— Je suis heureux de voir que vous commencez à comprendre.

Le cœur de Gwendolen se mit à battre violemment, car il n'y avait rien de faible ou de flou dans les passions de cet homme. Il voulait coucher avec elle pour assouvir ses besoins, et il était tout à fait certain de pouvoir le faire le moment venu, sans que rien ne l'en empêche.

Elle était vexée de n'être pour lui qu'un exutoire à ses pulsions sexuelles. Lui n'était peut-être qu'un guerrier sans cœur dénué de tout romantisme, mais elle était plus sensible que ça. Avant cette invasion, elle avait rêvé de rencontrer le grand amour. Elle s'était imaginé un Écossais chevaleresque qui se consacrerait à elle passionnément, jusqu'à son dernier souffle.

Elle l'avait toujours su, elle était profondément romantique, mais il semblait que le temps était venu d'accepter une réalité beaucoup moins rose. Elle serait bientôt mariée à un guerrier inflexible et sans tendresse aucune, et cela la remplissait de crainte.

Ils n'échangèrent plus un mot durant le reste du repas, et ce ne fut qu'une fois le dessert servi que Gwendolen se rendit compte qu'il n'avait toujours pas répondu à sa question sur les raisons de son départ de Kinloch deux ans plus tôt.

—Allez-vous finir par me dire pourquoi vous êtes parti si longtemps ? lui demanda-t-elle. Ou comptez-vous sur le mystère de votre absence pour me laisser méditer sur votre férocité ?

Il avala son dessert en une seule bouchée, puis s'essuya la bouche avec une serviette.

—Mon père et moi avons eu un désaccord, expliqua-t-il. J'ai fait quelque chose de déloyal, quelque chose qui m'enverra probablement brûler en enfer. Il m'a dit que je n'étais plus son fils et m'a ordonné de quitter les lieux et de ne jamais y revenir. J'ai respecté sa volonté jusqu'à ce qu'après deux ans de recherches, Lachlan me retrouve et m'informe de la défaite de mon clan et de la perte de Kinloch en faveur de votre père.

Gwendolen le regardait sans tenter de masquer sa curiosité.

— Quel est l'acte qui vous a valu une telle sentence ?

Elle attendait en retenant son souffle.

— J'ai trahi un ami.

— Pourquoi ? Vous avait-il fait quelque chose ? Vous étiez-vous querellé avec lui ?

— Oh, oui, plusieurs fois. Disons simplement que je n'approuvais l'épouse qu'il avait choisie et que je ne voulais pas en démordre.

Elle réfléchit un temps.

— Étiez-vous vous-même amoureux d'elle ?

— Seigneur, non ! Avez-vous écouté un seul mot de ce que je vous ai dit tout à l'heure ?

— Excusez-moi, je ne sais pas où j'avais la tête.

Il prit son verre.

— Je la méprisais, si vous devez tout savoir. Si ça n'avait tenu qu'à moi, elle n'aurait pas vécu assez longtemps pour l'ensorceler et l'épouser.

— Grands dieux, vous l'auriez tuée ? demanda-t-elle, l'air soudain horrifié.

Elle vit sa mâchoire se raidir, et lorsqu'il parla, ce fut d'une voix calme mais sinistre.

— Qu'en pensez-vous ?

Gwendolen se renfonça dans son fauteuil.

— C'est pour ça que vous avez trahi votre ami ? Parce qu'il l'avait choisie, au mépris de votre amitié ?

Il détourna le regard.

— Oui.

— Ce n'est pas moi qui lui donnerai tort, dit-elle. L'amour devrait toujours triompher du mal.

Sans se laisser démonter, il se pencha tout près d'elle.

— Vous pensez que je suis le mal incarné, n'est-ce pas ?

— Vous avez dit vous-même que vous brûleriez en enfer pour ce que vous aviez fait.

— Je l'ai dit. Et je suis certain que c'est vrai.

Un ménétrier s'arrêta devant eux. Il chanta un air entraînant en gaélique, qui retint leur attention un moment, puis continua plus loin le long de la tablée.

— Avez-vous jamais essayé de vous réconcilier avec votre ami ? demanda Gwendolen en tendant la main vers son verre.

— Non.

— Pourquoi ?

— Parce que je pense toujours qu'il a eu tort.

Elle repoussa son assiette.

— Vit-il toujours avec la femme contre laquelle vous l'aviez mis en garde ?

— Oui.

— Et sont-ils heureux ?

Il tapota le bras de son fauteuil avec impatience.

— Je n'en sais rien, et ça m'est égal. Cela fait deux ans que je n'ai revu ni l'un ni l'autre.

Le ménétrier venait de finir son air, et Angus se leva. Un silence glacé se répandit dans la salle car chacun savait qu'était arrivé le moment où tous les MacEwen allaient devoir prêter serment à leur nouveau seigneur.

Soudain prise d'appréhension, Gwendolen se redressa et réfléchit à tout ce qu'elle venait d'apprendre sur son futur époux.

Et il n'y avait rien là-dedans qui lui permette d'envisager sa situation sous un angle plus favorable.

Cette nuit-là, allongée dans son lit, Gwendolen pensait encore à la conversation dérangeante qu'elle avait eue avec son promis.

Il prétendait n'avoir aucune intention d'utiliser Kinloch pour une nouvelle rébellion jacobite, mais elle n'était pas certaine qu'il dise la vérité.

Et il ne croyait pas à l'amour romantique. Ce n'était pas qu'elle se soit jamais laissée aller à imaginer que leur mariage serait autre chose qu'un arrangement politique, mais elle avait espéré que, quelque part dans son passé, il avait peut-être aimé une femme, ou du moins compris cette émotion chez d'autres. Hélas, chacun de ses mots, chacun de ses gestes ne faisaient que confirmer son impression initiale : cet homme était une machine de guerre, une lame d'acier, et il avait un cœur de pierre.

Quoique... Elle avait quand même appris ce soir-là une chose qui pouvait laisser croire à la présence d'un soupçon de compassion dans les noirs tréfonds de son âme. Il avait insisté pour que les veuves MacEwen aient le temps de pleurer leurs époux morts avant que les hommes du clan MacDonald puissent leur faire la cour.

A-t-il donné cet ordre lui-même ? se demanda-t-elle. *A-t-il ressenti de l'empathie à leur égard ? Ou bien l'idée est-elle venue de son cousin Lachlan ?*

Au moins celui-là semblait-il capable de comprendre les femmes. Il avait senti sa peur lorsqu'il l'avait escortée depuis la grand-salle jusqu'à la chambre de son père ce matin-là, et il avait à l'évidence su charmer sa mère.

Angus, lui, se fichait bien de charmer qui que ce soit. Il était plutôt du genre à foncer dans le tas pour obtenir ce qu'il voulait.

Soudain, on frappa à la porte et, surprise, elle se redressa dans son lit en tentant d'y voir quelque chose dans la pénombre.

— Qui est là ?

La porte s'ouvrit en grinçant et, sans attendre d'y être invité, son fiancé pénétra dans la pièce, avec le chandelier d'argent qui trônait d'habitude dans la chambre du père de Gwendolen.

Enfin, il appartenait à Angus à présent, comme tout le reste d'ailleurs, elle y compris.

Il posa le chandelier sur le coffre, ferma la porte, la verrouilla derrière lui, puis s'approcha doucement du pied du lit.

Mal à l'aise, Gwendolen le regardait en silence.

— Que faites-vous ici ? finit-elle par demander.

Il fit tranquillement le tour du lit. La lumière des bougies faisait ressortir l'or de ses cheveux frisés.

Chapitre 6

Gwendolen s'efforça de chasser ses craintes.

— Vous aviez promis de me laisser tranquille jusqu'à la nuit de noces. S'il vous plaît, allez-vous-en !

— Non, j'ai promis de respecter votre virginité. Je n'ai pas promis de vous laisser tranquille. Je suis ici, et j'y resterai que cela vous plaise ou non.

Elle fronça les sourcils.

— Puisque je dois devenir votre épouse, vous pourriez au moins essayer de gagner mon affection.

— Votre affection ne m'intéresse pas, ma belle. C'est la dernière chose que je désire chez vous.

Il n'avait vraiment pas de cœur. La seule chose qui lui importait, c'était le pouvoir... avec peut-être aussi un peu de gaudriole.

— Non, tout ce que vous voulez, c'est que je satisfasse vos désirs vulgaires. Mais je suis une femme capable de réfléchir et de ressentir par elle-même. Je ne suis pas un chien à qui on peut donner des ordres.

— Vous serez bientôt ma femme, ma belle, et vous m'obéirez, car ici c'est moi le seigneur et maître.

— Vous êtes le maître de Kinloch, pas celui de mon corps. Et je ne suis pas encore votre femme, alors je le répète, sortez de ma chambre, je vous prie.

En guise de réponse, il se mit à tirer sur les couvertures. Elle les colla alors à sa poitrine, refusant de le laisser les lui arracher.

— Moi, je crois que c'est vous qui oubliez les promesses que nous nous sommes faites aujourd'hui, déclara-t-il. Vous m'avez donné votre parole de vous montrer aimable à mon égard jusqu'à notre nuit de noces. Et pourtant, vous êtes là à m'insulter, à dire que je suis vulgaire.

Il tira plus fort sur les couvertures.

— Arrêtez, siffla-t-elle, mâchoires serrées.

Il y allait des deux mains, comme s'il s'était agi d'un simple jeu de tir à la corde et qu'il tenait absolument à gagner. Ils tirèrent de part et d'autre pendant quelques secondes, jusqu'à ce Gwendolen se rende compte que ça n'avait aucun sens de continuer. Ses mains étaient trop grandes et ses jambes, fermement plantées dans le sol, trop solides. D'ailleurs, avant même qu'elle pût protester de nouveau, il arracha les couvertures et le drap et les jeta derrière lui.

Désormais couverte de sa seule chemise, Gwendolen ramena ses genoux sous la poitrine.

— Voilà qui est mieux, dit-il en la considérant d'un regard brûlant. Je n'aime pas que vous vous cachiez à mes yeux.

— Vous feriez mieux de vous y habituer, parce que je n'ai pas l'intention de m'offrir à vous sur un plateau d'argent.

Il s'assit sur le bord du lit.

— Pourquoi êtes-vous là ? demanda-t-elle. Pourquoi ne pas simplement me laisser tranquille ?

— Je n'arrivais pas à dormir.

— Moi non plus, mais ça ne me donne pas pour autant le droit de m'imposer dans la chambre des autres résidents du château pour les forcer à partager mes insomnies.

Il était si sérieux, si sombre, l'air fâché et menaçant. Elle ne l'avait encore jamais vu sourire, ni manifester la moindre chaleur humaine. Et, même en fermant les yeux, elle ne parvenait pas à l'imaginer ainsi.

Il jeta un regard circulaire dans la pièce, que seules les bougies et un petit carré de lune brillant à travers la fenêtre éclairaient.

— Avant que je ne sois chassé d'ici, cette chambre était la mienne.

Surprise par cette information, elle rentra ses orteils sous l'ourlet de sa chemise.

— Je ne savais pas, je pensais…

— Quoi ?

— Je n'en sais rien. Je ne me suis jamais demandé quelle chambre était la vôtre.

Avait-il dormi là, enfant ? Elle ne parvenait pas à se l'imaginer non plus.

Son cœur battait la chamade et, comme il se taisait, elle se sentit obligée de continuer.

— Nous avons changé les draps, dit-elle. Sinon, tout est identique. Le mobilier, le tapis…

Il regarda le tapis tressé et le drap qui gisait dessus en tas avec les couvertures, mais garda le silence.

Que veut-il, bon Dieu ?

— Je pourrais bien sûr changer de chambre si vous voulez récupérer celle-ci, suggéra-t-elle, en se demandant si c'était là la raison de sa venue. Il y en a une autre juste au-dessous.

— Non, celle-là, c'était celle de ma sœur. Et j'occupe celle de mon père maintenant.

— Vous avez une sœur ?

Ça, c'était une surprise.

— J'avais une sœur. Elle est morte.

Frappée par la brusquerie de sa voix, Gwendolen adoucit le sien.

— Je suis désolée de l'apprendre. Cela fait combien de temps ? ajouta-t-elle prudemment.

— Quelques années.

Il détourna le regard.

Toujours aux prises avec ses émotions, Gwendolen se tenait parfaitement immobile, en nourrissant l'espoir qu'il finirait par se lasser de sa conversation et déciderait de s'en aller.

Mais elle n'eut pas cette chance. Doucement, délibérément, il s'allongea sur le dos à côté d'elle. Puis il croisa ses longues jambes musclées au niveau des chevilles et mit un bras sous la tête, laissant l'autre le long de son corps.

Elle remarqua qu'il n'était pas armé. Ni épée, ni dague, ni pistolet à la ceinture. Elle n'en fut que plus consciente encore de sa taille considérable, car ses yeux étaient libres de voyager sur toute sa hauteur, de ses grands pieds enfoncés dans ses bottes à son torse puissant, en passant par les cuisses épaisses que couvrait son kilt. La position de son bras, plié sur l'oreiller pour accueillir sa tête, accentuait la bosse incroyable que formait son biceps et la largeur impressionnante de ses épaules.

Chacun des nerfs de Gwendolen vibrait du même mélange de peur et de fascination que celui qu'elle avait ressenti ce matin-là. Le fait qu'il soit étendu là tranquillement, sans la toucher et sans menacer de la prendre de force, ne lui échappa pas. Elle était attentive à chacune de ses respirations, chacun de ses gestes, tout en s'efforçant de ne rien faire qui puisse attirer son attention ou éveiller son désir.

Peut-être voulait-il simplement voir sa chambre d'enfant, pour se prouver à lui-même qu'il avait vraiment récupéré son foyer ? Malgré tout le reste, c'était quelque chose qu'elle comprenait parfaitement. Elle espérait que c'était la raison de sa présence dans son lit et qu'il partirait une fois sa curiosité satisfaite.

Cela devait bien faire un quart d'heure qu'il était là. Heureusement, les étoiles qu'elle apercevait par la fenêtre lui permettaient de se changer les idées. Soudain, elle se rendit compte, à la régularité de la respiration d'Angus, qu'il s'était endormi.

Surprise, elle le regarda. La vue de ce combattant aguerri paisiblement assoupi à ses côtés lui donna le sentiment de flotter dans un rêve. Cela paraissait irréel. Cet homme dans son lit, qui avait un jour été un petit garçon endormi dans cette même pièce, peut-être même dans les bras de sa mère, ne pouvait pas être Angus le Lion.

Elle se pencha pour observer son visage de plus près. Il n'avait plus rien de méchant. Les yeux d'acier étaient fermés et il arborait une expression sereine. Elle laissa glisser son regard sur le cou, puis sur les larges épaules et la broche accrochée à son tartan. Elle arrêta ses yeux sur son kilt, sachant fort bien ce qu'il y avait dessous. Un jour, il utiliserait cette partie de lui-même pour réclamer ses droits d'époux. Il se tiendrait nu au-dessus d'elle et il faudrait bien qu'elle se laisse toucher.

Prise d'un accès de panique, elle posa une main sur le matelas pour se calmer et se rendit soudain compte qu'une opportunité inattendue s'offrait à elle. N'était-ce pas son devoir d'entreprendre quelque chose contre lui ? On le disait invincible, mais elle savait que ces histoires n'étaient que des contes de veillée et des légendes.

Parviendrait-elle vraiment à le tuer, si elle essayait ? En aurait-elle le courage ?

Avec mille précautions, elle roula jusqu'au bord du lit et tendit la main pour attraper le couteau qu'elle avait placé sous le matelas le matin même. Du bout des doigts, elle en localisa le manche et referma le poing dessus. Lentement, elle roula en sens inverse vers Angus. Il n'avait pas bougé et sa respiration n'avait pas changé au cours des dernières secondes. Rien ne semblait s'opposer à ce qu'elle plonge son couteau dans la poitrine de cet homme ou qu'elle lui tranche la gorge, se libérant ainsi de son emprise.

Elle l'observa à la lueur de la bougie, les yeux rivés sur son cou nu et vulnérable. Elle voyait le sang pulser dans la carotide. Une vague de nausée soudaine l'envahit. Elle n'avait jamais tué personne et n'était pas sûre d'être capable de le faire, même s'il était son ennemi et qu'elle l'avait vu massacrer des dizaines de membres de son clan le matin précédent.

Le meurtre de sang-froid d'un homme endormi et sans armes n'allait-il pas lui valoir l'enfer ? Certes, ce n'était pas un combat loyal, mais c'était malgré tout une défense légitime, si l'on pouvait appeler ainsi le besoin de se protéger d'un mariage non désiré…

Soudain, il ouvrit les yeux. En un éclair, il s'empara du couteau tout en la renversant sur le dos. La lame affûtée était désormais posée sur sa gorge et elle était clouée au lit, incapable de respirer, le cœur battant à tout rompre sous l'effet d'une terreur indicible.

— Vous auriez dû le faire tant que vous en aviez l'opportunité, lâcha-t-il d'une voix sifflante aux accents meurtriers. Vous auriez pu en finir avec moi et vous épargner l'horreur de votre défloration.

Elle le regardait, choquée.

— Je n'ai jamais tué personne auparavant. Je n'ai même pas pu vous tuer, vous. Je ne suis pas une guerrière.

Elle était lâche au-delà de toute expression !

Le regard bleu d'Angus se concentra sur ses lèvres, puis il appuya le bord émoussé de la lame sous son menton. Le sang glacé d'effroi, elle faisait maintenant face à sa colère ravivée, consciente de la pression de sa main sur son épaule. Son lourd corps de guerrier enfonçait le sien dans le lit. Au bout d'un long et atroce moment, il se pencha au-dessus d'elle et posa le couteau sur la table de chevet.

— Ne vous transformez pas en tueuse tant que ce n'est pas absolument nécessaire, déclara-t-il, et avant cela, réfléchissez aux dégâts que vous feriez subir à votre âme et demandez-vous si cela vaut vraiment une éternité en enfer.

Elle tenta de s'asseoir, mais il lui bloqua les bras au-dessus de la tête.

— Et pour vous ? Tous les crimes que vous avez commis en valaient-ils la peine ?

— Mon âme a été meurtrie très tôt, ma belle, je n'avais donc pas grand-chose à perdre. Maintenant, donnez-moi votre bouche. Je ne suis pas venu ici pour parler.

Il lui lâcha les poignets et glissa les mains sous ses fesses, lui enfonçant les hanches dans les siennes. La sensation la fit se cambrer et elle sentit son corps s'enflammer. Sous l'effet de la peur, son esprit battait la campagne. Elle sentit des fourmillements parcourir ses membres tandis qu'Angus lui caressait la hanche et qu'il accélérait les coups de butoir de son bassin.

Puis il l'embrassa. Elle ouvrit instinctivement la bouche, et ce fut aussitôt torride.

Il avait promis de ne pas lui voler sa virginité, mais c'était sûrement tout aussi pervers. Elle sentait son innocence l'abandonner tandis qu'elle glissait dans un monde étrange de désir. Elle avait su résister à ces sentiments dans la journée, mais à présent, elle était envahie par le soulagement de ne pas l'avoir tué. Ce qui n'avait aucun sens. Car elle le haïssait… elle le haïssait, et elle ne voulait pas de ce qui était en train de se passer.

Elle sortait doucement de son état de fureur et devait faire un effort important pour se souvenir qu'il était son ennemi. Elle ne ressentait plus qu'un désir grisant pour ses caresses et, quelque part, c'était absolument délicieux. Cet homme viril aux mains gourmandes et aux lèvres habiles avait le don de faire courir un feu liquide dans ses veines.

— Je ne comprends pas pourquoi vous êtes là, souffla-t-elle tout en luttant pour contenir l'afflux de chaleur qui irradiait de son ventre à ses cuisses. Vous ne pouvez pas me faire l'amour. Vous avez promis. Et pourtant il semble que ce soit ce que vous êtes en train de faire.

— Je peux vous donner du plaisir sans rompre votre hymen, ma belle, et vous, vous pouvez me satisfaire cette nuit sans perdre votre virginité.

— Comment cela ?

Il s'écarta légèrement d'elle.

— Vous êtes vraiment innocente, n'est-ce pas ?

Elle tenta de le repousser, mais ses bras n'étaient plus que chiffons. Les lèvres d'Angus retrouvèrent les siennes, les allers-retours humides de sa langue dans sa bouche la firent vibrer intérieurement, et elle se surprit à se languir d'autre chose alors qu'elle luttait tant pour s'en préserver. Ah, si seulement elle avait été comme lui, faite d'acier !

Il fit courir ses doigts le long de sa jambe et tira sur sa chemise pour la remonter sur ses cuisses tremblantes.

— Je vous en prie, non, dit-elle en attrapant à son tour le tissu de sa chemise pour la redescendre, afin qu'elle reste comme une barrière entre eux, même si elle se sentait tentée par le danger et la peur de l'inconnu.

À sa grande surprise, il retira sa main et vint la glisser derrière sa tête, l'embrassant plus profondément tout en collant son corps imposant au sien.

Elle découvrait à quel point ce type de situation pouvait provoquer une soif insatiable, et elle se retrouva à répondre à chacune de ses caresses, à chacun de ses baisers, à chacune de ces incroyables sensations érotiques.

— Ah, soupira Angus. C'est ça, ma belle. Sais-tu combien tu es attirante ?

— Vous n'avez pas besoin de me flatter, dit-elle durement. Je suis votre prisonnière. C'est vous qui êtes aux commandes, ici. Je dois donc vous satisfaire quels que soient mes désirs.

Il s'écarta de nouveau et la regarda à la lueur des bougies.

— Vous vous prenez au jeu. Je le sens dans votre façon d'embrasser, je l'entends dans votre voix.

— Vous n'entendez que ce que vous avez envie d'entendre, Angus. Je vous assure que ce n'est pas le cas.

La haine qu'elle était parvenue à faire passer dans ces mots, alors même qu'elle fondait de désir devant une étrange félicité dont elle ne soupçonnait même pas l'existence, la surprit elle-même.

Elle fut encore plus surprise par la réaction du guerrier. Il fronça les sourcils de colère et s'accroupit.

Elle n'était pas sûre de savoir s'il était en colère contre elle ou contre lui-même.

— Qu'y a-t-il ? demanda-t-elle, plus effrayée à présent qu'elle ne l'avait été quand il avait tenté de remonter sa main le long de sa cuisse.

Il glissa hors du lit.

— Ça ne m'intéresse plus.

Interloquée et stupidement humiliée par ce retrait, elle se redressa dans le lit.

— Vous partez ?

— Oui. J'ai des choses à faire.

— Au beau milieu de la nuit ?

Il ne lui offrit aucune explication et sortit en claquant la porte derrière lui. Les flammes des bougies s'agitèrent dans tous les sens sous l'effet du courant d'air, puis tout se calma.

Gwendolen se laissa retomber et lâcha un profond soupir de soulagement. Elle était toujours vierge, et ne s'était pas déshonorée en cédant aux avances du Lion dans un accès de fièvre délirante. Cette situation allait bien au-delà du simple désir physique.

Elle lutta pour retrouver toute sa tête, consciente qu'il lui fallait la garder claire et se rappeler l'objet de sa loyauté. Elle devait résister à ce besoin luxurieux de le laisser faire ce qu'il voulait de son corps, car son frère pouvait revenir bientôt, et il lui faudrait alors être prête à reconquérir sa liberté avec l'indépendance de son clan.

Elle ne pouvait pas succomber à cette tentation.

Chapitre 7

Le matin suivant, ce fut un soleil déjà haut qui réveilla Gwendolen. Il n'y avait rien d'étonnant à ce qu'elle ait dormi tard, car elle était restée éveillée la moitié de la nuit pour se remettre de la présence d'Angus dans son lit, de la manière dont il l'avait touchée, et du choc qu'elle avait reçu quand elle s'était aperçue à quel point elle s'était laissée faire. C'était une vraie chance qu'il ait quitté la chambre, car dans le cas contraire, elle serait peut-être à présent une femme « expérimentée ».

Elle s'assit sur le bord du lit, s'étira, puis se leva et se dépêcha de se préparer. Elle avait quelque chose d'urgent à faire ce matin-là, avant que les femmes de cuisine ne partent au marché du village.

Elle voulait essayer de faire passer un message à Fort William, la garnison anglaise la plus proche, pour informer le gouverneur de l'attaque de la veille. Celui-ci avait pour ordre de rapporter au roi tout mouvement suspect des Jacobites, et il serait certainement content d'apprendre que le fils d'un rebelle jacobite venait de s'emparer d'un château appartenant à une famille fidèle à la maison de Hanovre. Avec un peu de chance, il comprendrait la menace que ce nouveau chef représentait pour les Anglais et il enverrait des troupes.

Elle envisagea de confier ce plan à l'intendant mais décida finalement de s'abstenir, car elle n'était pas certaine de pouvoir lui faire confiance. Il s'était laissé manipuler par Onora, ce qui prouvait qu'il était facile à séduire. Dieu seul savait depuis combien de temps durait cette affaire. Sa mère n'était pas une sainte.

Gwendolen se lava et enfila une jupe à rayures et un corsage bleu, avant de tresser rapidement ses cheveux. Après avoir descendu l'escalier de pierre, elle se hâta le long des couloirs voûtés jusqu'à la cuisine, où l'odeur du pain qui cuisait dans les fours la fit saliver.

— Bonjour, Miss MacEwen.

Elle se retourna vivement, se rendant compte à quel point elle était nerveuse.

— Mary ! Tu m'as fais peur. Bonjour à toi aussi. Je te cherchais justement. Vas-tu au marché ce matin ?

— Oui. La fête d'hier soir a vidé les réserves. On a besoin de tout. (Elle eut un petit soupir d'agacement.) Il va falloir que je prenne deux chariots, et je me disais que j'allais harnacher quelques-uns de ces MacDonald affamés à la place des mules. Puisqu'ils ont tout mangé hier, ils ont certainement encore le ventre plein !

— En voilà une bonne idée !

Gwendolen regarda autour d'elle pour s'assurer que personne ne les observait, puis elle prit Mary par la main et l'emmena dans un coin sombre de la cuisine.

— Peux-tu faire quelque chose pour moi ?

— Je ferais n'importe quoi pour vous, Miss MacEwen, vous le savez bien.

— C'est pour ça que je m'adresse à toi. (Gwendolen glissa la main dans son corset et en retira une lettre cachetée.) Peux-tu remettre ceci à Marcus MacEwen, le vigneron, et lui demander de la donner à son frère John ? Ils sauront quoi en faire.

Elle glissa le message dans les mains de Mary.

— Je ne sais pas lire, ma belle, et je ne mettrai pas mon nez dans vos affaires privées, mais pouvez-vous me dire de quoi il s'agit ?

— Non, Mary, il vaut mieux que tu ne saches pas. Ça doit rester secret. Assure-toi que personne ne te voie remettre ce message et cache-le bien avant de quitter le château, au cas où on te fouillerait à la sortie.

Mary fourra la lettre dans les profondeurs de sa généreuse poitrine et lissa ses cheveux crépus.

— Faites-moi confiance, Miss MacEwen. Le vigneron et moi nous connaissons depuis belle lurette. Il sera plus que content d'accepter le message. Je l'emmènerai faire un tour dans le foin et m'offrirai le plaisir de lui faire fouiller mes dessous.

Gwendolen posa la main sur le bras de Mary.

— Tu es une bonne amie, Mary. J'apprécie ton geste, mais promets-moi d'être prudente.

Elle revint au cœur de la cuisine, où plusieurs femmes pétrissaient des pâtons sur les tables.

— Puis-je avoir un petit déjeuner ? Je meurs de faim.

Mary la conduisit à un plateau de gâteaux d'avoine qui venaient de sortir du four et lui donna un bol de crème.

Peu après, alors qu'elle traversait la grand-salle pour rejoindre les appartements de sa mère, Gwendolen entendit appeler son nom depuis la table principale.

La voix profonde d'Angus, répercutée par les poutres du plafond, l'arrêta net. Elle ferma les yeux, prit une profonde inspiration, puis se tourna pour lui faire face. Il était assis seul à la table et mangeait.

— Me voici de nouveau assis dans le fauteuil de mon père, dit-il en écartant grand les bras et en se laissant aller contre son dossier. Et je n'ai personne d'autre à qui parler que ce petit oiseau, là-haut.

Il leva les yeux et montra l'hirondelle perchée sur une poutre au-dessus de la porte

Gwendolen leva les yeux à son tour.

— Alors, elle est encore là. Après ce qui s'est passé hier, j'aurais cru ne jamais la revoir. Visiblement, elle n'a pas conscience du danger.

Il inclina la tête.

— Allons, pourquoi dire quelque chose d'aussi blessant, ma belle ? Croyez-vous que je sois un tel monstre que je m'attaque à une petite créature sans défense comme celle-ci ?

— Vous vous êtes attaqué à tout mon clan, et à moi aussi. Au beau milieu de la nuit, dois-je vous le rappeler ?

— On peut difficilement qualifier votre clan de petit, rétorqua-t-il. Et vous n'êtes pas sans défense… que ce soit de jour ou de nuit. Auriez-vous déjà oublié le couteau dont vous m'avez menacé ?

Il la balaya de la tête aux pieds de son regard perçant, puis s'essuya la bouche avec une serviette, qu'il jeta négligemment sur la table avant de se lever.

Gwendolen sentit son estomac se nouer tandis qu'il sautait à bas de l'estrade et s'approchait d'elle. Elle ne put s'empêcher de reculer jusqu'à être hors de portée, ce qui donna le ton de leur rencontre. Il était le prédateur, elle, la proie apeurée.

Décidant un peu tardivement de ne plus céder de terrain, elle se figea et se redressa.

— Dites-moi, ma belle, dit-il avec curiosité. Quels sont vos projets ce matin ? Vous m'avez l'air plutôt… sournoise.

Elle écarquilla les yeux.

— Moi, sournoise ? Je n'ai pas la moindre idée de ce dont vous parlez.

Il lui prit le menton dans l'une de ses grandes mains et lui redressa légèrement le visage pour l'examiner sous tous les angles.

— Voilà que vous rougissez.

— Peut-être parce que je n'aime pas que vous posiez les mains sur moi.

Il réfléchit un instant.

— Non, ce n'est pas ça.

— Mais si !

Il lui lâcha le menton et se rapprocha de son visage. Elle sentit son souffle humide et chaud sur sa joue.

— Je crois au contraire que vous aimez beaucoup sentir mes mains sur vous, et que c'est la raison pour laquelle vous tenez tant à partir immédiatement, en priant pour qu'on vous sauve avant la grande émotion de notre nuit de noces.

— C'est faux, dit-elle.

Elle eut l'intuition qu'il esquissait un sourire et tourna vivement la tête dans l'espoir de le voir, mais c'était trop tard. Il recula d'un pas, de nouveau menaçant.

— J'imagine que je dois vous être reconnaissant, déclara-t-il.

— Et de quoi, je vous prie ?

— De ne pas m'avoir immolé la nuit dernière, bien sûr. Il y avait chez moi quelque chose qui voulait que vous le fassiez, et je vous aurais peut-être laissé faire si vous aviez mis un peu plus de cœur à l'ouvrage.

Elle scruta ses yeux bleu pâle.

— Pourquoi auriez-vous désiré une telle chose ? Vous venez de remporter une grande victoire et de récupérer le château de votre père. On pourrait croire que vous avez des raisons de faire la fête.

— On pourrait croire ça, oui… si j'étais du genre heureux.

Il tourna les talons et se dirigea vers la porte.

— Attendez !

Il s'arrêta et lui fit face. Elle aurait voulu lui demander ce qui le rendait malheureux, mais il y avait dans cette question quelque chose qui lui paraissait trop intime, trop attentionné.

— Rien, finit-elle par dire.

Il la regarda fixement pendant ce qui sembla une éternité, puis revint sur ses pas comme s'il avait pénétré son âme, saisi chacune de ses pensées et de ses émotions, et voulait de nouveau l'interroger sur son air « sournois ».

— Nous dînerons encore ici ce soir. Il est important que les clans se sentent unis. Vous vous en occuperez ? ajouta-t-il, le regard interrogateur.

— Bien sûr.

Que le ciel lui vienne en aide ! Son cœur battait la chamade.

— Et ne portez pas cette robe affreuse que vous aviez hier soir. Mettez quelque chose de coloré. Cet endroit a besoin d'un peu de gaieté.

— Alors vous pourriez peut-être essayer de sourire de temps en temps.

Il plissa les yeux, puis avança encore d'un pas.

— Vous aimeriez ça, ma belle ? Cela vous aiderait-il à faire preuve d'un peu plus de chaleur à mon égard ?

Elle réfléchit longuement sur la meilleure réponse à donner, puis décida que, cette fois-ci, ce serait elle qui partirait la première. Elle fit demi-tour et s'éloigna vers la porte.

— Non, il faudrait beaucoup plus qu'un sourire pour que j'en vienne à de meilleurs sentiments envers vous.

Elle sentait qu'il n'avait pas bougé et qu'il la regardait traverser la salle, et elle eut un petit sourire de satisfaction.

Angus trouva Lachlan dans la cour, en train de superviser la reconstruction des portes du château. Le bruit des marteaux sur les chevilles de bois se répercutait sur les remparts. Il y avait là de nombreux membres des deux clans, qui travaillaient ensemble à scier des arbres fraîchement abattus et à transporter de lourdes planches jusqu'au pont-levis.

— Salut, dit Lachlan à Angus, laissant une équipe de trois hommes à leur tâche. Est-ce que tu as bien dormi, après avoir enfin retrouvé ton lit ?

— Je n'ai pas fermé l'œil de la nuit, répondit Angus, car ce n'est pas mon lit que je dois occuper, mais celui de mon père. Et je te jure que son fantôme faisait les cent pas dans la chambre en me criant dessus.

Lachlan gloussa.

— Et qu'avait donc à dire cet esprit grincheux ?

— Il m'a déclaré que je lui avais désobéi en rentrant chez moi et il m'a cogné derrière la tête avec un livre.

Lachlan s'esclaffa.

— Ça ne tient pas debout, Angus ! Ton père ne supportait pas la lecture.

— Oui, mais le chef MacEwen en avait un sur sa table de chevet.

— Peut-être que c'est son esprit et non celui de ton père qui t'a frappé. Ce serait plus logique, non ?

Angus leva les yeux vers le ciel d'un bleu éclatant, puis laissa son regard filer le long des créneaux, d'une tour d'angle à l'autre.

— Trouve quelqu'un pour surveiller les allées et venues de la cuisine aujourd'hui, mais qu'il reste discret.

— Quelqu'un te tracasse en particulier ?

Angus lança un regard froid à son cousin.

— Assure-toi d'une chose : qu'on n'empoisonne pas ma nourriture. Remplace le chef cuisinier par un MacDonald, mais laisse les autres en place. Et veille à ce qu'un MacDonald fasse partie de l'équipe envoyée au marché aujourd'hui. Envoie quelqu'un d'observateur.

— Compris.

Angus tourna les talons.

— Où vas-tu ?

— Au trésor. Je veux examiner les livres de comptes et trouver un autre poste, moins important, pour cet intendant de paille, Gordon MacEwen. J'ai besoin d'un MacDonald là aussi. (Il se mit en marche d'un pas décidé vers l'entrée de la grand-salle, mais cria un dernier ordre par-dessus son épaule.) Continue à travailler sur les portes, Lachlan, et fais en sorte qu'elles soient encore plus solides qu'avant.

— Pourquoi ? On attend de la visite ?

Angus se contenta d'un signe de main en guise de réponse.

Consciente qu'il lui fallait choisir soigneusement les domaines où s'opposer à son futur mari, Gwendolen décida de lui obéir quant au choix sans importance de sa robe pour la soirée. Il lui avait demandé de porter quelque chose de coloré, aussi sélectionna-t-elle une robe écarlate de soie et de velours, avec une passementerie d'or sur la pièce d'estomac et une pluie de petites fleurs blanches dans le bas, le long de l'ourlet.

Elle entra dans la grand-salle et consacra quelques instants à converser avec des membres des deux clans tout en réfléchissant à ce qu'elle avait accompli ce jour-là. Elle se demanda combien de temps son message prendrait pour atteindre Fort William. L'armée anglaise viendrait-elle ? Cela lui semblait son seul espoir, car elle ne savait même pas si Murdoch avait appris de la mort de leur père, sans parler de l'invasion des MacDonald. Personne n'avait eu de nouvelles de lui depuis plus de trois mois et, pour ce qu'elle en savait, il aurait tout aussi bien pu être mort.

Sa mère s'approcha et repoussa du doigt une mèche de cheveux qui lui tombait sur le front.

— Tu es superbe, ce soir, ma chérie. Essaie de te montrer parfaite en public. Maintenant que tu es la femme du seigneur, aucune négligence n'est envisageable.

— Je ne suis pas encore sa femme, lui rappela Gwendolen.

— Non, mais ça ne saurait tarder. Autant commencer à jouer le rôle. Pourquoi attendre ?

Gwendolen fronça les sourcils.

— Ce n'est pas du théâtre, mère. Si je dois devenir son épouse, je prendrai ma tâche à cœur et j'utiliserai ma situation au bénéfice de mon clan.

Onora détourna le regard.

— As-tu découvert quels étaient ses plans pour Kinloch ? A-t-il l'intention de l'utiliser comme base pour une nouvelle révolte jacobite ?

Gwendolen baissa la voix.

— Non. Il dit qu'il ne s'intéresse pas à la rébellion. Il veut vivre ici en paix.

— Tu le crois ?

— Je ne sais pas vraiment.

Onora secoua la tête.

— Réfléchis un peu, Gwendolen. Au fond de lui-même, c'est un guerrier. Dès que l'odeur de la bataille aura quitté ses chemises, il ne saura plus quoi faire. C'est un Highlander au sang chaud. Il se mettra en quête d'un nouveau combat.

— Peut-être pas. Peut-être a-t-il eu son compte de violence ?

Sa mère lui jeta un regard agacé.

— C'est un homme, Gwendolen. La violence fait vivre les hommes. Même s'ils restent tranquilles un temps, ils finissent toujours par ressentir le besoin de rugir. (Elle sourit à un homme du clan MacDonald qui passait à côté d'elles.) Et il pourrait très bien te mentir. S'il planifiait quelque chose, ce n'est pas à toi qu'il irait le confier. En tout cas, pas pour le moment.

C'est précisément pour cette raison que tu dois faire plus d'efforts pour conquérir son cœur.

—Il n'en a pas.

Onora roula des yeux.

—Son désir, alors. Appelle ça comme tu voudras. J'ai bien peur que tu n'apprennes vraiment pas vite, Gwendolen. Tu n'as pas la moindre idée du pouvoir que tu pourrais avoir sur lui, comme sur d'autres, d'ailleurs.

Gwendolen soupira, irritée.

—Je ne veux pas de pouvoir sur mon mari. Tout ce que j'aurais voulu, c'était de l'amour et du respect. J'aurais voulu être son égale, son soutien et, peut-être, à l'occasion, sa conseillère.

Onora lui prit le menton.

—Ma chérie, tu dois redescendre sur terre. Nous sommes des femmes, et l'amour ne nous mènera jamais à rien. Nous ne sommes pas les égales des hommes, c'est pourquoi nous devons nous protéger en faisant preuve d'habileté et de dissimulation.

Gwendolen se sentit envahie par la tristesse.

—Parfois, il me semble que vous avez raison, mère, mais à d'autres moments, j'ai envie de plus. Je voudrais être influente, mais grâce à des moyens honnêtes. Je veux gagner le respect de mon mari, de sorte qu'il puisse compter sur moi. Je suis quelqu'un de vraiment perspicace. Je peux être de bon conseil.

Elles ne dirent plus rien pendant un moment, puis le regard de sa mère s'adoucit avant de refléter de la compassion. Gwendolen eut la surprise de sentir la main d'Onora dans son dos.

— Tu n'es pas si lente à apprendre, finalement. Peut-être même es-tu la plus rapide et la plus ambitieuse de nous toutes. Je ne suis pourtant pas certaine que ton vœu soit réaliste.

C'est alors que son futur époux pénétra dans la grand-salle, et Gwendolen se demanda si elle était effectivement trop rêveuse. De tous les hommes qu'elle connaissait, celui-ci était le moins susceptible de plier et de laisser quiconque exercer le moindre pouvoir sur lui. Il lui avait déjà déclaré sans ambages que l'amour romantique rendait les hommes faibles et qu'il tenait à l'éviter à tout prix.

Il semblait tout aussi déterminé à éviter les manigances féminines d'ordre sexuel. D'ailleurs, dans la chambre, c'était elle qui se retrouvait séduite au-delà de toute expression, ce qui n'augurait rien de bon quant à sa future influence en tant que maîtresse de Kinloch.

En entrant dans la grand-salle, Angus se dit que c'était une belle nuit pour une fête. Il avait à peine fait quelques pas qu'il s'arrêta net à la vue de sa promise. Elle était vêtue d'une robe de velours rouge qui accentuait la courbe de ses hanches et mettait en valeur sa poitrine généreuse. La passementerie d'or en faisait un trophée inestimable. Sa pureté se mêlait avec douceur au rouge incandescent de la robe, qui contrastait avec sa peau d'ivoire et sa chevelure d'ébène. C'était une combinaison de sensualité et d'innocence émouvante, le tout enveloppé dans un superbe paquet cadeau, qui la rendait extrêmement désirable. D'ailleurs, il n'y avait aucun doute quant à ce qui se passait sous son kilt.

Quelqu'un le bouscula, s'excusa, puis se mit à discuter avec lui. Oui, c'était une belle nuit pour se rassembler. Et il avait bien besoin de cette distraction, car il avait eu du mal à se concentrer sur des sujets plus importants, comme la gestion de Kinloch.

Il avait passé de nombreuses heures au trésor à compulser les livres de comptes. Tout était en ordre. Le château était peut-être même mieux géré que du temps de son père. Les rentrées augmentaient dans tous les domaines et nombre de dépenses inutiles avaient été diminuées ou supprimées. C'est pourquoi il avait décidé de maintenir Gordon MacEwen à son poste d'intendant, en lui adjoignant l'un de ses hommes pour l'aider et garder un œil sur lui.

Un grand éclat de rire attira soudain son attention. Il vit Lachlan au centre des convives hilares et l'écarta du groupe pour l'informer de sa décision. Cependant, une fois encore, il fut distrait par la présence de sa future épouse, qui allait et venait dans la salle en prodiguant son charme naturel et son sourire plus éblouissant que le soleil.

Il se rendit compte que ce mariage politique allait devenir un problème, car il n'était plus du tout dans son élément. C'était un guerrier expérimenté, habitué à faire face aux coups de ses ennemis sur le champ de bataille et à y répliquer férocement. Lorsqu'il se battait, il le faisait sans peur. Mais il n'était plus sur un champ de bataille. Il se trouvait en territoire étranger et n'avait pas la moindre idée de la façon de procéder pour « conquérir » une femme décente. Il ne s'agissait pas d'une de ces femmes sans moralité dont il avait l'habitude de faire ses partenaires sexuelles, des femmes qui étaient plus que prêtes à soulever leurs jupes pour le fameux Lion d'Écosse. Il ne pouvait évidemment pas la défier au combat à l'épée. Ni la forcer au lit. Son expérience de la vie le lui interdisait.

Comme il ne pouvait la prendre par la force, il lui fallait la séduire, ce qui s'avérait plus difficile qu'il ne l'avait prévu. Il ne voulait rien partager d'intime avec elle. Jamais. L'amour et l'intimité rendaient les hommes faibles. Ils les amenaient à penser que le bonheur était possible et qu'ils pouvaient oublier toute la méchanceté du monde.

Angus ne pouvait se permettre de l'oublier. Il ne pouvait tout simplement pas baisser sa garde et se laisser aller à devenir faible.

—Je trouve étrange qu'Angus ne m'ait pas forcée, dit Gwendolen à Onora après la fête. Il a eu deux opportunités de le faire et il n'avait pas vraiment à négocier avec moi les termes de ma reddition. Il aurait pu se contenter de décider que je lui appartenais, de me coucher sur la table de la grand-salle et de me prendre sur-le-champ, sans autre forme de procès.

Elle ouvrit la porte de sa chambre, entra, suivie de sa mère, et s'assit sur le bord du lit.

— J'ai appris quelque chose sur son compte cette nuit, dit Onora en enlevant ses chaussures. Son cousin Lachlan, un vrai charmeur, a accepté après un peu de persuasion de répondre à quelques questions.

Gwendolen se retourna vers sa mère.

— Qu'avez-vous appris exactement ?

Elle n'avait jamais souhaité des informations avec une telle impatience.

Onora s'assit dans un fauteuil.

— Il m'a raconté que la jeune sœur d'Angus avait été violée et tuée par des soldats anglais il y a quelques années. C'est en partie à cause de ça qu'il a été banni. Fou de rage envers les Anglais, il a trahi un ami proche qui avait épousé une des leurs, et cela a très mal fini. Lachlan n'est pas surpris qu'Angus attende votre mariage pour consommer votre union. Il dit qu'Angus ne supporte pas de voir une femme pleurer ou supplier, car cela lui fait penser aux derniers moments de sa sœur. C'est la raison pour laquelle il a ordonné à ses hommes de se tenir à distance des femmes MacEwen. Il ne supporterait pas le moindre viol.

C'est avec une curiosité un peu morbide, et non sans compassion, que Gwendolen considéra ce qu'elle venait d'entendre.

— Pourtant, il m'a dit qu'il aurait voulu tuer cette Anglaise.

— Mais il ne l'a pas fait, n'est-ce pas ? Et Lachlan dit que ce ne sont pas les opportunités qui ont manqué.

(Onora se leva.) D'après ce que j'ai compris, cet ami qu'il a trahi est maintenant marié à son Anglaise et ils sont très amoureux l'un de l'autre. Ils ont un fils et un autre enfant à venir.

Gwendolen enleva les épingles qui maintenaient sa coiffure.

— Il m'a parlé de son ami et de sa trahison, mais il ne m'avait pas dit pourquoi il l'avait trahi. Je ne savais pas que c'était à cause de sa sœur.

Onora haussa les épaules.

— Eh bien, au moins, cela lui a donné des raisons de t'épargner pendant quelques jours. Tu auras du temps pour te préparer à votre nuit de noces. Ce ne sera pas si terrible, ma chérie, tu verras.

En se relevant pour se déshabiller, Gwendolen se demanda si elle serait jamais vraiment prête. Malgré tout ce que sa mère venait de lui dire, elle restait stupéfaite qu'Angus ait montré tant de mansuétude envers son clan et elle alors que la vengeance couvait si clairement dans son regard. La colère et le mépris profond qu'il éprouvait pour le monde étaient évidents, et ne cessaient de la perturber.

Non, elle n'était pas encore prête à se donner à lui sans crainte. C'était un homme dangereux, et même s'il pouvait parfois faire preuve de miséricorde, il semblait incapable de vraie tendresse ou d'amour.

Chapitre 8

Angus ne cessait de s'agiter et de se retourner dans son lit. Il se répétait encore et encore qu'il serait stupide de rejoindre Gwendolen dans sa chambre une nouvelle fois. Il avait donné sa parole de ne pas la déflorer avant leur mariage, mais il avait bu trop de vin ce soir-là pour se contenir. Dans son état, il suffirait d'un instant en tête à tête avec elle pour faire de lui un menteur, voire pire.

Malgré tout, le sommeil continuait à lui échapper, et quelque chose le força à se lever. Il alluma une chandelle, s'habilla rapidement et sortit sans bruit de la chambre de son père. Il parcourut les froids couloirs du château jusqu'à la tour est, où il s'arrêta, hésitant. La torche accrochée au mur, au pied de l'escalier, s'était éteinte. Il la ralluma avec sa chandelle, avant de grimper l'escalier et de s'arrêter, troublé, devant la porte de Gwendolen.

Il se sentait comme un chien qui, ayant flairé une trace alléchante, ne pouvait résister à l'envie de tourner autour. Il plongea la main dans son sporran, en sortit la clé de la chambre de Gwendolen, puis l'inséra dans la serrure, la tourna et entra. Il tenta de se convaincre qu'il voulait juste s'assurer de sa bonne santé.

Il s'approcha du lit et, levant la chandelle au-dessus de sa tête, observa la silhouette endormie de Gwendolen. La flamme jetait un halo doré sur les courbes harmonieuses de son corps. Elle avait repoussé les couvertures et était étendue sur le ventre, une jambe repliée, sa chemise entortillée autour de ses hanches et de son fessier voluptueux. Ses cheveux étaient étalés autour de sa tête en de luxuriants rubans de soie noire, et la chair ivoire de ses cuisses luisait sensuellement à la lumière de la chandelle.

Le cœur d'Angus se mit à battre plus vite. Il dut se rendre à l'évidence : sa patience à l'égard de Gwendolen s'amenuisait rapidement. Pendant deux ans, il avait vécu loin de la société avec Raonaid, une femme certes belle, mais incapable du moindre sentiment. Son reflet, d'une certaine façon. Il n'y avait chez elle rien d'innocent ou de vulnérable. Elle était dépourvue de toute tendresse et regardait le monde avec hostilité et malveillance.

Pendant un temps, il avait cru qu'elle était la partenaire idéale, car elle n'exigeait que très peu de choses de sa part. Il pouvait se montrer distant et peu communicatif avec elle, et elle ne s'en plaignait pas, car elle était tout aussi distante en retour. Il ne savait en fait presque rien de son passé, à part qu'elle avait des visions depuis longtemps.

En revanche, cette femme-là, sa future épouse, était en tous points son contraire, car elle était innocente et pure, toute de noblesse et d'esprit de sacrifice. Quelque chose en lui, qu'il avait oublié depuis longtemps, désirait toucher cette pureté ; mais une autre chose bien plus familière voulait la piller et la réduire en cendres, Pourtant, il ne méritait même pas de se trouver dans la même pièce qu'elle. Il aurait dû pourrir en enfer avec une femme comme Raonaid, qui se garderait bien de le juger pour ses rancœurs.

Gwendolen prit une profonde inspiration et roula sur le côté. Elle enserra l'oreiller de ses bras et se mit en chien de fusil. Un courant d'air froid fit danser la flamme sur la mèche et, après avoir posé le chandelier de laiton sur la table, Angus tira les couvertures jusqu'aux épaules de Gwendolen.

Un instant plus tard, elle les rejeta brusquement et roula sur le dos. Le doux parfum qui émanait de son corps frappa les narines d'Angus et éveilla ses sens, alors même qu'elle ouvrait les yeux et clignait des paupières en le regardant innocemment.

Un accès de désir passionné et dangereux le submergea. Un désir différent de tout ce qu'il avait pu ressentir jusque-là. Un désir qui allait au-delà de l'appétence sexuelle. Il se sentait comme hébété, insatiable, vorace. À cet instant-là, il perdit toute certitude de pouvoir tenir la promesse qu'il lui avait faite. Il était un guerrier, et quand il voulait quelque chose, c'était avec un désir violent, une fureur aveuglante.

Et cette nuit-là, quoi qu'il eût promis, il la voulait, elle.

Gwendolen avait de nouveau rêvé du lion. Quand elle ouvrit les yeux et vit Angus surplombant son lit comme une magnifique créature sauvage, elle ne sut si elle était éveillée ou si elle flottait encore dans l'inconscience du sommeil.

La flamme d'une chandelle vacillait dans la chambre, et l'ombre énorme du guerrier rôdait sur le mur derrière lui. Il sentait le musc et le cuir. Sa chevelure d'or était répandue en vagues sur ses larges épaules – exactement comme la crinière du lion dans son rêve –, et elle sentit des picotements dans tout le corps sous le regard affamé qu'il posait sur elle.

Était-elle vraiment encore en train de rêver ? Chaleur, langueur et apaisement la submergeaient alors qu'elle remuait lascivement sur le matelas.

Il grimpa sur le lit et se positionna au-dessus d'elle. Telle l'extrémité d'une plume, ses cheveux caressèrent sa joue et elle inspira profondément, enfin consciente de ne plus être le jouet de son imagination. Il était bien là, en chair et en os, peut-être avec l'intention de rompre sa promesse. À moins qu'il n'ait été là que pour tester les limites de sa résistance à elle.

Sans prononcer un mot, il trouva la bouche de Gwendolen, et elle ouvrit instinctivement ses lèvres tremblantes. La langue d'Angus, sans cesse en mouvement, faisait le tour de la sienne, et la chaleur induite par cette caresse se répandit dans tout son corps en un torrent de sensations.

Il posa les mains sur sa poitrine, et elle gémit au contact de son pouce sur son téton. Elle fut surprise de constater qu'elle ne repoussait pas ses avances. Il l'avait réveillée au pire moment, celui où, excitée par son rêve, elle sentait son innocence la quitter.

Angus laissa son corps imposant descendre jusqu'à toucher celui de Gwendolen. La chemise de cette dernière était entortillée autour de ses hanches, car elle l'avait remontée en dormant. Elle sentit la caresse du kilt d'Angus sur ses cuisses nues. Tout en poursuivant les explorations érotiques de sa langue autour de celle de Gwendolen, le Lion posa les mains sur les hanches de sa proie.

Il n'avait rien dit depuis son entrée dans la pièce. Elle supposait que, si elle exprimait la moindre résistance, il se retirerait. Or, pour une fois, elle ne désirait pas le voir partir. En tout cas, pas tout de suite.

Il explorait son corps de ses mains avec douceur et fluidité ; elle se laissa aller à toucher les muscles saillants de son dos à travers le tissu de sa chemise. Puis elle serra le tartan dans ses poings et tira dessus.

Un instant après, il arracha ses lèvres à la bouche de Gwendolen et commença à l'embrasser dans le cou en gémissant doucement, comme s'il dévorait un mets délicieux. Pour toute réponse, elle gémit à son tour. Il glissa la main sous sa chemise, à la rencontre de la zone qui brûlait de désir entre ses jambes. Puis, de l'autre main, il ouvrit son col pour dégager l'accès à ses seins et y porter la bouche. Gwendolen se cambra sous l'effet conjugué de la caresse de ses doigts sur son sexe et de sa langue sur ses tétons durcis.

Elle sentait l'érection d'Angus appuyer sur sa hanche. La chambre tournait autour d'elle. Elle savait qu'il finirait par la posséder, pourtant, comparée à l'intensité des émotions et du désir qu'elle ressentait, sa conscience aiguë de la virilité d'Angus lui parut accessoire. Cela arriverait à un moment ou à un autre. Elle ne pouvait pas l'empêcher, et ne le voulait pas – en tout cas, pas encore.

En utilisant la paume de sa main, il continua à la caresser entre les jambes jusqu'à ce que son plaisir devienne presque insupportable. Puis il introduisit un doigt en elle. Elle se raidit et se cambra légèrement sous le choc de cette invasion.

Il s'arrêta, rejetant la tête en arrière pour la regarder.

— Est-ce que je vous fais mal ?

C'étaient les premiers mots prononcés depuis son entrée dans la chambre.

Elle secoua la tête, quasi frénétiquement.

— Ne vous inquiétez pas, murmura-t-il. Vous serez toujours vierge au matin.

Il lui embrassa le cou et les seins et elle resta allongée là, pantelante.

— Vous devez me prendre pour une enfant, laissa-t-elle échapper.

— Ne croyez pas ça. (Il continuait à faire aller et venir son doigt en elle avec une aisance qui la faisait trembler de plaisir.) Vous êtes complètement femme, et je suis surpris que vous m'apparteniez.

— Je ne vous appartiens pas encore, lui rappela-t-elle, submergée par la jouissance. Je pourrais toujours changer d'avis.

Il la regarda avec intensité, puis roula sur le côté, posant une joue sur sa main, sans cesser de lui caresser le sexe de l'autre.

— Pourquoi dire ça maintenant, au moment où je fais tout ce qui est en mon pouvoir pour vous donner du plaisir ?

— Parce que vous avez envahi ma maison, répondit-elle, hors d'haleine et l'esprit embrumé, à peine capable de réfléchir.

— D'après ce que je me suis laissé dire, souffla-t-il d'une voix moqueuse en approchant les lèvres de son oreille, vous avez manqué de me mettre une balle dans la tête peu avant la fin de la bataille. Qu'est-ce qui vous en a empêchée ?

— Pas moyen de vous avoir clairement en ligne de mire.

Elle se mordit la lèvre inférieure et se cambra. Angus continuait à observer son visage.

— Voulez-vous que je me taise ? demanda-t-il.

Elle ne put que hocher la tête, reconnaissante de pouvoir se concentrer sur la vague de plaisir grandissante qui circulait dans son corps.

Il resta allongé à côté d'elle, sur le flanc, et continua ses délicieuses caresses. Elle était brûlante et n'aspirait plus qu'à être libérée de cette tension intolérable.

Sentant le besoin de se raccrocher à quelque chose, elle attrapa son avant-bras, referma la main sur les muscles bandés et remua les hanches à la rencontre de ses doigts. Enfin, le plaisir la submergea, et elle agita la tête sur l'oreiller avec une sauvagerie animale. Un instant plus tard, son rythme cardiaque commença à se calmer et elle se laissa aller aux frissons de soulagement épuisé qui parcouraient son corps.

Il se pencha pour l'embrasser dans le cou, souleva la chemise de Gwendolen et son kilt, et roula sur elle. Elle écarta les jambes pour l'accueillir, et il avança les hanches pour toucher du bout de son membre dressé l'endroit d'où il venait de retirer sa main. Ce contact embrasa Gwendolen. Elle referma les jambes autour de la taille d'Angus et se demanda s'il allait la faire sienne.

— Pourquoi ne pas m'avoir résisté ? demanda-t-il en se soulevant sur les bras pour la regarder à la lumière de la chandelle.

— Je n'en sais rien.

C'était la pure vérité. Quoique à y bien réfléchir, son rêve y était peut-être pour quelque chose.

— Quand je vous ferai l'amour, j'aurai besoin que vous soyez enthousiaste.

— Vous n'allez pas le faire maintenant ?

— Non.

— Pourquoi ?

— J'ai donné ma parole, et je ne peux pas compter que vous teniez la vôtre si je la trahis.

— Je vois.

Il tenait à sa loyauté. En particulier quand son frère arriverait. S'il arrivait.

Angus se dégagea et s'accroupit au bout du lit en la regardant.

Elle se redressa sur les coudes.

— Vous devez savoir, dit-elle, que je comprends pourquoi il est si important pour vous que je sois consentante. Je sais pour votre sœur.

Il resta un long moment le regard baissé, avant de se passer une main dans les cheveux. Puis il sauta à bas du lit, et manipula la broche qu'il avait à l'épaule pour redresser son tartan.

Gwendolen roula sur le matelas et se souleva en s'accrochant à une des colonnes du lit.

— Je suis vraiment désolée qu'une telle chose lui soit arrivée.

Il arrangea son kilt dans son dos.

— Je n'en parle pas.

— Jamais ?

Il secoua la tête.

— Non. Je dois partir.

La flamme vacilla quand il prit le chandelier et se dirigea vers la porte.

— Bonne nuit, Gwendolen.

— Bonne nuit, répondit-elle, un peu estomaquée par cette sortie rapide, quoique étrangement polie.

Il y avait eu quelque chose de très différent chez lui cette nuit-là. D'une part, il l'avait traitée avec une certaine courtoisie, et d'autre part, il avait fait preuve d'une douceur surprenante avec ses mains. Elle était encore toute remuée de ce plaisir inattendu.

Elle regarda la porte se refermer derrière lui, puis se laissa retomber sur le lit en s'efforçant de se remettre de ses surprises.

Chapitre 9

Le montage des nouvelles portes commença le lendemain. Les hommes donnaient du marteau et grognaient en soulevant de lourdes planches sous le chaud soleil. Gwendolen se démena en cuisines pour superviser la préparation du déjeuner, car les travailleurs avaient bien besoin de se restaurer.

Tard dans l'après-midi, elle passa dans la grand-salle avec un groupe de domestiques pour leur apporter de la bière. Elle traversa la cour ensoleillée d'un pas léger tandis que les domestiques suivaient en tirant le chariot. Lorsqu'elle atteignit les portes, elle inhala l'odeur parfumée du bois qu'on venait de scier. Des copeaux jonchaient le sol et le bruit des marteaux résonnait toujours entre les murs du château.

Puis Gwendolen aperçut Angus. Elle ignorait qu'il participait aux travaux et sentit ses pensées se figer en le regardant tirer une longue planche à travers la cour. La lourde pièce de bois était posée sur l'une de ses larges épaules et il se penchait en avant sous l'effort, les muscles de ses cuisses tendus à se rompre à chacun de ses pas. Sa chemise lui collait à la peau et la sueur lui avait mouillé les cheveux. Il avait remonté ses manches jusqu'aux coudes, et elle voyait les muscles de ses avant-bras se bander sous le poids des efforts considérables qu'il déployait.

Elle le regarda fixement jusqu'à ce que les hommes aperçoivent le chariot et se rassemblent autour d'elle. Elle aida à servir la bière aux travailleurs assoiffés, tandis qu'Angus atteignait le pont-levis au-delà des portes de la tour, s'arrêtait et se déhanchait pour laisser tomber la planche, qui rebondit lourdement au sol en envoyant un nuage de sciure dans l'air.

Il se redressa, pencha la tête en arrière et ferma les yeux comme pour boire la chaleur du soleil. Une goutte de transpiration coula sur le côté de son visage tanné, et il l'essuya du talon de la main.

Gwendolen restait là, comme figée, une chope de bière à la main, attendant qu'il la remarquât. Enfin, leurs regards se croisèrent et elle lui tendit la chope.

Après s'être approché, il accepta la bière et la but à grands traits. Sur sa gorge luisante de sueur, sa pomme d'Adam montait et descendait. Une partie du liquide cascada le long de son menton pour rejoindre sa poitrine musclée déjà humide de sueur et se perdre sous sa chemise. Gwendolen en suivait encore la progression quand il s'essuya la bouche d'un revers de bras et lui rendit la chope.

L'intensité du regard qu'il lui lança en attendant qu'elle prenne le récipient la troubla. Quand elle tendit la main à son tour, leurs doigts se touchèrent légèrement, et ce bref contact créa une confusion persistante dans son esprit.

— Merci, dit-il.

— Comment avance le travail sur les portes ?

— Il avance.

Il darda de nouveau ses yeux bleu-gris sur elle, puis tourna les talons pour reprendre sa tâche.

Elle collecta les chopes vides auprès des autres hommes. Avec un certain malaise, elle s'aperçut qu'elle attendait sa nuit de noces avec impatience. Elle y pensait beaucoup plus qu'elle n'aurait dû.

Gênée, elle se dit que ça ne cadrait pas bien avec sa loyauté à l'égard du clan MacEwen, mais elle repoussa bien vite cette idée.

Pendant trois jours, et trois nuits atrocement longues, Angus s'interdit de visiter la chambre à coucher de Gwendolen. Il ne pourrait pas supporter une autre mise en bouche sans céder à son désir de la posséder.

Il passa donc ses journées à s'épuiser à la construction des portes du château, choisissant volontairement des tâches qui mettaient son corps à l'épreuve pour s'empêcher de penser à Gwendolen. Il était ainsi en train d'enfoncer une cheville de bois à coups de marteau.

Il avait aussi pris des mesures pour accélérer le plus possible la célébration des noces. Bien entendu, s'il avait pu la traîner à la chapelle l'après-midi même pour en finir, il l'aurait fait. Il l'aurait épousée et déflorée sans délai afin de se débarrasser de cette soif à laquelle il n'y avait qu'un seul remède. Cependant, les deux clans avaient besoin d'un événement à fêter, et il n'épousait pas Gwendolen pour satisfaire ses propres désirs. Il le faisait pour Kinloch : il fallait donc que ce soit un spectacle de premier choix, accompagné d'un festin grandiose, de danses joyeuses, d'applaudissements enfiévrés. De véritables réjouissances.

Et ensuite, nom de Dieu, il y aurait du sexe, du sexe, et encore du sexe.

Il frappa plus fort encore sur la cheville et s'écrasa le pouce avec son marteau.

Le jour suivant, Angus rejoignit sa chambre au beau milieu de l'après-midi, verrouilla la porte derrière lui et se laissa choir dans un fauteuil tapissé près de la fenêtre. Il était trempé de sueur. Il venait d'essayer les portes, qui étaient à présent terminées, même si elles nécessitaient encore quelques ajustements mineurs. Ce travail l'avait épuisé et son pouce toujours enflé le lançait. Il avait besoin de se reposer un moment.

Il se laissa aller contre son dossier, ferma les yeux et allongea ses longues jambes devant lui. Ses yeux le piquaient, il les frotta. C'était comme si l'intérieur de ses paupières était couvert de poussière. Il n'avait pas dormi correctement depuis des jours.

Il s'arracha au fauteuil, et ce fut presque en rampant qu'il rejoignit son lit, où il s'affala sur le ventre. Puis il se mit à penser à la nuit de noces qui approchait, et une excitation malvenue s'empara de son corps.

Il n'était pas habitué à se satisfaire seul. Au cours des deux années écoulées, Raonaid s'était toujours montrée enthousiaste, mais il l'avait quittée depuis deux mois, et Gwendolen lui était toujours inaccessible. Il voulait se soulager un peu. Il lui restait une main valide et n'avait besoin de rien de plus.

Il roula sur le dos et considéra le ciel de lit au-dessus de lui, agacé d'en être réduit à de telles extrémités.

Soudain, on frappa à la porte. Il se redressa brusquement.

—Allez vous faire voir !

—Va te faire voir toi-même ! rétorqua Lachlan depuis le couloir. Ouvre cette porte !

—Je suis occupé.

Il y eut un silence.

—Trop occupé pour recevoir le colonel Worthington, gouverneur de Fort William ? Je me suis dit que tu aimerais savoir qu'il était là. Il a l'air dans tous ses états.

—Bordel, Lachlan, lâcha Angus d'une voix rauque en sautant du lit. Je vais te montrer ce que veut dire "dans tous ses états".

Il avait toujours su que la passion qu'un homme pouvait nourrir pour une femme l'affaiblissait, il en avait à présent la preuve. Il avait été pris par surprise, l'esprit distrait par son plaisir charnel.

Il ouvrit la porte à la volée.

—Si tu me dis qu'il est avec un bataillon de l'armée anglaise, je te jette par-dessus les remparts.

Dans le couloir, Lachlan, bien campé sur ses jambes, chargeait un mousquet.

— Il n'est accompagné que d'une dizaine de tuniques rouges. En revanche, il commence à s'impatienter. Je te suggère de le laisser entrer.

Lachlan mesura sa poudre, chargea l'arme et fourra la cartouche au fond du canon.

Angus l'écarta et fonça vers l'escalier.

— Dis aux gardes d'ouvrir les portes, ordonna-t-il. Amène le colonel à la chambre haute. Je l'y attendrai. Et donne à boire à ses hommes.

Il descendit rapidement l'escalier, conscient de l'effet que la menace d'une attaque pouvait avoir sur un homme. Elle calmait chez lui certains feux pour en allumer d'autres, tout aussi brûlants.

Sa passion pour Kinloch était considérable.

Elle balaya toute pensée pour Gwendolen de son esprit.

Penchée à un créneau, Gwendolen regardait le petit détachement de soldats à cheval sur le pont-levis, avec à leur tête le colonel Worthington lui-même.

On était loin d'une armée de libérateurs munis d'archers et de canons pour une attaque surprise. Les soldats, malgré leur uniforme rouge éclatant, paraissaient las. Tandis qu'ils attendaient sur le pont-levis que les portes s'ouvrent, les chevaux hennissaient doucement et secouaient la tête. Un soldat éternua trois fois dans sa main et se plaignit de la poussière ; un autre lui suggéra de renifler du vinaigre fort tous les matins pour se débarrasser du problème.

Le colonel Worthington sortit un mouchoir plié de sa poche pour s'éponger le front ; des insectes vrombissaient sans relâche dans la prairie en contrebas.

Il était clair qu'il n'y aurait pas de combat héroïque ce jour-là.

Enfin, les énormes portes à peine achevées s'ouvrirent, et ils pénétrèrent dans la cour. Gwendolen passa de l'autre côté du toit pour observer ce qui allait se passer.

Les tuniques rouges furent accueillies avec cordialité par Lachlan et quelques autres membres du clan MacDonald, qui prirent en charge les chevaux pour les mener aux écuries. Puis on emmena les soldats vers la grand-salle tandis que Lachlan escortait le colonel Worthington jusqu'à la tour nord.

Le cœur de Gwendolen se mit à battre la chamade. Qu'arriverait-il quand le colonel parlerait à Angus ? Allait-il prendre parti pour les MacEwen et ordonner à Angus, au nom du roi, de leur rendre Kinloch ? Ou bien reconnaîtrait-il à Angus le droit de diriger Kinloch et lui dirait-il qu'il avait été informé de l'invasion par quelqu'un du château ? Pire encore, Angus découvrirait-il qui avait envoyé le message ?

Chapitre 10

Assise dans sa chambre, Gwendolen avait l'impression d'attendre qu'on vienne la chercher pour la mener sur le billot. Chaque son venu du couloir la faisait sursauter comme s'il annonçait l'arrivée menaçante du bourreau encapuchonné. Et quand quelqu'un monta vraiment les escaliers et frappa à sa porte, elle s'était mise dans un tel état d'angoisse qu'elle renversa un tabouret dans sa hâte d'aller ouvrir.

Debout dans le couloir se tenait, comme elle s'y était attendue, celui qui avait conquis son clan, l'air sinistre.

Il n'était pas revenu dans sa chambre depuis la nuit où il y était entré un chandelier à la main, l'avait fait sortir de son rêve et l'avait rejointe sur le lit. Elle eut soudain l'image de son corps pressé contre le sien, de sa bouche sur son cou, de ses hanches qu'elle enserrait de ses jambes, et elle frissonna sous l'effet conjugué de l'excitation sexuelle et de la peur.

Comme c'était étrange de penser à des choses pareilles à ce moment-là, alors qu'il lui fallait plutôt se soucier de ce qu'il tenait dans la main, la lettre qu'elle avait écrite au colonel anglais de Fort William.

Les yeux d'Angus étaient froids et méfiants. Ne sachant à quoi s'attendre, et se voyant coupable et condamnée avant même qu'il ait ouvert la bouche, Gwendolen, l'estomac noué, l'invita à entrer.

Il pénétra dans la pièce et la parcourut du regard, comme à la recherche de nouvelles preuves de traîtrise, avant de tourner son regard d'acier vers elle. *Que Dieu me vienne en aide*, pensa-t-elle. Il savait qu'elle avait envoyé cette lettre. Elle avait rompu sa promesse, et cela aurait pu coûter à Angus son triomphe ultime.

— Je vous écoute, déclara-t-elle en décidant qu'il valait mieux crever l'abcès sur-le-champ.

Elle regarda le petit rouleau de parchemin qu'il tenait dans ses mains couturées, fermé par un ruban noir qui venait directement de sa coiffeuse, et elle se figea à la vue de ses longs doigts. Il fit courir un pouce meurtri le long du rouleau.

— Est-ce vous qui avez écrit ça ?

Elle savait qu'elle devait répondre, mais la voix lui manquait.

Elle leva les yeux et vit tressauter un muscle de sa mâchoire.

— Est-ce que c'est vous ? répéta-t-il, la faisant sursauter.

Gwendolen s'efforça de rester calme. Elle le regarda droit dans les yeux et hocha la tête, car il n'était pas question de laisser Mary payer à sa place. La pauvre fille pouvait à peine lire. C'était elle, Gwendolen, qui assumerait la responsabilité de ses actes.

Se préparant à l'accès de colère du Lion, elle se demanda s'il allait la battre. Ou la traîner jusqu'à la prison.

Il baissa de nouveau les yeux sur la dépêche et elle n'eut d'autre choix que de rester là, à attendre qu'il décide quoi faire d'elle.

Lentement, il alla à la fenêtre et s'y posta en lui tournant le dos. Il resta silencieux pendant un temps interminable. Gwendolen était de plus en plus anxieuse. Elle voulait s'excuser. Elle avait vraiment manqué à sa parole, alors que lui avait respecté la sienne. Il ne l'avait ni blessée ni maltraitée, pas plus qu'il ne lui avait dérobé sa pureté avant le mariage. Il avait également traité sa mère avec respect et lui avait même permis de conserver les bijoux qui avaient précédemment appartenu à sa propre mère.

Même si cela choquait et attristait Gwendolen, il lui fallait bien admettre qu'Angus le Lion, guerrier sanguinaire et ennemi juré des MacEwen, s'était montré plein de mansuétude.

— Vous m'avez menti, finit-il par énoncer d'une voix rauque, qui lui fit se demander si ces temps de miséricorde et de gentillesse étaient révolus.

— Si vous me laissiez m'expliquer…

— Croyez-vous que vous méritez d'en avoir l'occasion ?

— Je vous en prie, Angus…

Il lui fit face et réfléchit un long moment à sa prière.

— D'accord, finit-il par déclarer. J'écoute.

Sans bien savoir comment, elle parvint à s'exprimer d'une voix calme.

— Je l'ai envoyée le matin qui a suivi votre invasion de Kinloch et votre décision de me prendre pour épouse.

Il fronça les sourcils, mais elle se força à poursuivre.

— Essayez de comprendre. J'avais peur de vous et je me sentais responsable de mon clan. Kinloch appartenait aux MacEwen. Mon père n'était mort que depuis un mois que, déjà, nous l'avions perdu. Je ne savais pas à quoi m'attendre de votre part. Tout ce que je savais, c'est que vous étiez un guerrier sans pitié et que vous me vouliez pour servir vos propres intérêts politiques.

Il la regardait, l'air toujours aussi menaçant, et c'est avec encore plus de passion dans la voix qu'elle continua après avoir fait un pas vers lui.

— Angus, vous êtes un guerrier. Vous ne pouvez sûrement pas me reprocher de lutter pour ma liberté et ce qui a appartenu à ma famille. La conquête de ce château était le plus haut fait d'armes de mon père, et maintenant qu'il est parti, Kinloch est tout pour moi. J'essayais simplement de sauver les gens de mon clan de votre cruauté.

Elle s'arrêta, se rendant compte qu'elle venait de l'insulter. Mais il n'y avait pas d'autre manière de le dire. C'était la vérité.

— Vous croyez que je suis venu ici pour me montrer cruel ?

— C'est comme ça que vous êtes perçu. Vous avez pris notre maison par la force. Vous nous avez écrasés, rapidement et brutalement. Vous ne m'avez pas laissé d'autre choix que la rébellion.

Ses yeux brillaient d'un éclat exalté.

— Est-ce que cette explication est censée me faire oublier votre traîtrise ?

Elle réfléchit soigneusement à la réponse, puis leva le menton.

— Oui. J'admets avoir violé notre accord, mais j'avais peur, et vous auriez mauvaise grâce à me le reprocher. Vous êtes un homme inquiétant. Cela me semblait la seule chose à faire à ce moment-là.

Il se rapprocha en plissant les yeux.

— À ce moment-là…

— Oui.

— Vous aviez peur…

— Oui.

— Et maintenant, avez-vous toujours peur ?

Son regard était sévère, sa voix, rauque. Il fit courir un doigt calleux sur la joue de Gwendolen.

Elle recula et se cogna au lit.

— Très peur, oui.

— Alors vous recommenceriez si vous en aviez l'occasion ? Vous appelleriez une autre armée pour me chasser ? Ou me tuer ?

Elle tremblait et luttait pour retrouver de l'air.

— Cela dépend.

— De quoi ?

— De quelle armée il s'agirait. Je ne ferais pas appel aux Français. Ils prendraient probablement votre parti contre moi.

Angus leva le petit message enroulé et le lui agita sous le nez.

— Je devrais vous battre comme plâtre pour cette trahison et vous donner une leçon que vous n'oublieriez pas de sitôt.

Il restait là, attendant qu'elle parle.

— Je suis désolée, dit-elle.

Angus respirait lui aussi avec difficulté. Il s'humidifia les lèvres.

— Me direz-vous au moins ce qu'a déclaré le colonel Worthington ? demanda-t-elle.

— Qu'espérez-vous entendre ? Qu'il m'a menacé et m'a ordonné de quitter Kinloch ? Que si je lui désobéis, le roi George reviendra avec une armée de tuniques rouges me lâcher une enclume sur la tête ?

— Vous vous moquez de moi.

Il recula.

— Il était inutile d'envoyer ce message, ma belle. Les Anglais ont d'autres chats à fouetter qu'un désaccord entre deux clans. C'est ce que le colonel Worthington m'a dit lui-même. Il ne veut pas être impliqué. Qu'espériez-vous ? Qu'ils allaient venir défendre les prétentions de votre père mort sur ce territoire ?

Elle s'écarta du lit.

— Je ne sais pas. Je pensais que notre loyauté signifiait quelque chose pour lui. Nous sommes fidèles à la maison de Hanovre et nous avons défait une armée de Jacobites il y a deux ans. Je pensais que le roi défendrait nos droits sur cette terre.

Angus posa la main sur la garde de son épée.

— Vous ne connaissez rien à la politique et à la guerre, ma belle. Les Whigs voulaient la mort de mon père, et le vôtre s'en est chargé. On lui a offert Kinloch en récompense de ses services, c'est pour ça qu'il a envahi le château. Ça n'avait rien à voir avec l'honneur ou la loyauté envers une quelconque couronne. Il s'agissait de terres et de pouvoir, rien de plus. C'est toujours de ça qu'il s'agit lorsqu'un homme essaie de s'emparer de la maison d'un autre. (Il froissa la dépêche dans son poing et alla jusqu'à la fenêtre, où il resta un long moment à contempler la campagne environnante.) J'ai repris ce qui m'appartenait, et le colonel Worthington n'a aucun intérêt à remettre en cause mon pouvoir ici. Il a été très clair sur le fait que, pour lui, il s'agit d'une histoire de clans et de rien d'autre.

— Il n'a pas peur que vous tentiez de mettre sur pied une nouvelle révolte ?

— Je lui ai donné ma parole que je vivrais ici en paix.

— Et il vous a cru ?

Angus se retourna pour lui faire face.

— Vous semblez prendre les promesses très à la légère, ma belle. La parole d'un homme a-t-elle si peu de poids à vos yeux ? Ne vous souciez-vous pas non plus de la vôtre ?

Elle fut soudain submergée par la honte. Elle alla lentement jusqu'à un fauteuil et s'assit.

— Mon honneur est tout pour moi.

— Mais vous avez rompu votre promesse. Vous m'aviez promis d'être loyale.

Elle inclina la tête.

— Cela veut-il dire que notre accord ne tient plus ?

Peut-être ne souhaiterait-il même plus l'épouser à présent. S'il pensait ne pas pouvoir lui faire confiance, il risquait de l'emprisonner. Ou de la bannir. Et ensuite ? Elle serait forcée de quitter sa maison et les membres de son clan, qui resteraient sous la férule d'un MacDonald. Au moins, jusqu'à présent, elle avait eu une possibilité de gouverner à ses côtés et de faire reconnaître les droits des siens.

Peut-être sa mère avait-elle raison ? Peut-être devrait-elle cesser ses efforts futiles pour s'opposer à lui, et trouver un moyen d'exercer son influence à travers son statut d'épouse ?

Ce n'était pas comme s'il était résolument déplaisant. Elle en était même arrivée, que le ciel lui vienne en aide, à envisager leur nuit de noces avec un degré surprenant de curiosité et de désir. Et à en juger par son comportement jusque-là, ce n'était pas une vie de violences conjugales et de tourments qui l'attendait. Après sa trahison, il avait d'excellentes raisons de la punir, et pourtant il ne l'avait pas fait. En tout cas, pas encore. Sans compter sa beauté. Oui, malgré tout, elle se sentait attirée vers lui.

Intensément consciente de ses déplacements dans la pièce malgré son regard baissé, Gwendolen attendait sa décision. Enfin, il s'approcha et se dressa devant elle. Son kilt effleura les genoux de Gwendolen, dont le cœur s'emballa. Sa présence la submergeait d'une manière qu'elle avait beaucoup de mal à comprendre, et elle se prit à espérer qu'il n'annulerait pas leur mariage.

Il lui prit le menton dans sa main calleuse et lui pencha la tête en arrière. Son cœur battait la chamade sous la puissance de son regard. Il semblait décider de la confiance qu'il pouvait encore lui accorder.

Elle planta les yeux dans les siens et s'exprima avec une profonde sincérité.

— J'ai eu tort de vous trahir, mais si vous êtes prêt à me donner une nouvelle chance, je vous promets que ça n'arrivera plus. J'ai appris ma leçon et, si vous le désirez, je vous prêterai allégeance dès maintenant.

Il caressa lentement sa lèvre inférieure de son pouce meurtri, et ce contact la fit frissonner de malaise. À moins que ce ne soit de désir. Elle était incapable de s'y retrouver dans ses sentiments.

Sans répondre à ses excuses, il s'écarta d'elle. Le ressentiment se lisait encore sur son visage. Était-il possible qu'il ne veuille plus d'elle pour femme ? Peut-être ne restait-il pas même l'ombre de l'espoir d'une deuxième chance ?

Pas encore prête à renoncer, elle empoigna ses jupes et se laissa glisser à genoux devant son fauteuil.

— Moi, Gwendolen MacEwen, vous prête allégeance, Angus Bradach MacDonald, seigneur et maître de Kinloch. Je promets de vous servir fidèlement et avec dévotion et de vous donner des héritiers.

Une corneille passa devant la fenêtre en criaillant. Plongée dans l'angoisse, Gwendolen attendait qu'Angus dise quelque chose.

— Et votre frère ? demanda-t-il d'un ton brusque. S'il revient, respecterez-vous votre serment d'allégeance ?

Elle soutint son regard bleu clair.

— Je vous donne ma parole que s'il revient, je ne vous trahirai pas, et que je ferai de mon mieux pour encourager des relations pacifiques entre vous. Vous avez dit l'autre jour que vous lui offririez des terres… ?

— C'est exact.

— Alors, je respecterai mon serment. Je ferai de mon mieux pour le convaincre d'accepter votre offre.

Quelque chose de sombre parcourait encore son visage, mais ses mots délivrèrent un autre message.

— Alors, j'accepte votre serment.

Profondément soulagée, elle empoigna ses jupes et se releva.

— Vous désirez toujours m'épouser ?

— Oui. Nous échangerons nos vœux dans quatre jours.

Elle cilla.

— Si tôt ?

— Il n'y a aucune raison d'attendre plus longtemps.

Il resta là, immobile, à la regarder, puis reporta les yeux sur la dépêche froissée qu'il tenait toujours en main. Un moment, il sembla perdu dans ses pensées, puis il alla à la coiffeuse, alluma une bougie et approcha le parchemin de la flamme.

— Personne ne sait que vous êtes la traîtresse qui a envoyé cette lettre, dit-il comme celle-ci devenait cendres et disparaissait devant ses yeux, à part la femme de la cuisine. Pouvez-vous vous assurer de son silence ?

— Bien sûr.

— Il vaut mieux que les clans croient que vous êtes la fiancée loyale du seigneur de Kinloch. Le contraire encouragerait la sédition, et je veux la paix ici.

— Moi aussi, lui assura-t-elle.

Il leva brièvement les yeux et la regarda.

Gwendolen se dit qu'il n'était pas encore convaincu. Il la surveillerait de très près au cours des semaines à venir.

La flamme dévora la dépêche et, quand ce fut fini, Angus souffla sur les cendres et essuya la coiffeuse.

— Nous n'en parlerons plus, déclara-t-il en se dirigeant vers la porte.

— Angus… (Elle le suivit dans le couloir, où il s'arrêta en haut des escaliers, une main posée sur le mur.) Après ce que j'ai fait, honorerez-vous toujours les termes originaux de notre accord ?

Il se retourna vers elle, les yeux chargés de colère froide. Elle recula et rencontra le mur. Bras tendus, il posa les mains de part et d'autre de Gwendolen, la piégeant contre la paroi.

— Si vous me demandez si j'ai l'intention d'attendre notre nuit de noces pour vous déflorer... (Il se tut et considéra la question.) Il est très tentant d'ignorer les termes de l'accord, puisque celui-ci a déjà été enfreint. (Elle prit une profonde inspiration, et il scruta longuement son visage.) Est-ce que je vous rends nerveux, ma belle ? Auriez-vous peur de moi ?

— Non, je n'ai pas peur.

Mais elle avait peur. Dieu, elle était même terrifiée.

Il regarda ses lèvres, puis se pencha pour un long baiser humide et exigeant, destiné à mettre à l'épreuve la sincérité de sa reddition. Il glissa un bras autour de sa taille et la serra contre lui, tandis que son autre bras restait tendu contre le mur. La texture de sa langue mit en alerte tous ses sens tandis qu'une onde de plaisir se précipitait de sa bouche à son bas-ventre. Les moustaches piquantes d'Angus lui grattaient le menton, et elle s'émerveilla de la volupté qui accompagnait cette petite douleur.

Lentement, il s'écarta. Elle ouvrit les yeux en battant des paupières.

— Allons, ne vous affolez pas comme ça, dit-il. Je respecterai ma parole. Vous pouvez garder votre précieuse virginité encore quelques jours.

— Merci.

— Gardez votre gratitude pour notre nuit de noces, lança-t-il en tournant les talons, parce que je crois que vous souhaiterez vraiment me remercier à ce moment-là. Encore et encore.

Il disparut rapidement dans l'escalier et Gwendolen laissa échapper un long soupir de soulagement.

Chapitre 11

Quatre jours plus tard, après s'être donnée devant Dieu dans la chapelle du château au conquérant qui avait soumis son clan, lui avait volé sa maison et l'avait déclarée sa promise, Gwendolen suivit Angus dans sa chambre à coucher.

Des dizaines de chandelles y avaient été allumées, un feu flambait dans l'âtre, et la pièce embaumait les pétales de rose et le vin. Aucun de ces luxes extravagants ne suffisait cependant à calmer la tempête de ses angoisses, car elle serait bientôt allongée, nue, au côté du Grand Lion d'Écosse.

Angus se retourna et lança un regard menaçant aux hommes du clan MacDonald qui, soûls, les avaient suivis dans l'escalier en se moquant et en chahutant. Ces derniers se figèrent, puis reculèrent et trébuchèrent les uns sur les autres tandis qu'il leur fermait la porte au nez.

Il tourna la clef dans la serrure, puis pivota vers Gwendolen, qui se tenait devant la fenêtre, pas très sûre de ce qu'elle devait faire. Se souvenant de sa promesse d'être une épouse dévouée et toute à son devoir, elle leva une main légèrement tremblante pour retirer les épingles de ses cheveux, avant de les secouer et de les laisser retomber dans son dos, décidée à faire de son mieux pour satisfaire son mari. S'il était content d'elle, elle finirait peut-être par gagner sa confiance et s'assurer ainsi un rôle plus confortable et plus influent, une position dans laquelle elle ne le craindrait pas autant.

Il avança, les yeux posés sur elle, tout en faisant glisser son tartan de son épaule. Il défit sa ceinture de cuir et son sporran et lança le tout sur une chaise. Puis il enleva sa chemise et se tint, nu, devant elle.

Gwendolen entrouvrit les lèvres et s'efforça de contrôler sa respiration en contemplant son corps splendide qui luisait à la lumière des chandelles. Ferme, musclé et couturé des cicatrices de blessures reçues au combat, c'était un extraordinaire modèle de force et de virilité. Les yeux curieux de Gwendolen suivirent les contours de sa poitrine et de son torse sculptural. Plus bas, la vue de ses organes génitaux en gloire la fit frissonner d'appréhension. Comment allait-elle survivre à ça ? Comment saurait-elle quoi faire ? Elle sentit une chaleur étrange l'envahir, tandis que son esprit vibrait sous l'effet de la tension nerveuse.

Pendant un long moment, ils restèrent les yeux dans les yeux, sans rien dire. Qu'y aurait-il eu à dire ? Gwendolen savait ce qu'on attendait d'elle et elle avait fait tout ce qu'elle pouvait pour s'y préparer.

Résolue à se détendre et à suivre le conseil de sa mère, qui était de se lancer dans cette expérience et d'en profiter, elle releva ses cheveux, puis tourna le dos vers son mari pour qu'il défasse sa robe.

Il prit son temps pour la déshabiller. Il retira un vêtement à la fois, le laissant tomber ensuite délicatement au sol. Se succédèrent ainsi la pièce d'estomac de lourd brocart, les jupes et les jupons, et les cerceaux baleinés. Puis Gwendolen leva les bras et il enleva la chemise de lin. Enfin, il s'écarta pour admirer sa silhouette nue à la lueur des chandelles.

Elle cligna des yeux de timidité.

— N'ayez pas peur de moi, ma belle. Je vous donne ma parole que je serai le plus doux possible.

— Je ne peux pas m'empêcher d'avoir peur de vous, répondit-elle. Il y a peu encore, je vous ai vu combattre dans la cour et tuer des dizaines d'hommes de mon clan. J'ai vu comment vous preniez ce que vous vouliez... par la force.

Elle frissonna sous l'effet d'un courant d'air, et il tendit une main vers elle.

— Vous avez froid. Venez. Mettez-vous au lit. Vous allez vite vous réchauffer et, je l'espère, vous rassurer aussi.

Il la conduisit jusqu'au lit à baldaquin et l'ouvrit. Elle se glissa entre les draps et sous les lourdes couvertures qui couvraient l'épais matelas de plumes.

Angus souffla toutes les chandelles de la pièce puis entra à son tour dans le lit. Seul le feu éclairait son visage aux pommettes saillantes. Gwendolen s'émerveilla de la beauté de ses traits et de ses yeux bleus sans fond. Elle avait beaucoup de mal à se faire à l'idée que le Grand Lion d'Écosse, Angus MacDonald, était désormais son mari, et qu'elle s'était donnée à lui quelques heures plus tôt, en présence de son clan et sous le regard de Dieu. Cette nuit-là, il scellerait cette union sacrée. Il la prendrait et lui ferait peut-être un enfant.

Doucement, il se rapprocha d'elle et posa une grande main lourde sur son ventre. Fermant les yeux, elle se mit à penser au lion de ses rêves. Puissant, exotique, sensuel, il était venu à elle dans une prairie pleine de fleurs des champs colorées et de duvet de chardon flottant dans de brillants puits de lumière. Dans le rêve, elle était submergée par une chaleur d'été humide et ne ressentait jamais la peur. Son seul désir était de caresser la crinière du lion. Elle tendait la main et l'attirait près d'elle. Il lui léchait le poignet et sa langue trouvait bientôt la zone sensible de son cou.

Gwendolen ouvrit les yeux quand Angus se positionna au-dessus d'elle, sa peau brûlante contre la sienne. Elle glissa les bras autour de sa taille et sentit sous ses doigts les muscles durs de son dos.

— As-tu toujours peur ? demanda-t-il d'une voix rauque, tout en l'embrassant derrière l'oreille.

Gwendolen frissonna malgré elle.

Elle pensa de nouveau au rêve et tâcha de retrouver cette sensation d'être sans peur et pleine du désir de toucher le lion, mais les rêves n'étaient pas la réalité. Elle avait l'estomac noué. Son cœur battait la chamade.

— Oui, et je n'arrive pas à y faire quoi que ce soit.

Il la regarda dans les yeux.

— Je ne te prendrai que quand tu seras prête, ma belle, alors laisse-moi une chance de t'en donner envie. Peux-tu te détendre un peu ?

Elle hocha la tête.

— Je ne précipiterai rien, murmura-t-il avant de poser ses lèvres sur celles de Gwendolen et de glisser sa langue dans sa bouche, tandis que la chaleur de son corps la réconfortait soudain et la faisait soupirer d'aise.

Il inclina la tête et lui embrassa la joue. Elle commençait à se calmer sous la douceur de ses attentions. Il glissa la main le long de ses côtes et posa le pouce sur son téton durci. Puis il entama un mouvement circulaire, tout en lui léchant la clavicule, ce qui envoya de petites vagues le long de sa colonne vertébrale. Elle écarta les jambes, et il s'installa plus confortablement entre ses cuisses.

Le désir fusant dans son corps la faisait trembler si fort qu'elle commença à onduler des hanches. Il déposa des baisers depuis son épaule jusqu'à ses seins, qu'il lécha et suça sans relâche, lui procurant un ravissement sans fin qui la menait vers un inconnu riche de promesses.

Elle prit la tête d'Angus entre ses mains et poussa un petit gémissement.

Il s'arrêta et la regarda. Elle se sentit soudain perdue dans un délire enfiévré et se demanda si elle n'avait pas bu trop de vin pendant le banquet, mais son délire avait une tout autre origine. Elle se dit qu'elle allait avoir bien plus de plaisir qu'elle ne l'avait jamais cru possible.

Sans la quitter du regard, il glissa une main entre ses cuisses et commença à la caresser. Le souvenir de ce qu'il lui avait fait cinq nuits plus tôt brûlait encore dans son imagination, et l'intensité de son expression la remplit de courage et d'audace, ainsi que d'un désir sincère de le satisfaire.

Elle tendit la main vers le bas et ferma le poing sur sa virilité, dont la taille et la raideur la prirent de court.

— Montrez-moi comment vous toucher.

— Tu t'en tires très bien, ma belle. Tu n'as pas besoin d'instructions.

De plus en plus passionnée, elle le caressa, mesurant le succès de ses initiatives à l'intensité de ses réactions – son souffle court, le mouvement de ses hanches et la force de son baiser.

Avide d'explorer, elle appuya plus bas encore, mais il lui prit doucement le poignet.

— Pas si fort avec cette partie, ma belle. Elle exige plus de délicatesse.

— Vous ai-je fait mal ?

Elle était mortifiée.

— J'ai survécu à pire que ça.

Il l'embrassa et ils reprirent tous deux leurs explorations. Angus la caressa entre les jambes jusqu'à ce qu'elle soit visiblement prête à le recevoir, puis il changea de position pour venir poser le bout de son sexe gonflé contre son hymen.

— Tu es prête. Le sens-tu ?

Elle hocha la tête et s'apprêta à subir ses assauts, car il allait à présent faire d'elle sa femme. Elle lui appartiendrait. Aucun autre homme ne recevrait jamais ce qu'elle s'apprêtait à lui donner.

Il poussa contre la barrière délicate de sa virginité, puis fit une pause.

— T'ai-je fait mal ?

— Un peu, répondit-elle, mais continuez.

Il recommença sa poussée, plus profondément cette fois, et la douleur fut proportionnelle à la taille impressionnante de son sexe.

— Y parvenez-vous ? demanda-t-elle en s'accrochant aux épaules d'Angus et en se mordant la lèvre inférieure.

— Oui.

Il donna un dernier coup de reins, s'enfonçant cette fois jusqu'à la garde.

Devant l'invasion douloureuse qu'il subissait, le corps de Gwendolen se raidit.

Angus lui laissa un moment pour s'habituer à la présence de son sexe en elle, immobile.

— Est-ce que ça va ?

Une fièvre ensorcelante s'emparait des sens de Gwendolen. Elle ne se sentait plus elle-même. La douleur qu'elle ressentait était désormais négligeable devant le besoin irrépressible de faire basculer ses hanches. Le désir érotique submergea son corps, et la pénétration d'Angus s'intensifia bientôt à un rythme qui la laissa hors d'haleine. Elle enfonça les ongles dans ses épaules et lui entoura la taille de ses jambes, venant à la rencontre de chacune de ses poussées profondes et douces, se délectant de la souffrance de moins en moins tenace que provoquait chez elle la friction de son membre.

Le corps d'Angus était humide de transpiration. Elle cria et laissa sa tête retomber sur les oreillers, tandis qu'il continuait à aller et venir en elle.

Elle était sienne désormais, et elle savait que, quand il finirait par répandre sa semence, leur union serait scellée à jamais.

Sa mère avait raison. Il y avait vraiment du plaisir à prendre là-dedans.

Elle planta les ongles dans les fesses d'Angus et l'attira profondément en elle, aussi profondément qu'il pouvait s'enfoncer.

Angus resta immobile un instant, tout à fait conscient que Gwendolen avait fini par capituler, et surpris de cette réaction. Elle n'avait pas résisté à la plus intime des invasions. Bien au contraire, elle avait mis son corps, sa vie et son avenir entre ses mains, ce qui en soi était stupéfiant, car aucune femme ne s'était jamais donnée à lui de cette façon.

Cependant, il y avait chez lui un côté sombre et cynique qui se raidissait devant cet abandon total, car il n'avait jamais désiré éprouver de la passion ou paratger son intimité avec une femme, quelle qu'elle fût, et encore moins avec une épouse. Une satisfaction sexuelle, oui. Le pouvoir, sans aucun doute. Mais la passion ? Cela ne faisait pas partie de ses intentions lorsqu'il avait crié sur les toits qu'il allait prendre pour épouse une fille MacEwen.

Le moment n'était pas à l'introspection. Ce qui comptait en cet instant, c'était la soif de son corps. Lentement, il reprit leurs ébats. Il recommença à aller et venir en elle, avec une exigence primitive, et il ne fallut pas longtemps avant qu'il sente l'approche de l'extase et le besoin d'accélérer sans cesse la cadence, jusqu'à ce qu'il se retrouve en proie à une sorte de fureur sexuelle sauvage.

Cela faisait des années qu'il n'avait pas connu une telle montée du plaisir. Il lui fallut déployer des efforts considérables pour repousser sa jouissance, mais au bout du compte, cela ne servit à rien. Il avait l'impression de faire l'amour pour la première fois.

Il était incapable de penser et ne put même pas s'arrêter pour prendre en compte la jouissance de Gwendolen. Il eut un orgasme rageur, explosant en elle avec un grognement puissant. Il se cambra et projeta son bassin en avant, et elle planta les ongles dans son dos. Ce fut rude, sauvage, extrême... et il lui fallut un certain temps pour reprendre sa respiration, avant de s'effondrer sur le corps tendre de Gwendolen dans un énorme soupir de satisfaction.

— Ce n'est pas ce à quoi je m'attendais, dit-elle sans le lâcher.

— Moi non plus.

En fait, il ressentit soudain l'envie de sortir du lit et de quitter la chambre. Toutefois, il y résista et roula à côté d'elle, où il demeura les yeux rivés au ciel de lit.

— Vous ai-je satisfait ? demanda-t-elle de cette voix douce et innocente qui, chaque fois, lui rappelait combien ils étaient différents.

— Tu as été très bien, répondit-il sans la regarder dans les yeux.

Elle se tut un instant.

— Je ferai mieux la prochaine fois, reprit-elle. Je vous le promets. J'étais nerveuse, c'est tout.

Il tourna sa tête sur l'oreiller et la regarda.

— Tu n'as rien à te reprocher.

C'était un mensonge. Elle l'avait tenu de trop près, l'avait charmé trop vite, et il réagissait à présent avec un malaise soudain.

Il se leva et alla jusqu'à la cheminée. Pendant un moment chargé de tension, il resta là, nu devant le feu, les yeux plongés dans la danse hypnotique des flammes. Il prit le tisonnier de fer et déplaça les bûches, dont s'échappèrent des étincelles.

Il reposa le tisonnier et alla prendre sa chemise, qu'il avait lancée sur un siège en se déshabillant. Il la passa tandis que Gwendolen l'observait. Elle s'était redressée et avait ramené les couvertures sous son menton.

— Vous allez quelque part ?

Il ramassa son tartan et le mit en travers de sa poitrine.

— Oui, je descends à la grand-salle boire de la bière.

— Pourquoi ? Vous ne voulez pas rester au lit ? Vous pouvez me prendre de nouveau si vous voulez. Vous pourriez m'apprendre à faire tout ce que vous aimez.

Il se raidit en entendant sa réponse provocante et il eut du mal à ajuster son tartan. Il ne parvenait pas à localiser la broche au milieu de tous ces plis. Il reconsidéra sa décision de s'en aller, car il était puissamment conscient du corps nu de Gwendolen sur le lit, ses suggestions aguicheuses résonnant dans son esprit. Serait-ce si mal de rester et de lui apprendre quelques subtilités ?

— Combien de temps serez-vous parti ? demanda-t-elle.

Il trouva enfin la broche et tourna le dos à Gwendolen.

— Je ne sais pas, mais ne m'attends pas pour dormir. Tu peux retourner dans ta chambre si tu t'y sens mieux.

Il s'interdit de la regarder, mais il n'eut pas besoin de le faire pour se rendre compte qu'elle était blessée par sa décision de la quitter. Après tout, c'était leur nuit de noces.

— J'aimerais autant rester ici, l'informa-t-elle avec moins d'innocence et plus de cette attitude de fier défi qu'elle avait eue le jour de l'invasion du château.

— Je risque d'être long. (Il s'assit sur le fauteuil et enfila une botte.) Et je serai probablement soûl.

Elle se redressa sur les genoux, toujours couverte du drap, puis se traîna sur le lit vers lui.

— Est-ce que l'idée est de calmer mes ardeurs ?

Stupéfait, il leva les yeux vers elle et ne put s'empêcher d'éclater de rire.

— Dieu m'est témoin, femme, que je ne sais plus quoi penser de toi !

— Comment ça ?

Il enfila la seconde botte et se leva.

— Il y a des moments où je me demande s'il n'y a pas une tigresse aux crocs affûtés sous toute cette vertu et toute cette pureté. Qui diable ai-je épousé ?

Elle fronça les sourcils.

— Peut-être est-ce que vous me comprendriez mieux si vous ne ressentiez pas le besoin de me quitter chaque fois que nous faisons l'amour.

Il s'avança et leva un sourcil.

— Chaque fois ? Nous ne l'avons fait qu'une fois, ma belle.

— Vous savez très bien ce que je veux dire. L'autre fois… quand vous êtes venu dans mon lit… Vous n'êtes pas resté très longtemps.

Il eut soudain l'impression que les murs de la chambre se refermaient sur lui et il se dirigea vers la porte.

— Je ne vais pas me justifier devant toi. Je suis le seigneur des lieux et j'y fais ce que je veux, y compris quitter une pièce quand bon me semble.

Il ouvrit la porte à la volée.

— Même si cela signifie laisser votre épouse insatisfaite ?

Il se figea sur le seuil, pris d'un accès de fureur mêlé à une excitation qui ne s'était pas démentie depuis l'instant où elle lui avait proposé de la prendre de nouveau.

Il fit demi-tour et rentra dans la chambre. Elle l'observait les yeux écarquillés, probablement terrifiée à l'idée d'avoir dépassé les bornes, ce qu'elle avait bel et bien fait.

Il claqua la porte derrière lui et revint au lit, car il avait quelque chose d'important à lui prouver. Angus le Lion ne laissait jamais une femme insatisfaite, en particulier son épouse.

Sous le choc, Gwendolen ne bougea pas. Elle était chamboulée par la tempête d'émotions qui la traversait. Une minute, elle était submergée de désir et sous le charme de son mari ; la suivante, elle lui criait des insultes à travers la pièce et se préparait à ses représailles.

Elle n'avait pas eu l'intention de le mettre en colère, mais il ne pouvait quand même pas la quitter comme ça ! C'était leur nuit de noces et il venait juste de mettre un terme à son innocence.

Il s'avança jusqu'au lit et montra du doigt le matelas devant lui.

— Ici.

Elle se glissa à l'endroit précis qu'il indiquait.

— Maintenant, allonge-toi sur le dos.

Elle obéit, et il l'attrapa par les cuisses pour la rapprocher du bord du lit. Puis il plaça les mains sur ses genoux et la regarda. Elle écartait les jambes, s'offrant à lui.

Les pieds toujours plantés dans le sol, il se pencha sur elle et déposa des baisers brûlants sur ses seins. Ses mains calleuses allaient et venaient le long de son corps, sur ses hanches et jusqu'à ses mollets. Puis il traça un chemin de baisers sur son ventre plat et frissonnant, jusqu'à explorer son nombril du bout de la langue.

Il embrassa ensuite ses hanches, et elle se mit à onduler de plaisir et d'impatience pour ce qui allait suivre, encore chargé pour elle du mystère de l'inconnu.

— Qu'en dis-tu, ma belle ? demanda-t-il d'une voix rauque de séducteur. Est-ce cela que tu attends de moi ?

Qu'aurait-elle pu faire d'autre que de hocher la tête en toute sincérité ? Il s'agenouilla alors au sol et se mit à parcourir des lèvres l'intérieur des cuisses de Gwendolen. Enfin, il caressa son sexe de ses lèvres et de sa langue, et elle laissa échapper un soupir de contentement.

Elle avait cru avoir tout découvert un peu plus tôt, quand il l'avait déflorée et avait répandu sa semence en elle, mais ça, c'était encore nouveau et absolument inimaginable. Elle ne s'était jamais doutée du niveau d'intimité et de satisfaction que le mariage pouvait procurer. Angus lui faisait perdre la tête.

Elle se cambra et se contorsionna sur le lit sous l'effet de la jouissance, et ne tarda pas à dévaler un torrent écumant de sensations. Quand il survint enfin, son orgasme fut d'une telle force qu'il en fut presque insoutenable. Elle referma les poings sur les draps et se mit à hurler tandis qu'il continuait à plonger la langue en elle, jusqu'à ce qu'elle ouvrît les bras et manque de s'évanouir sous le choc.

Angus se releva puis vint poser les poings sur le lit de chaque côté de Gwendolen.

Elle ouvrit les yeux en clignant des paupières. Elle se sentait comme soûle, et très heureuse.

— Es-tu satisfaite, maintenant ? demanda-t-il.

Malgré le brouillard de plaisir qui rendait ses pensées confuses, elle parvint à hocher la tête.

— Bien. Peut-être maintenant vais-je avoir un peu la paix.

Il se glissa vers la porte, mais s'arrêta avant de l'ouvrir.

— Nom de Dieu, murmura-t-il.

Elle se redressa sur les coudes, se demandant vaguement quel était le problème. Il se retourna vers elle.

— Je ne peux pas descendre dans cet état ! (Son kilt formait une bosse fort révélatrice.) Serais-tu prête à me recevoir de nouveau ?

— Oh, oui, répondit-elle dans un souffle.

Son insatiable Highlander revint à elle et dit, le regard malicieux :

— Tu es bien sûre, ma belle ? Parce que je me sens plein de vigueur. Cela risque de durer un moment.

— J'en suis absolument certaine.

Elle ne désirait rien de plus que de le sentir de nouveau en elle.

Il lui écarta les jambes et, cette fois, il se glissa en elle d'un coup, sans le moindre accroc. Il lui fit l'amour debout et fit durer le plaisir longtemps, allant et venant en elle avec une délicatesse qui la laissa chancelante et émerveillée. Et lorsqu'il jouit, elle eut le sentiment que son orgasme était sien. Enfin, il se laissa aller contre elle avec un profond grognement de satisfaction.

Un instant plus tard, il la rejoignit sur le lit, expliquant qu'il était trop épuisé pour atteindre la porte. Il se débarrassa de ses vêtements, puis s'affala sur le dos comme un chêne qu'on aurait abattu.

Il ne quitta pas le lit jusqu'au matin. Cette nuit, Gwendolen était devenue folle de l'expertise sexuelle de son époux.

Et largement instruite dans l'art merveilleux de l'amour.

Chapitre 12

Attendant impatiemment l'arrivée de Lachlan, Angus marchait en cercle dans la grand-salle en dessinant en l'air de vastes courbes de la pointe de son épée.

Il n'avait pas encore petit-déjeuné, il était encore trop tôt pour ça, mais il avait un besoin pressant d'activité physique pour alléger la tension qu'il ressentait, car sa nuit de noces avait été plus complexe qu'il ne s'y était attendu. Gwendolen l'avait épuisé, et il devait aussi se prouver qu'il lui restait de la force et de la vigueur, car sinon cela voudrait dire qu'il lui fallait instaurer certaines limites.

Lachlan apparut enfin sous l'arche de la large entrée de la salle, contre laquelle il s'appuya. Il n'était pas rasé et avait les yeux rouges. Il considéra un instant Angus, qui continuait à plonger et à fendre l'air de sa lame, puis il s'avança en bâillant.

— Quelle est la raison qui t'a poussé à me faire sortir du lit précisément aujourd'hui, alors que tu devrais être encore en train de baiser ta jolie épousée ? Bordel, Angus, je me suis endormi il y a à peine une heure.

— Et qu'as-tu donc fait toute la nuit ? interrogea Angus d'un ton irrité.

— Oh, tu sais. Le train-train. J'ai bu, j'ai chanté, j'ai baisé.

— Je t'avais dit de rester à distance des femmes MacEwen pendant un temps.

— Ne t'inquiète pas. Ma petite amie de cette nuit était une MacDonald du village, et c'était d'ailleurs une sacrée poupée.

Lachlan tira son épée, et ils arpentèrent la salle d'avant en arrière sans se lâcher des yeux.

Soudain, Angus se fendit d'un coup puissant, et la rencontre sonore des deux lames d'acier lui rendit comme par miracle sa bonne humeur. Il avait besoin de se sentir de nouveau l'homme qui avait défoncé les portes de Kinloch. Il avait besoin de savoir que le désir qu'il éprouvait pour sa femme ne risquait pas de le consumer.

Un souvenir précis s'imposa soudain à son esprit alors qu'il esquivait une attaque furieuse de Lachlan. Il se revit en train d'essuyer une larme sur la joue de Gwendolen, juste avant l'aube. Elle avait levé les yeux vers lui et lui avait dit qu'elle était heureuse, et il avait eu ce geste inconcevable : il l'avait prise dans ses bras.

Lachlan revint brusquement à la charge.

Angus lâcha un puissant cri de guerre et para le coup impressionnant que son cousin lui porta par le haut.

— Qu'est-ce qui te rend si désireux de combattre ce matin ? demanda Lachlan, en se déplaçant rapidement pour esquiver une nouvelle attaque. Elle s'est refusée à toi ?

— Non.

Ils combattirent sans relâche pendant quelques minutes encore.

— C'est tout ? dit alors Lachlan en s'écartant pour faire le tour de la salle. C'est tout ce que tu as à dire sur ta nuit de noces ?

— C'est tout ce que j'ai à dire.

Lachlan revint à la charge et l'acier sonna contre l'acier.

— Pas de regrets, alors ? Tu es content de ta femme ?

— Arrête de parler, Lachlan, et bats-toi !

Plus tard, alors qu'ils étaient tous deux en sueur et hors d'haleine, ils s'assirent sur l'estrade. Angus lança une serviette à Lachlan.

— Tu sais, dit-il en s'essuyant le visage, je n'aurais jamais cru que je me retrouverais marié à une femme comme Gwendolen MacEwen. J'ai toujours pensé que seuls les imbéciles épousaient de belles femmes, et ce parce qu'ils pensaient avec leur membre au lieu d'utiliser leur cerveau.

— Et l'amour rend les hommes faibles, énonça Lachlan. En tout cas, c'est ce que tu as toujours dit.

Angus leva les yeux vers le nid d'hirondelle accroché à une poutre du toit, mais l'oiseau n'était pas là.

— As-tu déjà des nouvelles de son frère ?

— Non, mais j'ai envoyé cinq hommes à sa recherche, et l'un d'entre eux finira bien par trouver quelque chose. Ça risque de prendre un moment, c'est tout. En attendant, je glane un certain nombre d'opinions et de faits intéressants auprès d'Onora. Elle est facile à charmer et c'est une vraie mine d'informations sur Kinloch et les gens du village.

Angus se passa de nouveau la serviette sur le visage.

— Et tu n'as jamais le sentiment que l'utiliser de la sorte te vaudra l'enfer ?

Lachlan gloussa.

— Non, parce qu'elle aussi m'utilise. C'est une sacrée séductrice. Et puis, ce n'est pas comme si je n'allais jamais coucher avec elle.

— Fais attention, en tout cas. (Angus s'essuya les bras.) Et n'oublie pas que notre priorité est de maintenir une défense forte. Mets les hommes les plus fiables sur les remparts et continue à envoyer des éclaireurs.

— Je maîtrise la situation.

— Est-ce que quelqu'un est parti en mission ce matin ?

— Pas encore.

— J'y vais moi-même, alors.

Lachlan lui lança un regard scrutateur.

— Tu es sûr ? Tu n'aurais pas plutôt une jolie femme à rejoindre dans ton lit ?

— Si, mais elle a bien profité de moi la nuit dernière et je dois recharger mes batteries.

Lachlan lança la tête en arrière et partit d'un grand éclat de rire.

Un peu plus tard, Angus parcourut les toits pour contrôler les sentinelles et observer la campagne alentour. Puis il descendit aux cuisines, attrapa une pomme et la mangea en se rendant aux écuries. Là, il congédia le palefrenier sans ménagement et sella lui-même un cheval, avant de quitter le château.

Il franchit le pont-levis au trot, réjoui par le creux que rendaient sur les planches les sabots de sa monture, qu'il lança au galop à travers les champs mouillés de rosée pour rejoindre la forêt. Tandis qu'il s'y enfonçait, l'ombre le rafraîchit, et il s'arrêta un moment pour respirer l'odeur des pins et écouter le bruit d'un torrent proche. Au-dessus de lui, un écureuil criait.

Il était heureux d'être enfin chez lui, après deux ans passés sur une île lointaine battue par les vents. Il se sentait en paix, ce qu'il n'aurait jamais cru possible.

Mais il savait que s'il voulait parvenir à garder le contrôle de Kinloch, il lui faudrait se montrer extrêmement prudent. Il ne pouvait pas se permettre de se laisser distraire par une belle épouse. Tant qu'on n'aurait pas retrouvé le frère de Gwendolen, il vivrait sous la menace d'une possible invasion. Il devrait rester concentré et se souvenir des raisons pour lesquelles il avait tout d'abord épousé Gwendolen, à savoir améliorer les relations entre leurs clans et faire régner la stabilité à Kinloch.

Il avait aussi besoin d'un héritier, aussi continuerait-il à lui faire l'amour. C'était son devoir et il le remplirait. Avec un peu de chance, les feux de son désir se calmeraient avec le temps et il cesserait de penser à elle en toute occasion. Peut-être que lorsqu'elle serait enceinte, sa passion le laisserait tranquille.

Mais elle n'était pas encore enceinte…

Il fit pivoter son cheval pour repartir vers le château, se demandant si elle était réveillée. Il imagina sa réaction s'il venait se recoucher auprès d'elle. Il galopa à travers les arbres, avide de son corps, et ne remarqua pas l'homme du clan MacEwen accroupi dans les buissons qui ne le quittait pas de son regard acéré.

Après une période d'ensoleillement extraordinaire, il plut des cordes sur les Highlands, pendant un mois entier. Malgré le temps humide et le terrain boueux, les éclaireurs de Kinloch continuaient à fouiller les forêts avoisinantes tous les jours, et les sentinelles, à arpenter les toits afin de protéger le château contre toute attaque.

Angus avait une confiance absolue en Lachlan, son cousin dévoué, dont les compétences étaient incontestables, et consacra une énergie considérable à fournir un héritier à Kinloch.

Gwendolen et lui passaient leurs après-midi à l'intérieur, ignorants du mauvais temps, et partageaient leurs nuits entre la chambre de Gwendolen et la sienne.

Tard un matin, alors qu'ils étaient allongés nus dans le lit d'Angus, bien au chaud sous les couvertures, elle lui demanda :

— Est-ce que Lachlan a toujours vécu ici, à Kinloch ?

Angus souleva sa tête sur l'oreiller pour la regarder, car ils étaient tête-bêche. Elle avait la tête posée sur le pied de lit et il lui massait le pied.

— Oui, nous avons grandi ensemble, répondit-il. Nous rivalisions dans tous les domaines. Je courais plus vite, mais il visait mieux au mousquet.

— Et à l'épée ? Lequel était le meilleur ?

— Nous étions de même force et, aujourd'hui encore, nos combats s'achèvent presque toujours sans vainqueur ni vaincu.

Elle dessina son épaule du gros orteil et poursuivit son geste le long de son bras.

— Combien de ces cicatrices sont le résultat de vos affrontements amicaux ? Je suis sûre que tu ne les as pas toutes reçues au combat.

— Je dirais plus de la moitié. Parfois, l'un d'entre nous ne faisait pas assez attention, ou bien était trop soûl pour se servir correctement d'une arme.

Les yeux de Gwendolen se mirent à briller d'excitation.

— Pourrais-tu m'apprendre à combattre avec une claymore ? Ça pourrait s'avérer utile un jour. L'homme ne sait jamais quand il peut avoir besoin de sa femme pour le protéger.

— Me protéger, moi ?

Il la pinça vivement à la fesse.

— Aïe !

Elle lui envoya un coup de pied sous les couvertures.

Plongeant sous les draps, il se glissa au pied du lit pour la rejoindre.

— Est-ce que tu portes déjà mon enfant ? demanda-t-il.

— J'aurais bien du mal à répondre à cette question, répliqua-t-elle. Ça ne fait qu'un mois que nous sommes mariés.

— Mais on a tellement baisé, ma belle, que j'ai l'impression que ça fait un an.

Gwendolen fut tentée de le frapper de nouveau, mais elle était comme hypnotisée par le bleu perçant de ses yeux.

— Est-ce que c'est normal ? l'interrogea-t-elle. Est-ce que tous les couples mariés passent autant de temps au lit ?

— M'étonnerait. Je crois que nous sommes bizarres.

Elle gloussa.

— En tout cas, je sais que toi, tu l'es. Sais-tu que tu grinces des dents en dormant ?

Il plissa les yeux.

— Et comment le saurais-tu ? Tu me regardes la nuit ?

— Ça m'arrive.

— Pourquoi ?

Elle fit courir un doigt sur les lèvres d'Angus et lui dit d'un ton charmeur :

— Mais parce que je suis fascinée par ta belle bouche et par toutes les choses fabuleuses que tu fais avec.

— Et moi, je suis fasciné par l'odeur de ta peau. (Doucement, il roula sur elle.) En particulier sur cette épaule. (Il fit glisser son nez à l'intérieur de son bras.) Et aussi tes poignets… tes mains… et ces merveilleux petits tétons.

Il en prit un en bouche et commença cette délicieuse caresse qui ne manquait jamais d'amener Gwendolen à des sommets de désir.

Elle se relâcha et ferma les yeux, consciente qu'elle était de plus en plus obsédée par son lion courageux et passionné, même si elle savait qu'il ne nourrissait pas les mêmes sentiments à son égard. Il y avait toujours quelque chose de distant chez lui, y compris quand il lui faisait l'amour.

Il voulait un enfant, ça, c'était une certitude, et comme il était important pour lui qu'elle soit disponible au lit, il faisait ce qu'il fallait pour. Toutefois, elle ne se doutait pas que ce n'était pour lui qu'un interlude, une diversion plaisante loin de sa vie de guerrier, et qu'à la minute où sa grossesse serait confirmée, il s'éloignerait et ne reviendrait vers elle que quand il serait temps de concevoir un autre enfant.

Elle n'était pas dans les mêmes dispositions. Toute sa vie, elle avait désiré un mariage bâti sur l'intimité et l'amour, et elle était franchement surprise que ce premier mois ait été si chargé de passion, surtout si on se rappelait qu'ils avaient commencé leur relation en ennemis. Elle n'oubliait pas la rage qu'elle avait ressentie quand elle l'avait vu enfoncer les portes du château et massacrer les hommes de son clan, et elle se demandait souvent ce qu'aurait pensé son père en la voyant aussi entichée de son ennemi.

Deux nuits plus tôt, elle avait rêvé du mariage de leur premier fils. Angus, fier et aimant comme pouvait l'être un père, lui offrait sa chère claymore. Elle s'était réveillée enthousiaste et s'était demandé si certains rêves ne se réalisaient pas. Après tout, c'était possible, car plusieurs avaient fini par correspondre à la réalité. Le lion, par exemple.

Un instant plus tard, son époux glissait en elle avec une facilité merveilleuse, contemplant son visage en se hissant au-dessus d'elle sur les deux bras. Elle leva le regard vers lui dans la lumière argentée du matin et formula dans sa tête une prière pour qu'un jour, il y ait entre eux plus que le simple désir sexuel. Elle s'aperçut qu'elle voulait vivre une relation plus profonde, plus spirituelle, avec son mari. Car elle ne pourrait pas vivre seulement pour le devoir. Pas avec lui.

Et cela la terrifiait.

Chapitre 13

C'était l'après-midi et Onora se rendait à la chambre haute. Soudain, alors qu'elle tournait au coin d'un des couloirs voûtés du château, elle se cogna à Lachlan MacDonald.

— Tiens, tiens, tiens, ronronna-t-elle en le prenant par son tartan pour le tirer dans l'ombre d'une alcôve.

Il la suivit contre le mur et posa un bras au-dessus de sa tête.

— Étiez-vous par hasard en train de me suivre, Mrs MacEwen ? demanda-t-il. Il avait les yeux pleins de malice, la voix emplie de séduction, et elle en tremblait de désir refoulé.

Le ciel lui vienne en aide ! Elle n'avait pas encore récupéré de leur conversation de la veille au soir, quand il avait traversé la grand-salle pour venir lui murmurer à l'oreille des douceurs et des flatteries. Elle se souvenait encore de la chaleur de son souffle. C'était un homme captivant, le genre d'homme qui savait comment charmer une femme et la mettre à sa merci en moins de deux minutes. Onora aurait été plus qu'heureuse de se laisser conquérir, même si elle avait dix ans de plus que lui, une grande expérience et la tête sur les épaules.

— Certainement pas, monsieur, répliqua-t-elle en laissant courir un doigt le long de son sternum. (Elle aurait tant aimé pouvoir en faire plus !) Peut-être est-ce vous qui me suivez ?

Elle vit son œil s'éclairer.

— Et si c'était le cas ? Appelleriez-vous les gardes à la rescousse ?

Elle secoua la tête. Tout cela la perturbait, car elle n'avait jamais laissé aucun homme lui faire tant d'effet. En général, c'était plutôt l'inverse. Il n'était pas rare que ses amants s'entichent durablement d'elle, et c'était probablement à cause de cela qu'elle était devenue un peu trop sûre d'elle ces dernières années.

Mais Lachlan MacDonald n'était pas un homme comme les autres. Divinement musclé, ce beau ténébreux arborait un sourire dévastateur, confiant et chargé de promesses de jouissances, qui la rendaient folle de désir pour lui.

On devrait interdire les hommes comme lui, se dit-elle avec humeur tout en jouant distraitement avec le tartan drapé par-dessus son épaule, *car ils commettent la pire des offenses : faire des femmes solides dans mon genre des folles languissantes.*

— Me rejoindrez-vous dans ma chambre ce soir ? demanda-t-elle, contrariée d'avoir à faire une proposition qu'il aurait dû formuler lui-même.

Il jeta un œil des deux côtés du couloir pour s'assurer qu'il n'y avait personne à proximité, puis lui fit un sourire éclatant et prit un ton moqueur.

— Tss-tss, Onora. Vous êtes sans aucun doute une femme superbe et très désirable, mais nous sommes pratiquement parents.

— Pas par le sang, répliqua-t-elle, une étincelle de malice dans le regard.

Il fit courir un doigt de son oreille à son menton et s'attarda sur ses lèvres.

— Il n'empêche… Vous ne devriez pas tenter les hommes ainsi. C'est horriblement cruel. Vous risqueriez de briser des cœurs.

Elle sentit le désir l'embraser. Comment parvenait-il à faire d'une fin de non-recevoir la flatterie la plus excitante qui se puisse imaginer ? Le charme de cet homme dépassait l'entendement.

— Mais, Lachlan, je vous promets une nuit de plaisirs coquins. Je saurai réaliser tous vos fantasmes. C'est le moins que je puisse faire pour vous récompenser de vos remarquables accomplissements en tant que nouveau chef d'état-major de Kinloch.

Il lui offrit un nouveau sourire.

— Votre offre est vraiment tentante, madame. Vous savez exactement comment faire souffrir un homme.

Le regard toujours chargé de séduction, il fit un pas en arrière, puis tourna les talons, la laissant en plan, le souffle coupé, presque évanouie de désir.

— Nous nous verrons plus tard dans la grand-salle, jeta-t-il négligemment par-dessus son épaule en reprenant son chemin le long du couloir.

— Peut-être, lui lança-t-elle, mais je ne peux pas vous garantir que j'y serai de bonne heure, car je vais m'accorder un bain chaud et frotter mon corps nu de parfums délicats... en pensant à vous, bien entendu.

Il disparut à un coude du couloir.

Onora se remit en route, puis s'arrêta brusquement et se laissa choir sur un banc. Furieuse contre elle-même, elle se prit les cheveux à pleines poignées et poussa un grognement sauvage.

Ce marivaudage avec Lachlan MacDonald était censé être une histoire de pouvoir et de stratégie, pas de cœurs palpitants et de béguins ridicules. Si elle comptait accomplir quoi que ce soit de ce côté-là, il lui faudrait mieux contrôler ses impulsions, car c'était une situation délicate qui exigeait qu'elle garde la tête sur les épaules. Elle ne pouvait se permettre de s'enticher de cet homme.

Elle se releva, lissa ses jupes et se hâta de rejoindre l'escalier.

Ce soir-là, alors que les réjouissances d'après-dîner avaient commencé, Angus se tenait adossé à une des colonnes de pierre de la grand-salle. De son couteau, il découpait lentement une pomme, dont il venait poser chaque lamelle juteuse sur sa langue.

Il regardait sa femme danser le quadrille avec des membres des deux clans. La musique était enjouée et la salle retentissait de rires et de clameurs de gaieté, mais il ne pouvait détacher les yeux de Gwendolen, mangeant sa pomme sans y penser.

Un jeune MacEwen roux aux jambes osseuses la poussait à présent à participer à une nouvelle danse, et cela mit Angus de méchante humeur. À la simple idée d'un homme la touchant ou faisant naître un sourire sur son visage, il se sentait pris dans un tourbillon de désir possessif.

Il finit sa pomme, glissa son couteau dans sa botte, et marcha d'un pas décidé jusqu'au milieu de la salle, où elle avait repris le quadrille. Il suffit d'un regard, et son sourire s'agrémenta soudain d'un éclat de sensualité brûlant. Si tôt la danse finie, elle vint mettre sa main dans celle d'Angus, qui la conduisit hors de la grand-salle, vers l'escalier qui menait à sa chambre.

Il n'aurait jamais cru qu'un tel niveau de désir fût possible et, pour la première fois, il lui fut bien égal de se laisser ainsi distraire de tout le reste. Tout ce qui lui importait, c'était de pouvoir embrasser sa femme et de plonger au plus profond de sa douce chaleur.

Le reste pourrait attendre le lendemain.

Onora observa Angus traverser la foule pour rejoindre Gwendolen.

Il n'avait échappé à personne que le grand chef MacDonald s'était entiché de sa femme et devenait chaque jour plus obsédé par elle. Il la regardait comme un homme affamé dévore des yeux un mets délicat.

Gwendolen le lui rendait bien. C'étaient là deux jeunes amants envahis par la passion. Il fallait bien le dire, les événements avaient pris un tour inattendu, surtout si on considérait que Gwendolen avait détesté leur envahisseur avec tant de force qu'elle aurait voulu le voir pendu.

Le regard d'Onora traversa la salle pour se poser sur Lachlan, qui parlait à une jeune femme du clan des MacEwen.

Quoique le terme de femme ait pu difficilement s'appliquer. Elle avait, quoi ? Dix-sept ans ? Dix-huit ? Elle était mince et blonde et, si elle paraissait aussi intelligente qu'un sac de clous, Onora n'en ressentit pas moins un violent accès de jalousie.

Tant d'innocence juvénile l'attirait-il vraiment ? se demanda-t-elle avec irritation. Allait-il séduire cette jeune plante tremblante, au lieu de la rejoindre dans sa chambre pour des activités autrement plus sophistiquées ?

— D'où te vient cet air mélancolique, Onora ?

Surprise par cette interruption, elle se retourna vers Gordon MacEwen, l'intendant du château. Il avait le ventre rond, il était chauve et son nez brillait d'un film de transpiration graisseuse.

Elle avait couché de nombreuses fois avec cet homme quand il dirigeait Kinloch, mais après avoir flirté avec un guerrier musclé comme Lachlan MacDonald, il la dégoûtait.

— Rien de très important, répondit-elle.

Elle prit une gorgée de vin en le regardant avec gentillesse par-dessus le bord de son verre. Elle ne serait jamais assez déraisonnable pour laisser ses passions l'emporter, et elle devait garder toutes les portes ouvertes. Elle pourrait avoir de nouveau besoin de Gordon un jour ou l'autre.

— Je vois que ta fille a trouvé un certain contentement dans son mariage, dit-il.

— Absolument.

— Nul doute qu'elle en a ressenti un profond conflit intérieur, reprit-il. Cela fait si peu de temps que son père est décédé. Elle a à peine eu le temps de faire son deuil. Et son frère... Eh bien... Il regrettera certainement de ne pas avoir été là lorsqu'il apprendra le sacrifice qu'elle a dû consentir.

Onora réfléchit au bonheur affiché par sa fille au cours des quelques semaines écoulées et se dit qu'après tout, le sacrifice n'avait pas été si terrible. La passion qu'éprouvait Gwendolen pour son époux était réelle, et aucune différence d'opinion politique n'y changerait rien. Elle était en train de tomber amoureuse du Grand Lion des Highlands et, malgré l'objet de sa propre loyauté, Onora était heureuse pour elle.

— J'imagine qu'on ne les reverra pas dans la grand-salle ce soir, fit remarquer Gordon.

— Probablement pas.

C'est alors qu'Onora sentit une main se poser sur son épaule. Elle leva la tête et rencontra le beau regard sombre de Lachlan.

— Je dérange ? demanda-t-il.

— Pas le moins du monde.

Elle tendit son verre à Gordon pour que Lachlan puisse l'entraîner au milieu de la salle.

Elle sentit un frisson d'impatience lui parcourir l'échine.

— Il est trop vieux pour vous, dit Lachlan en souriant alors qu'ils commençaient à danser.

— Il a exactement le même âge que moi, répondit Onora. S'il y a ici quelqu'un de trop vieux pour quelqu'un d'autre, c'est moi, qui suis beaucoup trop expérimentée pour vous.

— Moi aussi, je suis expérimenté, rétorqua-t-il, en se rapprochant encore d'elle. Je suis un guerrier qui a vu des choses dont la plupart des jeunes filles vertueuses dans votre genre n'ont pas la moindre idée.

— "Jeune fille vertueuse" ? répéta Onora en éclatant de rire. Êtes-vous soûl ?

— Quelle importance ?

Elle lui lança un sourire appréciateur, tandis qu'une émotion qu'elle n'accueillait pas volontiers commençait à se manifester en elle.

Un sentiment d'affection, probablement.

Ou peut-être de désespoir.

Quoi qu'il en soit, ça l'inquiétait.

— D'abord, il faut apprendre à choisir une épée, dit Angus en dégainant sa claymore et en la maintenant pointe vers le haut pour que Gwendolen puisse l'admirer.

Elle l'avait convaincu de lui enseigner les rudiments de l'art des armes en le menaçant de ne plus enlever sa robe tant que sa curiosité ne serait pas satisfaite.

— L'épée à double tranchant et à garde panier est la meilleure arme de combat, expliqua-t-il, mais l'épée la plus puissante est inutile dans les mains d'un homme, ou d'une femme, qui ne fait pas preuve de calme et de jugement sur le champ de bataille.

— Est-ce que je peux la tenir ? demanda-t-elle.

— Oui. (Il se glissa derrière elle et elle savoura la sensation que lui procurait son corps collé contre le sien.) Prends-la dans la main droite. C'est ça. Maintenant, avance le pied gauche.

Elle le laissa l'installer dans la posture correcte.

— Si j'avais mon bouclier, dit-il, je te montrerais aussi comment le tenir, mais nous allons devoir faire fonctionner notre imagination. (Il ferma la main sur le poing gauche de Gwendolen et souleva son bras.) Tu le tiendrais près de ton visage, en formant un angle avec lui, ou bien plus bas, pour protéger le bras de l'épée, selon ce que ferait ton adversaire. Si tu chargeais une ligne de baïonnettes, tu le garderais bas pour couvrir ton ventre.

— Seigneur ! (Elle tourna légèrement la tête et leva le regard vers lui.) Comment peut-on charger une ligne de baïonnettes et survivre ?

Il se décolla d'elle pour lui faire de nouveau face et, à l'instant même où il lâcha le bras qui tenait l'épée, la lourde pointe s'abbatit sur le sol.

Il s'assit sur le pied de lit, refermant ses grandes mains sur le bois.

— C'est une technique sophistiquée, ma belle. Seuls les hommes les plus forts et les plus doués sont capables de la pratiquer.

L'assurance dont il faisait preuve l'amusa et l'excita à la fois.

— J'imagine que tu appartiens à cette catégorie ?

— Je suis même le meilleur.

— Vraiment ! (Elle adossa l'épée au mur près de la porte et lui sourit avec effronterie.) Pourquoi ne pas me décrire tes extraordinaires talents par le menu ? J'aimerais tant en savoir plus.

Il inclina la tête, puis se mit en position.

— En gros, ça se passe comme ça. Tu approches la ligne de baïonnettes en courant, puis tu plonges avec la jambe gauche, déportes la baïonnette vers le haut avec ton bouclier, avances l'autre pied et frappes le soldat à ta droite tout en plongeant ta dague dans la poitrine de l'homme de devant.

En le voyant simuler la manœuvre complexe, elle sentit tous ses muscles faiblir.

— C'est tout ? répliqua-t-elle malgré tout en croisant les bras. Ça semble assez simple.

En un éclair, il la souleva dans ses bras et l'emporta jusqu'au lit. Elle rit de plaisir avant de se mettre à soupirer d'aise sous ses baisers enflammés.

— Si mes démonstrations ne t'impressionnent pas, lâcha-t-il d'une voix rauque, je vais t'impressionner autrement.

— Je n'en doute pas une seconde.

Il souleva ses jupes et se lança dans une charge très différente, qui faisait toutefois appel à une série de compétences tout aussi poussées.

Pendant des heures, ils firent l'amour sans inhibition aucune, et chaque caresse d'un doigt, chaque baiser, chaque murmure affectueux entraînaient leur passion vers de nouveaux sommets.

Épuisée et satisfaite, Gwendolen s'endormit dans les bras de son époux. Le brouillard bienheureux de ses rêves ne suffit cependant pas à atténuer sa terreur lorsqu'une explosion de plumes près de sa tête la réveilla. Une lame d'acier venait de fendre l'air et de s'enfoncer profondément dans l'oreiller d'Angus.

Chapitre 14

Angus roula juste à temps pour éviter le coup. Il sauta à bas du lit, s'efforçant d'y voir dans l'obscurité, au moment où l'intrus tranchait son oreiller, manquant de peu de décapiter Gwendolen.

La perspective de sa mort le frappa comme un coup de poing au ventre. S'ensuivit un accès de fureur… et une peur débilitante qui lui était complètement étrangère, car il n'avait jamais éprouvé rien de tel. Pour la première fois, il ne pensait pas uniquement à lui. Il avait quelqu'un d'autre à protéger.

Nu et sans arme, Angus recula pour attirer l'homme loin du lit. L'ennemi était déjà en train de pivoter sur un talon pour lancer sa lame.

— Angus ! Prends ça !

Gwendolen lui jeta une dague, celle-là même qu'elle avait utilisée pour s'en prendre à lui lorsqu'il était venu dans son lit pour la première fois.

Il attrapa l'arme par la garde et, se laissant tomber au sol, roula pour éviter un nouveau coup d'épée de l'agresseur. Une fraction de seconde plus tard, il plongeait la lame dans le flanc de l'homme.

Celui-ci bascula en avant avec un grognement rauque et finit aux pieds d'Angus. Mort.

Angus le désarma immédiatement alors que Gwendolen se précipitait dans ses bras.

— Ça va, ma belle ? demanda-t-il. Tu es blessée ?

— Tout va bien. Il est mort ?

— Oui. (Il s'accroupit pour retourner le corps.) Allume une chandelle. Je veux voir son visage.

Gwendolen alla jusqu'à la table, tâtonna en battant le briquet, puis obtint une flamme. Elle revint avec la chandelle, qu'elle maintint au-dessus du cadavre.

— C'est le tartan des MacEwen, dit-elle.

— Tu le connais ?

— Non, je ne l'ai jamais vu avant cette nuit. Que faisait-il ici ? Comment est-il entré ? La porte était verrouillée.

Angus fouilla le sporran, les ceintures et le fourreau de l'homme, puis se releva et enfila sa chemise et son kilt.

— Il n'a pas de clé sur lui. Quelqu'un a dû le faire entrer. (Il mit son épée à la ceinture, puis alla à la porte, qui était légèrement entrouverte, et regarda de part et d'autre du couloir.) Combien de clés y a-t-il pour cette serrure, et qui y a accès ?

— À part celle que tu portes et la mienne, il n'y en a qu'une, et c'est ma mère qui la garde.

Il la regarda d'un air farouche.

— Se pourrait-il qu'elle veuille ma mort ?

— Bien sûr que non ! Elle a encouragé notre union dès le début.

Il revint dans la chambre, et Gwendolen l'observa à la lumière étrangement sinistre que diffusait la chandelle. Elle avait l'impression de plonger tête la première dans un cauchemar. Il avait de nouveau ce regard, cet air de fureur froide qu'elle lui avait vu le jour où il avait envahi Kinloch. C'était le signe d'une soif de sang inextinguible. Elle sentit son cœur se glacer d'effroi.

Il ne subsistait plus rien de l'amant qu'elle connaissait depuis leur nuit de noces. Il n'y avait plus qu'un dangereux guerrier plein de rage, et l'intensité de cette rage l'effrayait.

— Tu ne peux pas rester ici, dit-il. Tu vas venir dans ma chambre et je mettrai un homme à la porte pour te protéger.

— Où seras-tu ?

— Je vais essayer de comprendre comment cet ennemi a pu pénétrer dans mon château. (Il la scruta d'un regard dur et tendit la main.) Viens.

Elle mit la main dans la sienne et le laissa la mener hors de la pièce, mais dut d'abord enjamber le mort.

Ses yeux étaient toujours ouverts. Elle sentit la nausée l'envahir.

Angus frappa sans relâche à la porte de Lachlan. Retenant une couverture grise posée sur ses épaules, Lachlan jeta un coup d'œil à la lumière vacillante de la torche et sortit dans le couloir.

— Habille-toi, lui intima Angus.

— Qu'est-ce qui s'est passé ?

— Je me suis réveillé juste avant que la lame d'un assassin ne m'endorme définitivement.

Lachlan fronça les sourcils d'inquiétude.

— Bon Dieu, Angus. Ça va ? Où est Gwendolen ?

— Elle va bien, mais je dois parler à Onora.

Quelques minutes plus tard, il franchissait la porte de sa belle-mère. Lachlan le suivit à l'intérieur de la chambre. Onora s'assit dans son lit et tira un drap pour se couvrir la poitrine.

— Avez-vous passé toute la nuit ici ? demanda Angus.

— Bien sûr, répondit-elle. Pourquoi ?

Angus fit les cent pas dans la chambre, tel un lion en cage.

— Un guerrier MacEwen s'est introduit il y a quelques instants dans la chambre de votre fille et a essayé de m'assassiner dans mon sommeil.

— Doux Jésus ! (Elle repoussa les draps et se leva, se dressant nue devant eux.) Est-ce que Gwendolen va bien ?

Il l'observa attentivement, à l'affût de signes de simulation ou de traîtrise.

— Elle va bien et elle est en sûreté. L'assassin est entré dans la chambre grâce à une clé. Gwendolen me dit qu'à part elle et moi, vous êtes la seule à en avoir une dans tout Kinloch.

— C'est vrai.

Elle se hâta à travers la chambre pour rejoindre une armoire aux lourdes portes, dans laquelle se trouvait un petit coffre qu'elle ramena à la table sur laquelle était posée une chandelle allumée. Elle ouvrit le couvercle et fouilla au milieu de babioles, essentiellement des bijoux sans valeur et des barrettes.

— Elle n'est pas là, dit-elle. Quelqu'un a dû la prendre.

Angus fit le tour du lit et la prit par le poignet.

— Si vous me mentez…

— Je ne vous mens pas ! cria-t-elle.

Il avait presque envie de la traîner jusqu'au cachot et d'employer des méthodes plus vigoureuses pour lui faire cracher la vérité, parce qu'il avait l'intuition qu'elle ne disait pas tout ce qu'elle savait.

Il la scruta à la lueur de la bougie tandis qu'elle s'humidifiait les lèvres et tentait de calmer sa respiration.

Lachlan posa une main sur l'épaule d'Angus et exerça dessus une pression légère.

— Prenons le temps de réfléchir à tout ça, énonça-t-il d'un ton apaisant. N'importe qui peut avoir volé cette clé.

Angus lâcha le poignet d'Onora, fit un pas en arrière et rejoignit l'autre côté de la chambre. Puis, les mains sur les hanches, il inclina la tête.

Il se laissait emporter par la colère. Lachlan avait raison. Ni l'armoire, ni le coffre n'étaient verrouillés. N'importe qui aurait pu venir prendre cette clé. Et ce n'étaient pas les ennemis prêts à se venger de lui qui manquaient. Il avait tué bon nombre de MacEwen au cours de l'invasion. Il était même surprenant qu'il se soit agi de la première tentative de meurtre contre lui.

Il se retourna et leur fit face à tous deux. Lachlan avait le bras tendu vers Onora, à qui il présentait une robe.

Angus se rendit soudain compte que, pour la première fois de sa vie, il avait laissé sa passion pour une femme prendre le pas sur son désir de combattre et de se défendre. Quand il se trouvait avec Gwendolen, le monde entier semblait disparaître en paisibles vagues de sensations, et rien n'existait plus pour lui que le plaisir qu'ils partageaient.

Mais ce qui l'étonnait le plus, c'était qu'il n'avait aucun désir de revenir en arrière. Tout ce qu'il voulait faire, c'était employer toutes les connaissances et tous les talents dont il disposait à découvrir qui se cachait derrière cette tentative d'assassinat et à s'assurer que cela ne se reproduise jamais… parce que rien ne comptait plus pour lui que la sécurité de Gwendolen, surtout à présent qu'elle portait peut-être son enfant. Cette volonté de la protéger le consumait comme une fièvre, et peut-être était-ce, après tout, la pire de toutes les menaces.

Tard le matin suivant, Onora frappa à la porte de Gwendolen. Celle-ci la fit entrer et envoya sa femme de chambre à la cuisine pour qu'elle lui rapporte une collation.

— Quelles sont les dernières nouvelles ? demanda Gwendolen.

Onora s'assit.

— Angus et Lachlan suspectent tous deux Gordon MacEwen d'être le commanditaire de la tentative de cette nuit, et je dois dire que je suis d'accord avec eux.

Gwendolen s'assit à son tour et assimila cette nouvelle avec inquiétude.

— Leur avez-vous avoué que vous et Gordon étiez amants ?

— Oui. (Onora se mit à se ronger un ongle.) Mais ils le savaient déjà.

— Comment ?

Onora s'agita, mal à l'aise, et eut un geste de main dédaigneux.

— Oh, j'en ai peut-être touché un mot à Lachlan, je ne me souviens pas bien. Cela fait plusieurs semaines que nous flirtons, et il semble que je consomme beaucoup de vin chaque fois que je suis dans la même pièce que lui. En tout cas, je pense que c'est le vin qui me fait tourner la tête comme ça. (Elle la secoua.) Mais là n'est pas la question. Ton époux m'a interrogée avec acharnement ce matin. Il est impitoyable. Je dois avoir une tête à faire peur.

Elle se leva, alla au miroir et se pinça les joues.

— Vous êtes très bien, mère. Et oui, mon mari est impitoyable. Ça ne devrait pas vous surprendre. Après tout, c'est pour cela que tout le monde le craint et fait exactement ce qu'il exige, à l'instant où il l'ordonne.

— Même toi ?

Onora se retourna et considéra sa fille d'un regard accusateur.

Bizarrement, Gwendolen se sentit envahie d'un besoin ridicule de s'esclaffer.

— Je *veux* faire ce qu'il demande, répliqua-t-elle. Pas par peur, mais par loyauté. Je sais que vous vouliez que je trouve un moyen d'avoir le dessus, mais c'est l'inverse qui s'est produit. C'est lui qui a du pouvoir sur moi, non parce que j'ai peur de lui, mais parce que j'en veux toujours plus de lui. Et je commence à croire que je ferai n'importe quoi pour le satisfaire et gagner son affection. N'importe quoi.

Onora regarda par la fenêtre et se remit à ronger l'ongle de son pouce.

— Tu n'as pas besoin de m'expliquer, Gwendolen. Je comprends. (Elle se racla la gorge.) Tu as quelque chose à boire ? Du whisky, peut-être ?

Gwendolen remarqua que les mains de sa mère tremblaient. Elle remplit un petit verre à la carafe et revint le lui donner.

— Vous a-t-il blessée ?

— Non, ce n'est pas ça. C'est juste… (Elle prit une grande gorgée de whisky.) Tout d'un coup, j'ai l'impression d'avoir perdu tout contrôle sur mon monde. Rien n'est plus comme avant. J'ai perdu le pouvoir que j'avais et, la moitié du temps, je me sens confuse et distraite. (Elle détourna le regard.) J'ai peur de devenir un peu folle.

— C'est à cause de Lachlan, dit Gwendolen sans ménagement. Vous êtes en train de tomber amoureuse de lui.

Onora la regarda d'un air dubitatif, puis se détourna de nouveau.

— Non, bien sûr que non. Il est beaucoup trop jeune pour moi, et je ne suis pas stupide. Mais toute cette situation… (Elle alla se verser un nouveau verre, qu'elle avala d'un trait.) Ton mari est un homme vraiment effrayant, Gwendolen. Il y a quelque chose de froid dans ses yeux. Ce matin, je m'attendais presque à ce qu'il me tranche la gorge, comme ça, sans prévenir.

Gwendolen se rassit.

— Je suis sûre qu'il ne ferait pas une chose pareille.

En était-elle si sûre ? Elle lui avait elle-même vu cet air, ce mépris brutal et meurtrier dans les yeux, des yeux qui pouvaient passer en un instant d'une chaleur incandescente au froid le plus glacial.

Sa mère sembla retrouver son sang-froid et se rassit à son tour, en se laissant aller contre le dossier de son fauteuil.

— Gordon a été mis en cause parce qu'à part moi et ma femme de chambre, il est le seul qui savait où se trouvait la clé. Il a bien sûr nié toute implication, mais ils l'ont quand même emprisonné. Ils ont aussi enfermé ma femme de chambre. Pauvre Madge, elle qui est si douce. Elle est morte de peur, et je ne peux l'en blâmer. Il faut faire quelque chose, Gwendolen, mais j'étais tellement pressée d'échapper à cet interrogatoire…

— Je vais en parler à Angus, promit-elle, et lui demander s'il veut bien envisager de la relâcher.

(Elle eut une hésitation.) À moins que vous ne croyiez qu'elle...

— Oh, mon Dieu, non ! Madge ? Il ne lui viendrait pas à l'idée de voler une clé derrière mon dos, ou quoi que ce soit d'autre. On ne fait pas plus loyale.

— Pas même si Gordon l'y avait forcée ou l'avait soudoyée ?

Onora réfléchit un instant à cette possibilité, puis réattaqua son ongle.

— J'imagine qu'on ne sait jamais à qui faire vraiment confiance. C'est une période vraiment affreuse pour nous tous.

Elles restèrent quelques minutes sans rien dire.

— Quelqu'un a-t-il identifié l'agresseur ? demanda Gwendolen.

— Non. Il ne s'est pas trouvé un seul MacEwen, ni un seul MacDonald, pour le reconnaître. À croire qu'il avait volé jusqu'en Écosse depuis quelque pays étranger, tel un oiseau de proie migrateur. (Elle reprit une gorgée de whisky.) À propos d'oiseau, il semble bien que cette petite hirondelle qui nichait dans la grand-salle ait pris le large pour de bon. Elle est sortie par la porte le jour de ton mariage et personne ne l'a revue depuis.

— Ah bon ? dit Gwendolen, cachant à sa mère le fait qu'elle le savait déjà.

Elle avait été extrêmement attentive à la petite hirondelle, car elle avait rêvé de sa mort sous les coups de bec d'une corneille la veille de ses noces. Elle n'avait parlé de son rêve à personne, pas même à Angus, car il lui faisait l'effet d'un mauvais présage, et à présent elle commençait à croire que c'était exactement ce qu'il était.

Elle décida d'être plus attentive à ses rêves à l'avenir. Peut-être même qu'elle en parlerait à Angus.

Mais pour l'instant, elle consacrerait tous ses efforts à faire libérer Madge.

Chapitre 15

Gwendolen était couchée dans le noir. Elle attendait Angus. Cela faisait une quinzaine de jours qu'elle ne le voyait presque plus. Non seulement il continuait à enquêter sur la tentative d'assassinat dont il avait été l'objet – et quittait parfois le château pendant des heures pour fouiller les forêts et les vallons environnants –, mais il s'exerçait avec ses troupes dans la cour pour renforcer leur aptitude au combat.

Et quand il finissait par se glisser dans les draps, il était épuisé et ne montrait aucun intérêt pour les interminables jeux amoureux auxquels elle s'était habituée au cours des premières semaines de leur mariage. L'homme qu'elle avait appris à connaître lors de tant d'après-midi pluvieux avait disparu, remplacé par le conquérant ombrageux qui avait envahi sa maison et tué tant d'hommes de son clan. Il avait fait retraite dans une caverne de violence et de cynisme où il avait emporté tout son espoir d'un avenir rempli d'intimité et d'affection. Elle savait à présent qu'il était un guerrier, d'abord et avant tout.

Elle ne se plaignait pas, et n'avait pas l'intention de le faire, car le contrôle de Kinloch et la sécurité de ses occupants constituaient une priorité absolue. Au fond d'elle-même, pourtant, elle se sentait seule. Chaque fois qu'elle se rappelait ce qu'elle avait ressenti dans ses bras, un sentiment de perte terrible l'assaillait.

Quelqu'un introduisit une clé dans la serrure, et la porte s'ouvrit. La lumière du couloir se répandit sur le sol. Gwendolen se redressa sur les coudes, plissant les yeux en regardant son époux pénétrer dans la pièce et fermer la porte derrière lui.

— Rendors-toi, dit-il en ôtant le pistolet de sa ceinture. Puis il se débarrassa de la corne à poudre qu'il portait en travers de la poitrine, et enfin de sa ceinture, de son épée et de son bouclier.

— Où étais-tu ? demanda-t-elle. As-tu dîné ?

— Je viens de manger avec les hommes.

Il déplaça le fauteuil devant le feu, s'affala dedans et allongea les jambes.

Gwendolen repoussa les couvertures. Lentement, elle traversa la pièce pour s'agenouiller devant lui.

— Est-ce que je peux faire quelque chose pour toi ?

Peut-être allait-il lui demander de lui faire l'amour tandis qu'il se laissait aller au fond du fauteuil ? Car, déjà, elle sentait son corps vibrer de désir. Elle fit courir ses mains le long de ses avant-bras, caressant ses muscles avant d'effleurer ses grandes mains couturées de cicatrices du bout des doigts.

Il ferma les yeux et renversa la tête en arrière, la secouant en signe de refus.

Elle se dit qu'il suffirait peut-être de le détendre un peu pour réveiller sa sensualité, et glissa les mains sous son kilt pour masser ses cuisses musclées. Elle fut surprise de le voir relever la tête et lui prendre les poignets. Ses yeux gris étaient glacials et sa voix, menaçante.

— J'ai dit non ! (Il désigna le lit d'un geste autoritaire de la tête.) Et je t'ai dit de te rendormir. Je ne tolérerai aucune provocation de ta part. Va-t'en ! Laisse-moi !

Retirant ses mains du kilt, Gwendolen s'accroupit de nouveau et fronça les sourcils.

— Il s'est passé quelque chose ?

— Un jour comme les autres, répliqua-t-il, mais je suis fatigué. Je ne suis pas d'humeur à parler, ni à quoi que ce soit d'autre. Je te l'ai déjà dit. Maintenant, va !

Consciente de l'impatience qui montait dans sa voix, Gwendolen se leva et s'efforça de passer outre la vexation que lui causait ce rejet, à la fois sexuel et personnel. Elle avait espéré devenir un réconfort pour lui quand les contraintes de son statut lui pèseraient. Elle aurait voulu alléger sa charge, lui offrir des plaisirs qui l'éloigneraient des violences et des difficultés du combat, être celle qui l'accueillerait dans son foyer le soir, panserait ses blessures et lui permettrait de reprendre des forces pour repartir de plus belle à la bataille le lendemain.

Mais il n'en voulait pas… en tout cas, pas ce soir-là, où elle semblait plutôt une corvée supplémentaire à ses yeux.

Soudain, elle se sentit vibrante d'indignation. Tout ce qu'elle avait voulu faire, c'était l'aider à se détendre.

— Je vais te laisser. (Elle traversa la pièce.) Je vais retourner dans ma chambre.

— Non ! cria-t-il en se penchant dans son fauteuil. Tu vas faire ce que je te dis, ma belle, et te remettre dans ce lit, ici, dans cette pièce. Il est hors de question que tu te balades dans les couloirs du château la nuit.

— Très bien ! (Elle revint au lit et se glissa sous les draps.) Je resterai là et je ne dirai plus rien !

Elle tira les couvertures par-dessus sa tête, frustrée de se montrer aussi docile. Cela n'arriverait pas. Elle aussi attendait certaines choses de ce mariage, et cela n'incluait pas de brider complètement ses émotions.

Depuis son fauteuil, Angus regarda Gwendolen se précipiter au lit. Il savait qu'elle lui en voulait. Diable, cela se voyait comme le nez au milieu de la figure.

Il savait aussi qu'il n'était pas taillé pour ça. Quand il l'avait revendiquée comme épouse, il avait cru pouvoir gérer ce mariage. Il s'était dit qu'il suffirait de passer devant l'autel et de coucher quelques fois avec elle jusqu'à ce qu'elle soit enceinte. Mais leurs rapports sexuels s'étaient avérés bien plus intenses que prévu, et l'épouse, plus attirante et intéressante que toutes les femmes qu'il avait rencontrées jusque-là. Et ça, ça posait problème. Rester concentré sur ses devoirs tandis qu'elle circulait dans le château dans ses jolies robes, en répandant partout son odeur de roses, était comme remonter un torrent en marchant.

Il se pencha en avant, posa la tête dans une main puis se passa les doigts dans les cheveux. Il n'arrivait pas à comprendre ce qu'il voulait vraiment. Il la désirait, mais voulait aussi l'envoyer loin de lui.

Tournant le fauteuil, il la regarda d'un air bourru. Elle était allongée sur le côté et lui tournait le dos, les couvertures remontées jusqu'aux oreilles comme un enfant en colère.

Il l'avait offensée. Elle était parfaitement claire là-dessus. Est-ce qu'elle pleurait ?

Ah, bon Dieu ! Et alors, qu'est-ce que ça pouvait bien faire ?

Il se laissa aller contre le dossier de son siège et se passa une main sur le visage, puis il se leva et alla se glisser dans le lit derrière elle. Il se colla à elle, cala ses genoux derrière les siens et se redressa sur un coude. Écartant les mèches de cheveux qui lui couvraient le visage, il dit :

— Tu aimerais bien m'envoyer ton genou dans les parties, hein ?

— Oui, rétorqua-t-elle. Tu t'es montré très impoli.

Il resta silencieux un moment.

— Je suis désolé, ma belle. Ç'a été une longue journée. Je suis fatigué et grincheux. Que puis-je faire pour que tu me pardonnes ?

Bon Dieu ! Venait-il vraiment de prononcer ces paroles ? Avait-elle la moindre idée du phénomène exceptionnel auquel elle assistait ? Pas une seule fois il n'avait plié devant quiconque, sauf peut-être devant son père, quand il n'était qu'un gamin risquant une raclée.

Et jamais devant une femme.

— Il n'y a rien que tu puisses faire, répondit-elle, parce que tu m'as déjà dit que tu étais trop fatigué pour quoi que ce soit et que, malheureusement, je t'ai assez désobéi comme ça.

La mauvaise humeur qui l'avait habité toute la journée céda du terrain et il se laissa aller à un petit sourire réticent, avant de secouer la tête face à ces circonstances incroyables : sa jolie petite épouse, qui était censée être un trophée pour lui, semblait soudain le mener par le bout du nez.

— Tu sais que parfois, tu m'agaces tellement que j'ai l'impression que je vais en perdre la raison ? C'en est presque comique.

— Tu ne trouvais pas ça drôle, il y a encore cinq minutes.

— Non, et c'est bien ça qui est incroyable. Tu es la seule personne de toute l'Écosse à pouvoir ainsi s'attaquer à ma colère et à la pulvériser en l'espace d'à peine une minute.

Elle roula sur le dos et cligna de ses beaux yeux marron. Quelque chose en lui se brisa devant tant d'innocence. Elle avait tout d'un papillon voletant qu'il aurait voulu attraper et tenir dans les mains.

Puis elle lui pinça l'épaule avec force.

— Aïe ! cria-t-il. Mais pourquoi ?

— C'est tout ce que tu mérites.

Il roula immédiatement sur elle.

— C'est vrai. Est-ce que ça veut dire que nous sommes quittes, maintenant ?

— Non, certainement pas !

Il se mit à onduler du bassin.

— Alors je te repose la question, ma belle. Comment puis-je me faire pardonner ?

Elle se cambra sous lui et son érection prit une nouvelle ampleur.

— Tu peux me faire l'amour, Angus. Et faire de ton mieux pour me satisfaire complètement tout en y trouvant toi aussi ton plaisir.

— Je ne vois là aucune difficulté, répondit-il. Je suis déjà aux anges.

— Eh bien, moi pas. Je t'en veux encore. Tu t'es montré vraiment grossier.

Il l'embrassa doucement sur les deux yeux.

— C'est vrai, mais tu vas bien vite me pardonner quand je me glisserai dans ton pâton tout chaud pour te faire frissonner de jouissance.

— Mon pâton ? Bon Dieu, mais ce type est sans espoir !

Il ôta son kilt et la chemise de Gwendolen, enfonça un doigt dans le havre de son entrejambe pour vérifier qu'elle était prête à l'accueillir – et elle l'était, aucun doute ! –, puis se glissa en elle avec une facilité déconcertante et ô combien gratifiante.

Elle se cambra et ferma les yeux.

— Oh, oui, comme ça, c'est parfait…

Il se mit à aller et venir lentement en elle, avec une application irrésistible.

— Me pardonnes-tu, maintenant ?

Elle hocha la tête et, pendant l'heure qui suivit, il fit en sorte qu'elle ne change pas d'avis.

Lorsqu'elle finit par se laisser aller au sommeil dans ses bras, repue et paisible, il se demanda s'il serait jamais capable de dormir comme ça, si profondément, sans garder sans cesse un œil ouvert à l'affût du danger, et sans craindre de la perdre, elle, ainsi que tout ce qu'il chérissait. Il savait ce qu'était la perte d'un être cher. Il ne pouvait pas s'empêcher de s'en défier.

C'est pourquoi, une heure plus tard, il se glissa hors du lit et quitta la chambre. Il se rendit à l'endroit qu'il rejoignait chaque nuit, en quête de réconfort. Réconfort qu'il n'avait jamais trouvé – parfois, il se demandait pourquoi il continuait à chercher.

Pourtant, cette nuit, quelque chose avait changé en lui.

Peut-être était-ce l'émergence d'un espoir ?

Chapitre 16

Quand elle entendit le bruit de la porte qui s'ouvrait et se refermait, Gwendolen se redressa dans l'obscurité.

Elle n'était pas surprise du départ d'Angus. Elle sentait un conflit dans sa vie et dans son cœur. Elle savait aussi qu'il n'avait pas l'intention de lui en parler. Depuis le début, il avait rejeté la plupart des questions d'ordre personnel pour la garder à distance, et quand il ne voulait pas qu'elle insiste, soit il quittait la pièce, soit il réagissait avec colère et violence, auquel cas, apeurée, elle se mettait d'elle-même à l'écart. Et parfois il lui faisait l'amour, ce qui ne manquait jamais de l'arracher efficacement à ses doutes.

Mais ce soir-là, pour la première fois, il avait fait preuve de remords et s'était excusé de son attitude agressive. Et cela avait rendu à Gwendolen l'espoir qu'un jour, il lui ouvre davantage son cœur.

Elle se rallongea et fixa des yeux le ciel de lit, consciente toutefois qu'elle ne parviendrait pas à se rendormir. Elle le voulait à ses côtés et elle voulait comprendre pourquoi il était parti.

Se glissant hors du lit, elle récupéra sa chemise par terre, l'enfila, mit un châle par-dessus et traversa la pièce à pas feutrés. Elle jeta un coup d'œil dans le couloir et entendit ses pas au bas de l'escalier. Elle se dépêcha de le suivre.

Elle descendit les marches froides sur la pointe des pieds et emprunta à sa suite les couloirs voûtés, vaguement éclairés par des torchères à la flamme vacillante. Elle rejoignit ainsi la chapelle, où elle trouva Angus agenouillé devant l'autel, la tête inclinée.

S'il y avait un endroit où elle ne s'attendait pas à le trouver, c'était bien celui-là.

Elle resta sur le seuil sans faire de bruit, attendant qu'il ait fini, mais avant même qu'elle ait réfléchi à ce qu'elle allait dire ou à la manière dont elle allait l'approcher, il pivota d'un coup sur un genou et tira son pistolet.

— Ce n'est que moi ! hurla-t-elle en levant les mains, tandis que son cri de panique se répercutait sur la haute voûte de la chapelle.

Il la regarda fixement pendant quelques secondes, puis remit le pistolet à sa ceinture, se leva et avança vers elle.

— Mais qu'est-ce que tu as dans le crâne ? J'aurais pu te tuer !

— Je suis désolée. Je n'ai pas réfléchi. Je me suis réveillée et tu étais parti. Je me suis inquiétée.

Il se figea à mi-chemin d'elle.

— Tu t'es inquiétée ? Pour moi ?

Il secoua la tête, incrédule, comme s'il n'existait pas plus stupide qu'elle.

Pendant un long moment, il la considéra à la lumière des chandelles fumeuses, puis il haussa les épaules et les laissa retomber avec un soupir de défaite. Il tendit la main.

— Ah, ma belle, tu vas finir par me tuer, tu sais. Viens, puisque tu es là. Ne reste pas dans les courants d'air. Où sont tes chaussures ? ajouta-t-il en baissant les yeux.

— Je ne suis pas en sucre. Je peux survivre au froid des dalles, répliqua-t-elle, même si elle ne sentait plus ses pieds.

Il la mena jusqu'au banc le plus proche des chandelles des stalles du chœur, et elle se signa avant de s'asseoir. Il s'assit à côté d'elle, plaça les jambes de Gwendolen sur ses genoux et lui massa les pieds de ses grandes mains chaudes.

— Tu seras peut-être intéressé par le fait de savoir, déclara-elle, que, quand mon père dirigeait ce château, il interdisait les armes dans la chapelle.

Angus leva les yeux.

— Pourquoi me dis-tu ça ?

— Aucune raison particulière. Je viens juste de m'en souvenir et je me suis dit que tu aurais peut-être envie de le savoir.

— Parce que j'ai failli commettre un péché terrible ? "Tu ne tueras pas ton épouse dans la chapelle !", c'est ça ?

— Ce n'est pas un des commandements, dit-elle.

Il eut un sourire narquois.

— Peut-être pas, mais ça devrait.

Elle gloussa.

— Oui, tu as raison, j'imagine que ça devrait. Mais si on ajoute celui-là, il faut en ajouter un autre : “Tu ne tueras pas ton époux dans la chapelle !”

Il continuait de lui frotter la plante du pied.

— Oui, j'admets que ce n'est que justice.

Quand il eut fini de lui masser les pieds, elle les posa au sol et ils firent tous deux face à l'autel, levant les yeux vers le vitrail qui représentait la Vierge Marie.

— Je peux te demander quelque chose ? osa Gwendolen qui, même si elle gardait les yeux sur le vitrail, était consciente du regard d'Angus sur son profil. (Comme il ne répondait pas, elle décida que cela voulait dire oui.) Pourquoi avoir quitté notre lit pour venir ici au beau milieu de la nuit ? Je sais que ce n'est pas la première fois.

— Pour prier.

— Prier pour quoi ?

Elle attendit patiemment, mais il semblait déterminé à prendre son temps pour répondre. Enfin, il inclina la tête et se pinça le haut du nez.

— Cette nuit, j'ai commencé avec ma prière habituelle pour le repos de l'âme de ma mère, quoique je doute qu'elle en ait vraiment besoin, car c'était une sainte. En tout cas, c'est comme ça que je me souviens d'elle. Puis j'ai prié pour mes propres péchés, pour les gens de Kinloch qui m'ont confié leur sécurité et leur prospérité et, quand tu es arrivée, j'étais parvenu à la traîtrise que j'ai commise il y a deux ans, et je priais non seulement pour obtenir le pardon de Dieu, mais aussi celui de mon père.

Gwendolen se tourna vers lui.

— Parce que tu as trahi ton ami.

Elle se souvenait de la manière dont il en avait parlé lors de la fête qui avait suivi son triomphe. Elle y avait repensé de nombreuses fois.

— Tu n'approuvais pas son choix d'épouse.

— C'est ça.

— Et maintenant ? Crois-tu que tu t'es trompé sur cette femme ? Qu'elle n'était après tout pas si mauvaise ?

— Je n'ai jamais pensé qu'elle était mauvaise, expliqua-t-il, mais je n'étais pas d'accord avec ce qu'elle représentait. Mon ami était un Écossais loyal, alors qu'elle était anglaise et fiancée à l'un de nos ennemis, un méprisable tunique rouge qui, à l'heure où nous parlons, brûle en enfer, ce qui n'est que justice. J'aurais bien voulu l'y envoyer moi-même.

Il jeta un regard à Gwendolen et s'aperçut que ses paroles étaient déplacées dans un tel lieu.

Heureusement, Gwendolen s'en moquait. Cet endroit était pour elle un lieu de pardon.

— Pourquoi ? demanda-t-elle. Quel crime si terrible cet Anglais avait-il commis ?

Il regarda de nouveau devant lui.

— Il avait semé la mort tout le long du Great Glen, brûlant des Écossais innocents rien que pour avoir eu connaissance de la révolte jacobite.

— Est-ce que tu parles du lieutenant-colonel Richard Bennett ? demanda-t-elle en fronçant les sourcils.

— Tu as entendu parler de lui ?

— Bien sûr. Tout le monde en a entendu parler. C'était un terrible scélérat et il a été vaincu et tué par le Boucher des Highlands il y a deux ans.

Angus la regarda sans rien dire pendant un long moment. Il était tendu, et, une fois de plus, elle se demanda s'il lui cachait quelque chose. Le soir de sa prise de Kinloch, elle lui avait demandé s'il n'était pas le fameux Boucher des Highlands, mais il avait nié.

— C'était lui, ton ami, n'est-ce pas ? avança-t-elle, sûre d'être arrivée à la bonne conclusion, et secouée de découvrir son mari sous ce nouveau jour. L'homme que tu as trahi… c'était lui, le Boucher des Highlands.

Angus secoua immédiatement la tête.

— Le Boucher n'est rien de plus qu'un fantôme et une légende, mais même si je le connaissais, je ne le dirais pas. Pas même à toi, ma belle.

Gwendolen plongea le regard dans les yeux bleu-gris de son époux et y lut la vérité. Elle avait deviné juste. Il avait été le compagnon de ce célèbre rebelle écossais et il l'avait trahi. Elle connaissait bien cette histoire. Quelqu'un avait indiqué à l'armée anglaise où se trouvait le Boucher, qui avait été arrêté et emprisonné.

Voilà pourquoi Angus avait été banni deux ans auparavant, voilà pourquoi il culpabilisait tant. C'était lui qui avait révélé aux Anglais l'emplacement de la cache du Boucher.

Le regard d'Angus revint au vitrail.

— Je commence à comprendre que je ne pouvais pas saisir ce qui se passait entre cette Anglaise et mon ami. Je n'avais aucun droit de le juger.

Elle ne l'incita pas à lui avouer plus de choses – c'eût été le pousser à trahir plus avant son ami, et elle ne voulait pas s'y résoudre.

— Qu'est-ce qui a changé qui te permette maintenant de le comprendre ? demanda-t-elle. Elle pensait connaître la réponse à sa question, mais elle désirait l'entendre de sa bouche.

— Depuis le jour où je t'ai rencontrée, j'aurais fait n'importe quoi pour garantir ta sécurité et te faire mienne. Je sais maintenant qu'ils éprouvaient la même chose. Au début, j'étais ton ennemi et tu n'étais pour moi qu'un pion sur l'échiquier politique, mais il n'a pas fallu longtemps pour que tout ça n'ait plus d'importance. (Il tourna de nouveau son visage vers l'autel.) C'était pareil pour mon ami.

— Mais tu as essayé de faire en sorte que ça ait de l'importance. Et tu essaies encore. Tu préférerais ne pas te soucier de moi, Angus. Avoue-le.

— Je suis le fils d'un chef de clan, répondit-il. J'ai été élevé en guerrier, pour servir et diriger le clan MacDonald, dont les membres m'ont fait l'honneur de se placer sous ma protection.

— M'aimer n'y changera rien.

Elle se rendit compte trop tard de ce qu'elle avait dit et détourna le regard. Elle n'aurait pas dû utiliser le verbe « aimer ». Il ne voulait pas l'aimer. Elle le savait bien.

— Tu es une bonne épouse, déclara-t-il. Je ne regrette rien.

Elle sentit la chaleur lui monter aux joues.

— Parce que je te satisfais au lit ?

Il se pencha tout près d'elle et lui prit le menton dans la main.

— Oui, mais il y a plus, et tu le sais. C'est pour ça que je suis si irritable. Parfois, j'ai tellement besoin de toi que je voudrais lâcher mon épée au milieu de l'exercice et laisser les hommes se débrouiller pour te rejoindre au lit. Mais quand je pense aux dangers qui pourraient te menacer, je veux reprendre mon épée. Tu m'attires dans deux directions opposées, ma belle.

Elle frissonna intérieurement.

— Peut-être est-ce ce que ressentait ton ami à ton sujet et à celui de l'Anglaise. Il a dû se retrouver déchiré entre vous deux, et il a probablement eu beaucoup de mal à la choisir, sachant que tu n'approuvais pas sa passion pour elle.

La flamme d'une des chandelles oscilla vivement sous l'effet d'un courant d'air, et ils se tournèrent tous deux vers la porte. Il n'y avait personne. Ils reprirent leur position face à l'autel, mais il fallut à Gwendolen un moment pour calmer les battements de son cœur.

— Est-ce que tu regrettes cette amitié perdue ? demanda-t-elle. Crois-tu que reprendre contact avec ton ami pourrait aider ? Tu pourrais lui envoyer une lettre pour lui demander de te pardonner, et lui expliquer que tu comprends désormais son choix.

Angus secoua la tête.

— C'est impossible. Ce que j'ai fait est impardonnable.

— Rien n'est jamais au-delà du pardon, pas si tu exprimes des remords sincères. Dieu, au moins, sera miséricordieux.

Il lui jeta un regard dubitatif.

— Alors je devrais écrire cette lettre juste pour m'assurer une place au paradis ?

Elle se détendit.

— Bien sûr que non. Tu dois le faire pour les bonnes raisons, pour réparer cette amitié et honorer cet homme de tes excuses. Peut-être que lui aussi regrette la perte de votre amitié, et puis, j'aimerais bien avoir l'occasion de le rencontrer.

Elle ne mentait pas. Après tout, le Boucher des Highlands était un célèbre héros écossais.

Angus se mit à jouer avec une mèche de cheveux au-dessus de son oreille et le contact de ses doigts lui donna la chair de poule dans tout le corps.

— Tu es la sagesse même, ma belle. J'y songerai, sois-en sûre.

— Veux-tu revenir te coucher, maintenant ?

— Oui, mais il me reste encore une prière à faire avant.

Elle se leva sans lâcher la main d'Angus.

— Veux-tu que je te laisse seul ?

— Quelques instants seulement, répondit-il. Je dois encore prier pour mon père, afin que lors de nos retrouvailles dans l'au-delà, il ne me tabasse pas comme il l'a fait la dernière fois qu'il m'a vu.

Gwendolen resserra son châle sur ses épaules.

— Je suis sûre qu'il est très fier de toi s'il te regarde depuis le ciel. Après tout, tu as reconquis son château.

Angus secoua la tête.

— Comment peux-tu dire ça alors que ton propre père doit se retourner dans sa tombe de te voir mariée à moi ? Je suis le fils de son ennemi.

Elle leva les yeux vers la croix qui dominait l'autel.

— Je pense qu'il aurait compris pourquoi j'ai accepté de t'épouser, que je l'ai fait pour mon clan.

— Tu as fait là un grand sacrifice.

— Peut-être. Mais pas autant que je me l'imaginais.

Elle tourna les talons.

— Attends-moi, dit-il. Je n'en ai pas pour longtemps et je ne veux pas que tu te promènes seule dans le château la nuit. Quelqu'un pourrait t'enlever et réclamer une rançon… et je commence à croire que je paierais n'importe quoi pour te récupérer.

— N'importe quoi ? répéta-t-elle avec une étincelle d'espoir.

— Oui. Je suis ton mari, ma belle. Je donnerai ma vie pour toi.

L'émotion la prit à la gorge, car elle n'était vraiment pas préparée à une telle déclaration, et elle se surprit à se demander si c'était son sens du devoir qui parlait, ou autre chose.

Quant à elle, ce qui la liait à lui allait bien au-delà du simple devoir.

— Espérons qu'on n'en arrive jamais là, dit-elle. (Elle jeta un regard gêné vers les bancs situés de l'autre côté de l'allée centrale, puis se glissa le long de l'un d'entre eux.) Mais peut-être que, juste par sécurité, je vais t'attendre en priant aussi.

— Et pour quoi vas-tu prier ? s'enquit-il.

Elle réfléchit brièvement à la question, puis joignit les mains et les posa sur le dossier du banc devant elle.

— Je vais prier pour qu'un jour, toi et ton ami soyez réunis, et qu'il te pardonne. (Elle lui lança un long regard de connivence.) Je suis sûre que le Boucher des Highlands a assez de péchés à son actif pour te pardonner les tiens.

Angus agita un doigt menaçant à son intention.

— Ne t'inquiète pas, déclara-t-elle avec un sourire malicieux. J'emporterai ton secret dans la tombe.

Le jour suivant, Angus s'assit à son bureau, prit sa plume et la plongea dans son encrier de porcelaine pour rédiger une lettre.

> « 13 septembre 1718
>
> Mon cher lord Moncrieffe,
>
> Je me demande si vous aurez été jusqu'à décacheter cette lettre après avoir reconnu les armes de Kinloch dessus. Je m'apprête peut-être à gâcher de l'encre, mais il faut que je fasse cet effort, car je vous dois au moins ça, et tellement plus.
>
> Notre dernière conversation date désormais de plus de deux ans, et je ne doute pas que vous ayez entendu parler de mon bannissement et

de la mort de mon père peu de temps après. Pendant mon exil, Kinloch est tombé aux mains du clan MacEwen, mais, il y a peu, je suis rentré chez moi et j'ai reconquis la maison de mes pères. Afin d'unir nos clans, j'ai pris pour épouse la fille du chef MacEwen.

Mais je suis certain que vous êtes parfaitement au courant de mon retour et de la situation de Kinloch. Ce n'est pas la raison de ce courrier.

Duncan, j'ai eu tort sur tous les tableaux. J'ai passé les deux dernières années à me repentir de ma monstrueuse trahison, et ne me pardonnerai jamais de ce que je t'ai fait.

Les leçons que je dois en tirer sont d'autant mieux gravées dans mon âme à jamais souillée que je me suis trouvé dans une situation proche de celle qui a été la tienne lorsque tu as rencontré la femme qui allait devenir ton épouse. Je n'ai pas compris, alors, à quel point ta situation était complexe, mais je vois les choses plus clairement à présent, et je ne saurai jamais assez te dire mon remords pour les événements de 1716.

Je conclus en te suppliant de croire en mon repentir sincère pour les actes brutaux et sans pitié que j'ai commis à l'époque. Je prie pour toi et ta comtesse, et vous souhaite à tous deux tout le bonheur possible. Qu'il soit dit que tant que je serai seigneur de Kinloch, vous y aurez des alliés.

Sincèrement à toi,

Angus Bradach MacDonald »

Il prit quelques instants pour réfléchir à la douleur engendrée par le remords qui s'était installé en lui deux ans plus tôt. Elle s'était faite plus vive encore au moment d'écrire cette lettre.

Pendant un temps, il avait été indifférent à la douleur des autres, mais cette insensibilité l'avait mené beaucoup trop loin. Le Boucher des Highlands était son meilleur ami et il avait révélé l'emplacement de sa tanière à l'armée anglaise pour le punir d'avoir pris une Anglaise comme fiancée.

Il avait eu deux ans pour réfléchir à ce qu'il avait fait et considérer sa honte. Deux ans au bout du monde, sous les coups du vent, de la pluie, de la glace et des embruns mordants de l'océan…

Mais c'était dans une autre vie. Il était chez lui, désormais. Et tout était différent.

Il saupoudra la lettre de sable, souffla l'excédent et cacheta la lettre, puis il se leva. On frappa à la porte. Lorsqu'il l'ouvrit, il constata avec surprise que ce n'était pas le messager qu'il venait de faire appeler.

— Lachlan. Qu'est-ce que tu fais là ?

Son cousin était blanc comme un linge.

— Tu as de la visite.

— De la visite ? Qui est-ce ?

Il mit la lettre dans son sporran.

— La femme avec qui tu vivais aux Hébrides, celle qui avait prédit que ton heure viendrait et que les MacEwen t'entendraient rugir, et toutes ces conneries de sorcière.

Angus sentit la peur lui nouer les tripes.

— Raonaid est là ?

Bon Dieu ! Il eut instantanément la nausée. Que faisait-elle ici ? Il ne pouvait y avoir qu'une raison à sa présence.

— Oui, répondit Lachlan. L'oracle. Mais tu ferais mieux de te dépêcher. Elle est en train de tout casser dans la cuisine. Les marmitons et les servantes ont filé comme des rats et le cuisinier s'est enfermé dans la cave à vin. La situation n'est pas brillante.

Angus rejoignit l'escalier.

— Mais qu'est-ce qu'elle fout à la cuisine ? Qui l'y a emmenée ? Tu aurais dû me l'amener directement.

— Elle avait faim, expliqua Lachlan. Et quelqu'un a fait l'erreur de lui dire que tu avais pris femme. C'est à ce moment-là qu'elle s'est mise à tout casser.

— Oui, ça lui ressemble bien. Suis-moi, Lachlan, et ne t'éloigne pas trop. (Il jeta un coup d'œil à son cousin par-dessus son épaule.) Est-ce qu'elle est armée ?

— Du diable si je le sais. Personne n'a pu s'approcher suffisamment pour la fouiller.

Chapitre 17

Quand Angus pénétra dans la cuisine - qui était dans un désordre indescriptible, le sol jonché de vaisselle brisé et de lait renversé -, Raonaid était assise seule à une table, plongeant une cuillère dans un bol de ragoût fumant.

Avant qu'il ait fait le moindre bruit ou prononcé un mot, elle leva ses yeux vifs et bleus comme la mer hivernale, et lui lança un regard omniscient, comme si elle l'avait senti arriver. Il se crut transpercé par une dague dans le ventre.

Il s'approcha d'elle lentement en la regardant de la tête aux pieds, tout en évitant de penser à la seule raison possible de sa présence, à laquelle il n'était pas encore prêt à faire face.

Ses cheveux brun-roux, propres et bien coiffés, cascadaient sur ses épaules en vagues généreuses. N'eût été sa robe de laine en loques d'un brun défraîchi et l'absence de tout bijou, elle aurait eu l'air tout aussi fière et distinguée que n'importe quelle dame de haut lignage. Tout en elle véhiculait une impression d'arrogance pompeuse, mais ce n'était que de l'affectation. Une pose rusée. Car son éducation avait été tout sauf aristocratique.

Née avec un don de voyance, elle avait toujours vécu en paria, dans une chaumière sordide en lisière du monde. Sa réputation de sorcière avait même atteint le sol écossais. La plupart des gens avaient peur d'elle et la méprisaient. Certains affirmaient qu'elle avait la marque du diable gravée sur la peau, tandis que d'autres la prenaient en pitié et priaient pour sa pauvre âme folle.

On ne connaissait pas ses origines. Elle avait été élevée dans les Îles occidentales par une vieille excentrique qui était morte alors qu'elle n'avait que onze ans. Personne ne savait si cette femme était sa mère, pas même Raonaid, qui avait choisi de rester dans l'archipel après sa mort, cherchant le réconfort dans son étrange collection d'os et de potions. Elle avait fini par devenir une jeune femme pleine de ressources, attirante et sensuelle, mais aucun homme ne voulait d'elle, et elle-même n'en trouvait aucun à son goût.

Ses seuls plaisirs lui venaient de ses visions dans les cercles de pierres dressées. Certaines fois, elle y lisait l'avenir, d'autres fois, elle s'y voyait vivre dans un autre monde.

Puis Angus entra dans sa vie.

Il n'avait pas eu peur d'elle comme les autres.

Raonaid s'essuya les lèvres sur un coin de serviette et posa sa cuillère. Elle quitta son tabouret et s'approcha d'Angus.

Il n'avait pas oublié combien elle était belle. Un homme pouvait trébucher dans ce décolleté flamboyant et s'y perdre pendant un an.

— Eh bien, il t'en a fallu, du temps ! lui lança-t-elle. Tu sais ce que tes gardes m'ont fait endurer ? Ils ne voulaient même pas me laisser franchir les portes.

Lachlan l'interrompit.

— Ils ne commettront pas deux fois la même erreur, Raonaid. Maintenant, ils savent qui tu es et ne sont pas près de l'oublier. (Il envoya un petit coup de coude dans les côtes d'Angus.) Elle a déclaré à l'un des gardes qu'elle voyait son avenir et qu'il devait s'attendre à perdre tous ses cheveux avant Noël.

Angus secoua la tête.

— Raonaid, si tu avais attendu un peu, je serais venu t'accueillir comme il se doit.

— Ben voyons, lâcha-t-elle en lui lançant un regard narquois.

Retournant à la table, elle reprit sa cuillère et se remit à manger.

Angus et Lachlan restèrent debout en silence à la regarder faire.

— C'est tout ? murmura Lachlan en se penchant à l'oreille d'Angus. Elle fout en l'air la moitié de la cuisine et c'est tout ce qu'elle a à te dire ?

Angus la regarda pendant un long moment, tendu, puis s'approcha d'elle.

— Qu'est-ce qui t'amène, Raonaid ? Tu disais que tu ne quitterais jamais les îles et, quand je suis parti, tu as aussi dit que tu étais folle de joie de me voir foutre le camp.

— C'était vrai, répliqua-t-elle, et je ne veux pas que tu reviennes, si c'est ce que tu penses. Je suis venue à cause de ce que j'ai vu dans les pierres.

Angus sentit son estomac se nouer. C'était dans les pierres dressées de Calanais que Raonaid avait toujours eu ses visions les plus fortes. Elle y était souvent attirée par des rêves. C'était là qu'elle avait vu la mort du père d'Angus et prédit l'arrivée de Lachlan, ainsi que leur victoire sur les MacEwen à Kinloch.

Mais il se souvenait aussi d'une promesse qu'il l'avait forcée à lui faire : si un jour elle voyait sa mort dans les pierres, elle viendrait le lui annoncer.

— Es-tu ici pour honorer ta promesse ? demanda-t-il.

— Oui.

Il déglutit avec difficulté, puis reprit d'un ton égal :

— Quand ? Combien de temps me reste-t-il ?

— Un mois, tout au plus.

Il s'était souvent demandé comment il réagirait à l'annonce d'une mort imminente. Il s'était imaginé qu'il l'accepterait avec calme, car il ne manquait pas de courage. C'était un guerrier et il avait vécu une vie de violence. Il avait toujours pensé que son existence finirait abruptement et qu'il n'aurait pas le temps de réfléchir à quoi que ce soit.

Pourtant, en ce moment étrange, il ne pensait qu'à une seule chose, Gwendolen, et au fait qu'il n'était pas prêt à la quitter. Il venait juste de la trouver, et que deviendrait-elle si elle portait son enfant ? Il ne pouvait quand même pas quitter ce monde s'il allait être père. Il ne pouvait pas les laisser seuls.

Il fut pris d'une terrible crise de panique intérieure, et dut se battre contre l'envie furieuse de sauter par-dessus la table et de secouer Raonaid jusqu'à ce qu'elle avoue que c'était une cruelle plaisanterie. Mais il savait qu'elle n'aurait jamais quitté les Hébrides et traversé les Highlands pour quelques minutes d'amusement. Il en fallait beaucoup plus pour cela.

— Que sais-tu d'autre ? demanda-t-il. Comment cela va-t-il se passer ?

Elle quitta son tabouret et fit le tour de la table.

— Tu mourras pendu, lui répondit-elle.

Se forçant à rester calme, il posa une main sur la garde de son épée.

— Est-ce qu'on m'emmènera à Fort William ? À Édimbourg ? Vais-je être accusé de trahison comme Jacobite ?

— Je ne peux pas dire pourquoi. Tout ce que je sais, c'est que ça se passera ici. Je n'aurais pas pu te le dire avant de passer les portes, mais j'ai reconnu immédiatement le château, avec ses quatre tours, son toit et ses bataillons. J'ai tout vu dans les pierres.

Ici ? Non… Impossible… Ce doit être une erreur.

— De qui est-ce la faute ? interrogea-t-il. Y a-t-il un traître ici ? Est-ce Gordon MacEwen ?

Raonaid posa sur sa joue une main chaude aux longs doigts et le considéra avec une expression de pitié.

Il ne pouvait le tolérer.

— Bon Dieu, femme ! Parle !

— Tu seras trahi par ton épouse, expliqua-t-elle. J'ai vu ça aussi dans les pierres.

Angus s'écarta d'elle lentement.

— Non, dit-il. Ce doit être une autre femme. Pas elle.

— C'est bien elle, insista Raonaid. À moins que tu ne partages ta couche avec quelqu'un d'autre. Est-ce le cas ?

— Bien sûr que non !

— Alors, c'est elle. Les pierres ne mentent jamais. Je t'ai vu lui faire l'amour, et puis je les ai vus t'emmener.

— Qui ? (Sa voix était lourde de menaces.) Qui m'emmenait ? Je dois le savoir.

— J'aimerais pouvoir te le dire, Angus. Sincèrement. Mais tes ennemis étaient bien cachés. Ils n'ont pas dévoilé leur visage.

Il la prit par les bras et la secoua comme un prunier.

— Et leurs vêtements ? Étaient-ce des tuniques rouges ? Ou bien portaient-ils le tartan des MacEwen ?

— Je te l'ai dit, je ne connais pas ces détails ! Tout ce que je sais, c'est que c'est elle qui te désarme. Elle te brise, t'affaiblit et les fait entrer. Il faut que tu quittes cet endroit, Angus.

Lachlan prit le bras d'Angus.

— Ne la crois pas. Elle est folle.

Angus se dégagea.

— Je ne peux pas ignorer ses prophéties. Il y en a trop qui se sont réalisées. Je n'aurais jamais reconquis

Kinloch si elle n'avait pas vu la mort de mon père, prédit ton arrivée et promis un triomphe.

— Mais nous avons besoin de toi ici, insista Lachlan. Tu ne peux pas laisser une sorcière te faire fuir parce que tu as peur de mourir.

Angus se dirigea vers la porte.

— Je n'ai peur de rien, dit-il, et je n'ai aucune intention de déserter mon clan. Mais je n'accepte pas l'idée de mourir d'ici un mois. Je vais faire ce que je peux pour l'éviter.

Raonaid le suivit.

— Entraîne-toi bien à l'épée, lui conseilla-t-elle. Et reste fort. Suis ton destin de guerrier. Ne te laisse ni affaiblir ni distraire.

Angus partit et Raonaid le regarda s'éloigner depuis le seuil de la cuisine, puis elle se retourna et fit face à Lachlan. Celui-ci la rejoignit en une enjambée, l'attrapa au col et la tira tout près de lui sans ménagement.

— Écoute-moi bien, sorcière, grogna-t-il d'une voix rauque. Si tu es venue ici pour fomenter la tromperie et la trahison, je ne le supporterai pas. Je te poursuivrai où que tu sois et je te trancherai la gorge.

Raonaid lui rit au visage.

— Essaie seulement, cracha-t-elle. Mais je ne mourrai pas de ta main, Lachlan MacDonald.

— Non ? (Il laissa son regard descendre sur ses lèvres pleines et humides et jusqu'à son ample poitrine avant de remonter à ses yeux.) Dis-moi, alors, qui aura le plaisir de mettre un terme à ta vie pourrie, Raonaid ? Je veux pouvoir féliciter cet homme.

Elle le repoussa et lui lança son poing à travers la mâchoire. Il jura et se plia de douleur.

— Aucun homme n'aura jamais cet honneur, dit-elle, parce que je vais vivre une existence longue et heureuse. Puis, quand je serai très vieille et très riche et que mon heure sera venue, je mourrai tranquillement dans mon sommeil.

Lachlan essuya sa lèvre sanglante du revers de la main et fit bouger sa mâchoire d'avant en arrière pour s'assurer qu'elle n'était pas cassée.

— Tu es complètement folle, lança-t-il. Tu l'as toujours été.

Elle lui jeta un regard méprisant.

— Tu es simplement en colère parce que j'ai refusé de lever mes jupes pour toi. Je suis la seule femme vivante à n'avoir pas cédé à tes charmes.

Il regarda le sang sur le dos de sa main et se dirigea vers la porte.

— De cela, au moins, je peux m'estimer heureux.

En entendant la porte de la salle de tissage s'ouvrir et se fermer à la volée, Gwendolen se retourna vivement. Angus avança dans la pièce et regarda les trois femmes du clan MacEwen qui se trouvaient avec elle. Deux étaient au rouet, la troisième au métier.

— Laissez-nous, ordonna-t-il.

Il leur suffit d'un coup d'œil à son visage courroucé pour se lever de leur tabouret et filer hors de la pièce en laissant les rouets continuer à tourner.

— Qu'est-ce qui se passe ? s'enquit Gwendolen.

Il alla jusqu'à elle et la scruta de la tête aux pieds, en s'attardant sur son visage.

— Est-ce que tu vas me trahir ?

— Je te demande pardon ? (Son sang ne fit qu'un tour.) Bien sûr que non !

— Jure-le sur ta vie, dit-il.

— Évidemment que je le jure !

Les rouets finirent par s'arrêter et le silence se fit. Il la regardait toujours d'un air furieux.

— Je ne comprends pas, dit-elle, alors qu'il se mettait à faire les cent pas. Pourquoi cette question ? Je t'ai fait une promesse la veille de nos noces. Je t'ai prêté allégeance. Qu'est-ce qui te permet d'en douter ?

Il attrapa une pelote de laine et la lança en l'air.

— J'ai des raisons de croire que tu veux ma mort, ma belle, et que tu seras responsable de ma pendaison, ici même, à Kinloch. Est-ce que tu conspires avec Gordon MacEwen ? Est-ce que c'est toi qui lui as dit où était la clé ?

Elle ne pouvait croire ce qu'elle entendait, mais la stupéfaction qu'elle ressentait laissa très vite place à la colère.

— Tu es fou. Qui t'a dit ça ?

— Réponds à ma question.

Elle fit le tour d'un rouet et s'approcha de lui.

— Je ne conspire pas avec Gordon MacEwen. Comment le pourrais-je, alors qu'il est enfermé ? Je suis loyale envers toi. Je ne veux pas que tu meures. Et tout spécialement maintenant que…

Elle se tut soudain. Elle ne pouvait pas se résoudre à le dire. Pas à ce moment-là. Ce n'était pas comme ça qu'elle l'avait imaginé.

— Maintenant que quoi ? demanda-t-il.

Elle secoua la tête et esquiva la question.

— Je ne te comprends pas. Est-ce que c'est à cause de ce qui s'est passé il y a deux semaines, quand cet homme a tenté de te tuer ? Y a-t-il du nouveau ?

— Non.

— Alors qu'est-ce que c'est ? Tu sais bien que ma loyauté t'est acquise, Angus. Ne le sens-tu pas ?

Alors qu'elle se rapprochait encore de lui, il la regarda avec un air méfiant et menaçant.

— Es-tu comme ta mère ? interrogea-t-il. Une espèce de manipulatrice qui se sert du sexe pour faire des hommes des imbéciles bavards ?

La panique s'empara d'elle.

— Non ! Je ne comprends pas d'où te viennent ces idées étranges. Si quelqu'un t'a dit quelque chose pour salir mon nom, alors il essaie de saboter notre mariage et l'union de nos clans. Tu ne le vois pas ? (Elle lui prit le visage dans les mains.) J'en suis venue à tenir à toi, Angus, et nous avons partagé de nombreux plaisirs. Tout ce que je veux, c'est profiter d'une longue vie heureuse à tes côtés, ici, à Kinloch. Tu dois me croire. Je ne te trahirai jamais.

Il plongeait dans ses yeux un regard d'une amertume glaciale.

— Tu ne me crois pas, hein ? (Elle s'écarta de lui.) Quelqu'un t'a monté contre moi. Qui a proféré ces accusations ? Si tu comptes m'accuser de traîtrise, tu me dois au moins cette information.

Elle le vit serrer les mâchoires, et il se posta à la fenêtre.

— Raonaid est là.

Elle sentit son estomac se nouer.

— La devineresse ? La femme avec qui tu partageais ton lit dans les Îles occidentales ?

Qu'avait-elle bien pu lui dire ? Et pourquoi étaitelle venue jusqu'ici ? Qu'espérait-elle accomplir ?

— Oui, répondit-il. Mais elle a partagé plus que mon lit. Elle a partagé aussi ses visions avec moi, et j'ai pu constater qu'elles étaient authentiques. Elle avait prédit la mort de mon père, l'arrivée de Lachlan et mon triomphe ici. Lorsque je l'ai quittée, je lui ai fait promettre que, si elle voyait ma mort, elle viendrait à moi pour m'en avertir. (Il lui fit face.) Elle l'a vue et elle a respecté sa parole. C'est pour cela qu'elle est là.

Pas encore prête à croire ce qu'il lui disait, Gwendolen le rejoignit à la fenêtre.

— Qu'a-t-elle vu exactement ?

— Mon cou dans un nœud coulant. Elle m'a aussi dit qu'une femme me trahirait. (Il observait attentivement l'expression du visage de Gwendolen.) Et que cette femme, ce serait toi.

Gwendolen assimila cette information. Un nœud coulant. Une femme qui allait le trahir…

— Quand a-t-elle eu cette vision ?

— Il y a plusieurs semaines, à Calanais.

Elle repassa les détails de ce qu'il venait de lui dire et s'accrocha à la certitude absolue qu'elle ne trahirait jamais son époux. Raonaid s'était trompée.

— Peut-être qu'elle voyait la dépêche que j'ai envoyée au colonel Worthington à Fort William, suggéra Gwendolen. J'y écrivais que je voulais qu'il vienne et t'emmène de force pour te pendre au gibet. Je le voulais à toute force à ce moment-là. Je n'ai pas d'excuse pour ça, mais tu le sais déjà, puisque tu as lu toi-même la lettre. Tu l'as brûlée, tu te souviens ?

Il la considérait d'un air soupçonneux.

— J'avoue que quand je l'ai écrite, poursuivit Gwendolen, je voulais vraiment te voir pendu, mais après j'ai fait face à ta colère et j'ai regretté cette mauvaise action. Et quand je t'ai prêté allégeance, j'étais absolument sincère.

Elle se rapprocha de lui et posa les mains sur sa poitrine, désireuse qu'il la croie.

— Depuis, continua-t-elle, nous avons prononcé nos vœux de mariage devant Dieu. Je t'ai livré mon corps de mon plein gré. (Elle s'interrompit un instant.) Ce que Raonaid a vu était sûrement un moment du passé. C'est tout. Je ne lui reproche pas d'être venue. J'aurais fait la même chose, mais le colonel Worthington s'est déplacé jusqu'ici pour te rencontrer, et il n'a pas fait ce que je lui avais demandé de faire,

Dieu merci, car je ne veux pas ta mort. Je veux que tu vives. J'ai besoin que tu vives.

Il lui prit les mains et les repoussa.

— Comment puis-je savoir si je peux te faire confiance ? Tu m'as déjà trahi une fois après m'avoir juré d'être loyale envers moi.

— Les choses étaient différentes, alors.

Il n'avait pas l'air convaincu et elle fit une nouvelle tentative désespérée pour lui prouver qu'il pouvait se fier à elle.

— Et aujourd'hui, elles sont encore différentes.

— Comment ça ?

Elle posa une main sur son ventre et ressentit un curieux mélange de joie et d'angoisse.

— Parce que j'ai eu la nausée ces trois derniers matins et que je n'ai toujours pas eu mon cycle.

Cela faisait plusieurs jours qu'elle attendait ce moment. Elle avait espéré annoncer la nouvelle à Angus dans la grand-salle devant les clans réunis. Elle savait combien il serait heureux et s'était imaginée qu'il la prendrait dans ses bras, peut-être même qu'il la soulèverait dans les airs.

Mais il ne fit rien de tout cela. Bien au contraire, son regard devint plus glacial que jamais.

— Comment puis-je savoir qu'il ne s'agit pas là d'un tour prévu pour me distraire d'une nouvelle traîtrise ?

— C'est ce que tu crois ? (Elle sentit des larmes de rage lui monter aux yeux.) Tu crois vraiment que je mentirais sur ce genre de choses ?

— Je ne sais pas quoi penser. Raonaid ne s'est encore jamais trompée.

— Alors tu préfères la croire plutôt que moi ?

Elle aurait voulu le frapper, lui crier dessus et exiger qu'il prenne son parti. Elle était son épouse, et cette femme était connue dans toute l'Écosse comme une sorcière folle !

Il la prit par le bras et la traîna hors de la pièce.

— Viens avec moi !

— Où est-ce qu'on va ?

— Dans ta chambre. Je vais envoyer chercher une sage-femme pour t'examiner. Je veux savoir si tu me dis la vérité.

— Angus, comment oses-tu !

Envahie par la colère et l'incrédulité, elle essaya d'arracher ses doigts de son bras, mais il possédait une poigne de fer.

— Il faut que je sache. Il ne peut y avoir de mensonges entre nous.

— Il n'y en a pas ! cria-t-elle. Et je ne te pardonnerai jamais ce que tu es sur le point de faire !

Il la traîna au bas de l'escalier et dans les couloirs du château.

— Je te croirai pour l'enfant quand la sage-femme l'aura confirmé.

— J'imagine que ce sera une sage-femme MacDonald, rétorqua-t-elle, et pas une MacEwen.

— Oui, et je la choisirai moi-même. Au moins, de cette manière, je saurai qu'on ne me trompe pas une fois de plus.

Il la poussa dans sa chambre en la regardant méchamment, enleva la clé de la serrure à l'intérieur, puis il lui claqua la porte au nez et l'enferma.

Chapitre 18

La sage-femme arriva dans l'heure pour examiner Gwendolen et confirma que son utérus était dilaté. Étant donné ses symptômes, il était presque certain qu'elle attendait un enfant.

Gwendolen remercia la femme et l'escorta jusqu'à la porte.

— Pourriez-vous donner la bonne nouvelle à mon époux, s'il vous plaît ?

Elle avait pris une intonation cynique de joie feinte, mais son ironie échappa à la sage-femme, dont le regard brillait de plaisir.

— Bien sûr, madame, mais il attend juste de l'autre côté de la porte. Vous préférerez peut-être la lui annoncer vous-même ?

— Non, je veux que ce soit vous qui le fassiez. Venant de moi, je doute qu'il la croirait.

La forte femme sourit.

— Il pensera que c'est trop beau pour être vrai, c'est ça ? Eh bien, je vais le lui dire moi-même, si tel est votre désir.

— Ça l'est.

Gwendolen ouvrit la porte et trouva Angus qui attendait dans le couloir.

La sage-femme s'approcha de lui.

— Toutes mes félicitations, monseigneur. Votre femme est enceinte.

Il leva son regard froid et le dirigea vers Gwendolen, qui, les bras croisés, s'était appuyée au chambranle de la porte. Elle inclina la tête vers lui et leva un sourcil.

— Je vois, répondit Angus à la femme sans la regarder. Vous pouvez aller, maintenant.

Le sourire de la sage-femme s'évanouit immédiatement, et, les yeux baissés, elle se dépêcha de rejoindre l'escalier.

— C'est vrai, alors, dit Angus.

Gwendolen recula dans sa chambre et posa sa main sur le champ de la porte. Elle était tellement en colère contre lui qu'elle aurait pu lui cracher au visage.

— Évidemment que c'est vrai. Je suis étonnée que ton précieux oracle ne t'en ait pas déjà informé, mais peut-être qu'elle ne voit pas toujours l'ensemble du tableau. Pourquoi n'irais-tu pas la rèjoindre au lit pour lui demander si elle a oublié de mentionner qu'elle avait vu ton premier-né dans mon ventre ?

Il fit un pas timide en avant.

— Gwendolen…

— Non, je ne veux rien entendre. Je suis trop furieuse contre toi.

Et elle lui claqua la porte au nez.

Penchée contre celle-ci, elle tendit l'oreille, s'attendant à moitié à ce qu'il vienne y frapper du poing ou qu'il se précipite à l'intérieur pour lui apprendre à ne plus se comporter ainsi envers lui. Mais elle n'entendit que le son de sa respiration lente et régulière de l'autre côté, jusqu'à ce qu'enfin il tourne les talons et s'en aille.

Elle resta aux aguets, attendant que le bruit de ses pas s'estompe au pied de l'escalier, puis, très doucement, elle ouvrit la porte et jeta un coup d'œil dehors.

Le couloir était vide.

— Tu devrais la renvoyer, déclara Lachlan en suivant Angus à travers la grand-salle pour rejoindre la cour. Renvoie-la dans sa grotte obscure. Elle n'apporte que du venin avec elle.

— Elle ne vit pas dans une grotte, répliqua Angus. Elle a une maison et elle m'a laissé y habiter avec elle pendant près d'un an, quand je n'avais nulle part ailleurs où aller. Je ne la renverrai pas.

Ils sortirent dans la cour. Le ciel était chargé et un épais brouillard s'accrochait aux quatre tours d'angle. Angus leva les yeux vers les nuages, à peine capable d'assimiler ce que la sage-femme venait de confirmer. Il allait être père.

Ç'aurait dû être une bonne nouvelle. Il aurait dû la fêter, mais tout ce qu'il éprouvait à présent, c'était un sentiment de pure terreur qui le paralysait et qui était complètement nouveau pour lui, car il n'avait jamais eu peur de l'avenir. Désormais, tout était différent.

À cause de son mariage avec Gwendolen. Cette union avait changé quelque chose en lui.

— Raonaid va détruire tout ce que tu as construit ici, reprit Lachlan en tâchant de rester à la hauteur d'Angus, qui pressait le pas en traversant la cour. Avec ses prophéties sinistres, elle va tout gâcher.

Ils durent s'arrêter pour laisser passer un chariot tiré par un âne. Les roues brinquebalantes laissaient de profondes ornières dans la boue. Angus regardait celles-ci se remplir d'eau.

— Et ne me dis pas que tu crois à ses malédictions et à ses sortilèges, poursuivit Lachlan. C'est une cinglée. Tout ça, c'est des conneries.

— Elle ne jette pas de sorts, rétorqua Angus. Elle a des visions et elle prédit l'avenir. Elle savait que tu allais venir me chercher et qu'ensemble nous lèverions une armée pour reprendre Kinloch.

— N'importe qui aurait pu prédire ça. Est-ce que tu oublies qu'elle n'a pas prévu que tu allais être père ?

À l'évocation de son enfant à naître, Angus eut un frisson.

— Peut-être ne le serai-je jamais… parce que je serai mort.

Ils s'arrêtèrent à la porte du magasin à poudre et Angus plongea la main dans son sporran pour y prendre la clé. Ce qu'il trouva d'abord fut la lettre qu'il avait écrite à l'attention de Duncan.

Pendant quelques instants, il se dit qu'il devrait simplement la déchirer. Il avait déjà assez de choses à ruminer. Et quel intérêt y avait-il à tenter de faire renaître cette vieille amitié s'il ne devait pas vivre assez longtemps pour revoir Duncan ?

En même temps, il savait que ce serait tout bénéfice pour son clan d'avoir des alliés à Moncrieffe Castle, car Duncan était l'un des nobles écossais les plus importants et les plus influents et son château n'était qu'à deux jours de cheval de Kinloch. Si Gwendolen accouchait d'un fils, celui-ci pourrait devenir chef du clan un jour. Il aurait alors besoin d'amis et d'alliés. Peut-être Duncan, le puissant comte de Moncrieffe, les prendrait-il sous son aile...

Il sortit la lettre et la tendit à Lachlan.

— Fais en sorte que ceci soit porté à Moncrieffe. Envoie un cavalier dès aujourd'hui et dis-lui d'attendre la réponse, s'il y en a une.

Lachlan tendit la main et prit la missive.

— Je croyais que le comte et toi ne vous parliez plus.

— C'est juste, mais il est grand temps que je remédie à cet état de choses.

Angus déverrouilla la porte de la poudrière et entra. Il souleva le couvercle d'un des tonneaux de bois.

— Est-ce que tous ceux-là sont pleins ? s'enquit-il.

— À ras bord. Nous avons de quoi faire sauter toute l'armée anglaise jusqu'au beau milieu de la mer d'Irlande.

Angus regarda autour de lui.

— Et les armes ? Est-ce que tous les mousquets fonctionnent ? Est-ce que nous avons assez de munitions ?

— Oui.

— Bien. (Il se dirigea vers la porte.) Rassemble les hommes dans la cour, Lachlan. Je veux m'adresser à eux.

Comment pouvait-on voir ses émotions passer d'un extrême à l'autre en si peu de temps ? C'était ce que se demandait Gwendolen avec tristesse en parcourant les couloirs du château jusqu'à la tour sud. Plus tôt ce matin-là, tandis qu'elle supervisait le travail dans la salle de tissage, elle était sur un petit nuage en pensant au moment où elle allait annoncer à son mari qu'elle attendait un enfant. Et tout d'un coup, voilà qu'il se précipitait dans la pièce pour lui annoncer que l'oracle – une femme avec laquelle il partageait son lit il n'y avait pas si longtemps encore – avait eu la vision de sa mort par pendaison. Et que Gwendolen en serait responsable.

Parvenue à la porte de la chambre réservée aux hôtes qu'occupait la devineresse, elle ressentit une boule d'angoisse dans la poitrine. Elle n'avait jamais rencontré cette femme, mais elle la méprisait déjà pour avoir semé les graines du doute et de la méfiance dans l'esprit de son époux.

Mais elle savait aussi qu'elle ne devait pas laisser sa colère prendre le dessus. Cette femme avait prédit la mort de son mari, et il était possible que la connaissance de cet événement puisse fournir un moyen de le combattre. Quelle qu'ait été sa fureur à son égard, elle ne voulait pas perdre Angus. Il lui faudrait donc rester calme et obtenir de Raonaid plus d'informations sur sa vision, et ainsi savoir si elle avait raison, ou si elle était simplement venue pour faire du mal autour d'elle et ramener Angus dans son lit.

Luttant pour contrôler ses émotions, Gwendolen frappa à la porte. Personne ne répondit. Elle frappa de nouveau.

Enfin, la porte s'ouvrit et elle déglutit avec difficulté en découvrant l'image dérangeante de la femme qu'elle avait devant elle.

Raonaid, le fameux oracle.

Folle à lier. Rusée comme un renard. Et la plus belle femme qu'elle ait jamais contemplée.

Elle était grande et dotée de formes généreuses. Ses cheveux brun-roux flamboyaient et contrastaient avec sa peau blanche qui évoquait l'ivoire poli.

Mais ce furent ses yeux d'un bleu impressionnant qui terrifièrent le plus Gwendolen, car ils étaient froidement calculateurs.

Chapitre 19

— Je savais que vous viendriez, dit la devineresse, l'air plus que satisfaite d'elle-même, en tournant le dos à Gwendolen. Laissant la porte ouverte derrière elle, elle traversa la pièce en ondulant sensuellement des hanches.

Gwendolen pénétra dans la chambre et regarda autour d'elle. Un bon feu brûlait dans la cheminée. La carafe de whisky était presque vide, et couvertures et draps avaient été arrachés du lit et jetés au sol, où ils formaient un gros tas de laine, de soie et de lin.

Gwendolen examina l'apparence de Raonaid : sa jupe et son corsage faits maison en loques, sa taille fine, sa vaste poitrine et l'étrange collier d'os noué autour de son cou.

Elle avait du mal à se l'avouer, mais il y avait une majesté naturelle chez l'ancienne maîtresse de son époux, en particulier dans la façon qu'elle avait de se tenir avec tant de fierté et de dignité.

N'importe quel imbécile aurait vu qu'elle représentait tout ce qu'un homme pouvait trouver attirant chez une femme et qu'elle irradiait la sexualité.

Gwendolen dut combattre le soudain accès de jalousie qui minait son assurance.

— Alors, vous vous amusez bien avec le Grand Lion ? demanda Raonaid en prenant une gorgée de whisky. J'imagine que vous passez beaucoup de temps sur le dos. Je parie qu'il vous a appris nombre de trucs passionnants auxquels vous n'auriez jamais pensé.

Gwendolen redressa le menton.

— Comme c'est gentil à vous de poser cette question. Oui, je prends un plaisir infini avec lui. C'est un amant exceptionnel, et je suis ivre de désir la plupart du temps, mais bien sûr, ça ne vous étonnera pas. Vous n'avez pas oublié, j'imagine.

Raonaid fronça les sourcils.

— Je sais toutes sortes de choses sur son compte, ma belle, affirma-t-elle avec aigreur. Des choses que vous ne saurez jamais.

— J'en doute fortement.

Gwendolen ne bougeait pas de l'endroit où elle se tenait, juste à l'entrée de la pièce, alors que Raonaid faisait les cent pas devant la cheminée. On l'aurait dit prête à sauter à la gorge de Gwendolen.

— Je n'ai pas fait tout ce chemin pour vous voir, déclara-t-elle, mais pour voir Angus.

— Au cas où on ne vous l'aurait pas dit, je suis la châtelaine de Kinloch, ce qui fait que vous êtes tout autant mon hôte que la sienne.

Raonaid prit le tisonnier et réorganisa les bûches dans l'âtre.

— Que voulez-vous de moi, grande châtelaine de Kinloch ?

— J'ai cru vous entendre dire que vous saviez que j'allais venir, répliqua Gwendolen. Vous ne savez pas pourquoi ? Alors, vous ne voyez pas tout ?

L'oracle ignora le sarcasme. Elle s'arrêta de s'occuper du feu et remit le tisonnier en place.

— Bien, poursuivit Gwendolen. Je vais donc vous le dire. Vous avez vu la mort de mon époux. Je veux savoir comment et pourquoi elle est censée se produire.

Raonaid se retourna pour lui faire face, le regard accusateur.

— S'il y a quelqu'un qui connaît la réponse à cette question, c'est bien vous, espèce de traînée hypocrite ! C'est vous qui allez l'envoyer à la potence.

— C'est ridicule.

— Ah oui ?

Gwendolen sentit son estomac se nouer.

— J'en viens à douter sérieusement de votre prétendu don de voyance, Raonaid, parce que je ne trahirais jamais mon mari. Je ne veux pas qu'il meure. Je l'aime. Je veux qu'il vive.

Seigneur, elle venait à l'instant de déclarer qu'elle aimait son époux. Elle n'avait jamais prononcé ces mots à haute voix devant qui que ce fût, pas même Angus. Elle se demanda comment il réagirait s'il savait qu'elle était dans la chambre de son ancienne maîtresse à ouvrir son cœur de cette manière.

Est-ce que Raonaid lui répéterait ce qu'elle avait dit ? Si elle le faisait, il prendrait probablement ça pour une nouvelle preuve de la duplicité de son épouse. Il n'y avait pas si longtemps, elle était son ennemie et voulait lui tirer une balle dans le cœur.

Elle prit une profonde inspiration et s'efforça de rester calme.

— Angus m'a dit que vous aviez vu sa tête dans un nœud coulant. Qu'avez-vous vu d'autre ?

— Qu'est-ce que ça peut faire ? rétorqua Raonaid. Il va être pendu, ici même, à Kinloch. Qu'est-ce qu'il y a d'autre à savoir ?

— Mais pourquoi est-ce qu'on le pendrait ? demanda Gwendolen. Ça n'a aucun sens. Les Anglais ont déjà reconnu ses droits sur Kinloch. Il a ici une armée puissante pour le protéger, et les membres de mon clan l'ont accepté. Il s'est montré juste et généreux envers eux.

— Mais il y a quelque chose que vous oubliez, répondit Raonaid d'un ton railleur. Votre frère disparu depuis si longtemps, qui peut revenir d'un jour à l'autre avec une armée à lui. Lui n'a sans doute pas accepté la perte de ce qui aurait dû lui revenir.

Gwendolen repoussa une mèche de cheveux derrière son oreille et s'aperçut avec désarroi que ses doigts tremblaient.

— C'est peut-être vrai, mais j'ai prêté allégeance à mon mari. Je lui ai juré solennellement que je ne le trahirais pas. Si Murdoch revient, il ne trouvera pas une alliée en moi. Pas si son intention est de prendre la place de mon époux.

Elle s'aperçut tout d'un coup qu'elle avait très peu pensé à la possibilité d'un retour de Murdoch ces derniers temps. Elle s'était tellement plongée dans les plaisirs de la vie de femme mariée qu'elle avait pratiquement effacé cette éventualité de son esprit.

Raonaid plissa ses yeux bleu clair. Elle s'assit dans un fauteuil tapissé et s'y laissa aller confortablement.

— À en croire vos paroles, vous êtes très sûre de vous, ma belle, mais vos yeux racontent une tout autre histoire.

— Vous ne voyez que ce que vous avez envie de voir.

— C'est possible… mais que croyez-vous exactement que j'ai envie de voir ? Expliquez-moi.

Gwendolen choisit soigneusement les mots qu'elle allait utiliser.

— Vous voudriez bien que je trahisse mon mari afin qu'il revienne vers vous.

La devineresse se mit à rire à gorge déployée.

— Il me serait vraiment complètement égal de ne jamais revoir cet homme.

Gwendolen se sentit bouillir de colère.

— Alors pourquoi êtes-vous venue jusqu'ici, s'il vous est tellement indifférent ?

— Parce que je lui ai donné ma parole. Vous pouvez dire et penser ce que vous voulez de moi, mais s'il y a une chose que je vous interdis, c'est de me traiter de menteuse. Je dis ce que je pense et je tiens mes promesses. C'est pour cette raison que je lui ai dit la vérité... la vérité que je vois dans vos yeux.

— Et quelle est-elle, cette vérité ? interrogea Gwendolen d'un ton incrédule.

Raonaid se pencha en avant.

— Lorsque votre frère reviendra, vous vous rangerez à ses côtés, et pas sous la bannière d'Angus, parce que c'est le fils de votre mère.

— C'est faux.

— En êtes-vous si sûre ? (Elle haussa les sourcils de l'air de celle qui sait.) C'est votre frère, ma belle. Est-ce que vous laisserez votre mari lui trancher la gorge ?

Gwendolen sentit son cœur s'emballer.

— Bien sûr que non. J'essaierai de me mettre entre eux.

— Mais vous ne pourrez pas vous mettre entre eux sans choisir votre camp. Vous ferez ce qu'il faudra pour sauver la vie de votre frère.

Gwendolen se mit à aller et venir dans la pièce.

— Tout ça, ce sont des conjectures. N'importe qui pourrait les faire.

Raonaid ne répliqua pas.

Gwendolen l'observait à travers la pièce. Cette femme était comme un animal. Elle avait tout d'un prédateur.

— Comment avez-vous ces visions ? demanda-t-elle en s'installant dans un fauteuil en face de Raonaid. Vous en avez une maintenant ? C'est pour ça que vous me posez toutes ces questions ?

— Non, je n'ai pas de vision. Je lis en vous, c'est tout.

Gwendolen se laisser aller contre le dossier de son siège.

— Vous ne faites que supposer.

L'oracle haussa les épaules.

— Je suis très douée pour ça, et je fonde toutes mes conclusions sur les visions que j'ai eues dans les pierres.

— Mais que voyez-vous exactement dans les pierres ? Comment cela se produit-il ?

Gwendolen pensa à ses rêves, qui prédisaient souvent des événements à venir. Il n'y avait rien d'étrange ou de mystique là-dedans. C'étaient seulement des rêves.

— Je vois les événements se dérouler à travers l'ombre et la lumière, expliqua Raonaid. Et leur signification est toujours claire pour moi. Je la sens.

— Est-ce que vous entendez des gens parler ? demanda Gwendolen. Ou est-ce qu'il vous arrive de lire des mots dans les pierres, comme s'ils étaient écrits dans un livre ?

Raonaid secoua la tête.

— Non, je vois juste des ombres et des mouvements.

Gwendolen aurait vraiment voulu prouver que les prémonitions morbides de Raonaid étaient erronées, car elle ne pouvait supporter l'idée qu'Angus meure, pas plus qu'accepter l'éventualité d'être responsable de cette mort…

— Je pense que ce que vous avez peut-être vu, suggéra-t-elle d'un ton mesuré, ce sont des images d'une lettre que j'ai écrite le lendemain de l'invasion de Kinloch par Angus et ses troupes. J'ai imploré le colonel Worthington, qui dirige Fort William, de venir avec une armée de tuniques rouges pour le chasser par la force. Je voulais qu'il soit pendu comme traître jacobite. J'ai été très claire là-dessus et je l'ai fait après avoir promis à Angus de ne pas le trahir.

C'était quelque chose de difficile à avouer, en particulier à cette femme, mais elle voulait qu'elle sache la vérité.

Raonaid pencha la tête sur le côté.

— Sait-il tout cela ?

— Oui. Le colonel Worthington s'est déplacé jusqu'ici et lui a montré la lettre. Angus est immédiatement venu me voir avec, j'ai avoué ma faute, et il m'a pardonné. (Elle serra ses mains l'une contre l'autre devant elle.) Alors, vous voyez, je ne suis pas parfaite. Je me suis montrée déloyale, je le reconnais, mais les choses étaient différentes à ce moment-là. C'est pourquoi je crois que la vision que vous avez eue dans les pierres concernait ces événements au moment où ils se déroulaient et qu'Angus n'est plus en danger… en tout cas, pas à cause de moi.

Le visage de Raonaid s'empourpra. Elle se leva et alla jusqu'à la fenêtre.

— Vous me troublez.

Gwendolen se leva à son tour.

— Tant mieux ! Si vous n'êtes pas sûre…

Gwendolen se retourna d'un bloc et serra les lèvres.

— Je vois en vous, Gwendolen MacEwen, gronda-t-elle. Vous êtes son ennemie. Vous voulez l'écraser et le détruire parce qu'il a conquis votre clan. Il disparaît des pierres par votre faute. Il n'y a pas à chercher plus loin. J'ai vu ce que j'ai vu. Il pourrait aussi bien être déjà mort.

Des larmes de fureur brouillaient les yeux de l'oracle et les sanglots s'étranglaient dans sa voix.

Gwendolen prit le temps de réfléchir à ce que Raonaid venait de dire, puis se rapprocha et s'adressa à elle d'une voix adoucie.

— Peut-être est-ce qu'il disparaît seulement de votre vie, Raonaid ? Peut-être est-ce tout ce que ça signifie ?

La devineresse fonça vers Gwendolen et la poussa hors de la chambre.

— Sortez ! cria-t-elle d'une voix perçante. Sortez d'ici !

Gwendolen faillit tomber à la renverse, et la porte lui claqua au nez.

Il lui fallut un instant pour reprendre contenance. Elle lissa ses jupes et se passa une main tremblante dans les cheveux, puis ferma les yeux et prit une profonde inspiration pour se calmer. Elle n'avait jamais rencontré quelqu'un d'aussi versatile. Il était clair que Raonaid ne réagissait pas bien aux séparations.

— Qu'est-ce que tu fais là, Gwendolen ?

En entendant la voix de son époux à l'autre bout du couloir, elle sursauta. Une fois de plus, elle fut impressionnée par sa formidable stature. Son épaisse crinière était attachée dans sa nuque. Il avait un bouclier rond accroché dans le dos et, en plus de son arsenal habituel, il avait une hache en main.

Bon Dieu ! Malgré la confusion et la colère qui l'habitaient à cet instant, elle voyait toujours en lui le plus beau et le plus imposant des hommes du pays. Sa vue ne manquait jamais de la troubler.

Et c'était pour cela qu'elle ne pouvait le laisser continuer à douter d'elle. Pas plus qu'elle ne pouvait tolérer d'autres attaques à son honneur et à sa dignité. Désormais, elle portait son enfant, et elle l'avait assuré qu'elle ne le trahirait jamais. Si ce que disait Raonaid était vrai – que Murdoch viendrait un jour avec une armée pour réclamer son dû –, il était important qu'ils fassent front ensemble et se fassent confiance. Il ne pouvait y avoir de dissensions entre eux, parce que ça, ce serait un défaut dans l'armure de Kinloch.

Elle lui fit face et s'adressa à lui d'un ton accusateur, car elle n'avait pas oublié que tous deux se trouvaient à proximité de la chambre de Raonaid.

— La question est plutôt qu'est-ce que, toi, tu fais là ? lança-t-elle. (Elle avança jusqu'à lui.) Est-ce que tu me cherches ? J'espère que c'est le cas, parce qu'il y a beaucoup de choses dont nous devons parler. En revanche, si tu es ici pour voir Raonaid, qui vient juste de me traiter de traînée hypocrite, alors c'est d'autre chose que je risque de te parler. Alors, Angus ? Qu'en est-il ? Tu es là pour me voir ? Ou bien est-ce que tu es venu la voir, elle ?

Chapitre 20

Angus prit conscience à ce moment-là que ce mariage l'avait bel et bien changé, car il sentait sa passion exploser en lui comme un baril de poudre auquel on aurait présenté une flamme. Il n'était plus le même homme, et cela ne lui plaisait pas du tout. Il n'avait pas pris femme pour devenir un mari penaud et éperdu d'amour. Ce n'étaient ni l'affection, ni le sentimentalisme, ni la dévotion qu'il visait. Il n'avait épousé cette femme que pour qu'elle lui donne un fils, un héritier qui unirait les clans de Kinloch et en deviendrait un jour le chef. Une mesure politique, rien de plus.

Et pourtant, il se tenait là, à regarder la superbe femme qui portait son enfant ; et tout ce à quoi il pensait, c'était qu'il pourrait ne pas vivre assez longtemps pour la voir lui donner le jour. Le temps dont il disposait avec elle lui était compté. Et elle était en colère contre lui.

Il aurait voulu arranger les choses entre eux, faire amende honorable pour sa conduite inqualifiable du matin. Même conscient qu'il était possible qu'elle le trahisse, il continuait à la désirer et ne pouvait supporter de la voir fâchée contre lui.

Croyait-il vraiment à sa trahison ?

Son instinct lui disait que c'était impossible, mais il ne pouvait pas prendre le risque de se tromper. Il savait bien ce que l'amour faisait à des hommes pourtant parfaitement sensés : il les rendait aveugles, et idiots.

— Je suis venu voir Raonaid, dit-il par vengeance, sachant bien que ce n'était pas ce qu'elle voulait entendre, et en une tentative désespérée de la convaincre – et de se convaincre lui-même – qu'il se moquait de ce qu'elle ressentait.

Dieu savait que ce n'était pas le cas. La nausée qui s'emparait de lui en était la preuve. Il était fait comme un rat. Il aurait aussi bien pu envoyer tout de suite chercher la corde et le tabouret.

— Fort bien, dit-elle en le bousculant pour passer. Je vais vous laisser seuls. Amusez-vous bien !

Elle marcha, tête haute, jusqu'à l'escalier, et disparut à la vue d'Angus. Comme il écoutait le bruit léger de ses pas qui descendaient l'escalier, sa passion pour elle se déchaîna : il ne put faire autrement que de la suivre.

— Attends, bon sang !

Elle s'arrêta et leva les yeux vers lui. Il fourra la hache à sa ceinture et la rejoignit, avant de lui prendre la main et de la tirer jusqu'au bas des marches.

— Où allons-nous ? demanda-t-elle. Lâche-moi !

Il la conduisit dans les couloirs de pierre, avisa une porte ouverte et pénétra dans une pièce vide qui s'avéra être le bureau de l'intendant. Il ferma la porte derrière eux et la verrouilla, puis il colla Gwendolen contre la table de travail.

Il resta silencieux un long moment, le regard rivé sur les yeux marron toujours furieux de Gwendolen, puis lui prit le visage dans les mains. Elle cilla et sembla reconnaître l'urgence de son désir.

Oui, il mourait d'envie de la prendre. Tout de suite. Elle lui avait dit de rejoindre Raonaid et de bien s'amuser, et il ne pouvait laisser passer ça : il fallait qu'elle comprenne qu'il ne pouvait prendre son plaisir qu'avec elle.

Il avait aussi besoin de se prouver qu'elle lui appartenait, qu'il dirigeait toujours les opérations. Elle ne l'avait pas affaibli. Il était fort. Elle était sa femme, et s'il la voulait, il pouvait la prendre. Il avait bien l'intention de le prouver sur-le-champ.

Les yeux toujours plongés dans les siens, il la souleva et l'assit sur le bureau. Sans attendre, il releva ses jupes et s'avança tout contre elle, instantanément conscient de la poussée de désir qu'elle éprouvait – ses seins soudain offerts, ses lèvres humides entrouvertes. Elle laissa échapper un petit gémissement de plaisir, qui excita Angus au-delà de toute attente.

Il glissa le creux de son bras derrière le genou de Gwendolen tout en repoussant son kilt.

— Je ne veux pas d'autre femme que toi, lui dit-il.

Elle empoigna son tartan.

— Alors, prouve-le !

En feu, il la pénétra debout, comme s'il chargeait l'ennemi sabre au clair en dévalant à cheval une colline. La chaleur du sexe de Gwendolen ne fit qu'accroître son désir et il plongea sans ménagement, décidé à obtenir une reddition sans conditions.

Leurs corps bougeaient en un mouvement fluide à l'harmonie parfaite. Elle s'accrocha à ses épaules et hurla de plaisir ; il sentit la pression de ses spasmes sur son membre dressé.

Sa propre jouissance menaçait de l'emporter dans un formidable élan de vitalité. Il éjacula bientôt en elle en se cambrant furieusement et renversa un vase de fleurs, qui se brisa au sol avec fracas.

Le monde entier sembla se calmer d'un seul coup, tandis qu'Angus serrait son épouse dans ses bras. Il fallut un moment pour que leur respiration revienne à la normale. Alors seulement il se retira d'elle, lentement. Il laissa son kilt retomber et posa son front sur le sien.

Gwendolen lui prit le visage dans les mains et l'embrassa fougueusement.

— Si tu vas rejoindre cette femme maintenant, déclara-t-elle, je jure sur mes ancêtres que je te transpercerai de ta propre épée. Tu ne seras plus qu'un tas sanglant au sol, et d'aucune utilité pour Raonaid ou qui que ce soit d'autre, d'ailleurs.

Bon sang, aucune femme ne l'avait autant excité.

— Je ne la désire pas, dit-il. Je te donne ma parole d'Écossais qu'aussi longtemps que je vivrai, je ne désirerai aucune autre femme que toi. Mais si tu me trahis, ma belle…

Il n'acheva pas sa menace : il était incapable d'imaginer ce qu'il ferait.

— Je ne te trahirai pas, l'assura-t-elle. Que dois-je faire pour que tu le croies ?

— Je n'en sais rien.

Elle l'attira à lui pour un autre baiser brûlant, puis le repoussa.

— Ton précieux oracle a dit que je me rangerai aux côtés de mon frère s'il revient. Mais je porte ton enfant, maintenant, Angus. Je t'appartiens d'autant plus. Tu dois croire en ma loyauté, et le lui dire. Après, je t'en prie, renvoie-la. Si tu ne le fais pas, elle ne fera que causer des ravages à Kinloch.

— Mais elle voit l'avenir, dit Angus. Je dois connaître ses prophéties.

Gwendolen sauta à bas du bureau et alla jusqu'au centre de la pièce.

— Tu ne peux pas faire confiance à ses visions puisqu'elle s'est trompée à mon sujet. Elle pourrait avoir tort sur d'autres choses et te pousser à faire de mauvais choix.

— Comme quoi, par exemple ?

— Ta mort, déjà. (Elle revint vers lui.) Moi aussi j'ai fait des rêves, Angus. J'ai vu notre avenir, et ce que j'ai vu est très différent de sa vision dans les pierres.

Cela piqua sa curiosité. Toutes les femmes du monde voulaient-elles le contrôler avec leur mysticisme ?

— Qu'entends-tu par "moi aussi j'ai fait des rêves" ?

— Des rêves, répéta-t-elle en haussant les épaules. Parfois, je rêve de certains événements et, il s'avère ensuite que les choses se déroulent comme je les avais rêvées.

— Quel genre d'événements ?

Elle secoua la tête comme si elle ne voulait pas en parler, mais poursuivit malgré tout :

— J'ai rêvé de ton assaut sur Kinloch la nuit avant tu n'enfonces les portes. J'ai vu notre passion. Et avant le jour de nos noces, j'ai rêvé de l'hirondelle qui nichait dans la grand-salle. Je l'ai vue s'envoler et nous quitter.

Incrédule, il secoua la tête.

— Pourquoi ne pas m'en avoir parlé plus tôt ?

— Parce qu'il s'agit probablement de superstitions stupides. De plus, quand je fais ces rêves, je ne sais pas s'ils vont se réaliser ou non. Je ne les reconnais comme prophéties que quand ils le font. Alors seulement je me souviens que j'ai rêvé tel ou tel événement. Tu vois bien que je ne suis pas un oracle.

— Mais tes rêves se réalisent.

— Ça arrive.

Il alla à la fenêtre et regarda les prairies et les forêts alentour, se demandant ce qu'il était censé faire de ces informations. Il avait épousé une femme qui était non seulement belle et avait de l'esprit, sans parler de son appétit sexuel et de sa fertilité, mais faisait aussi des rêves prophétiques.

— Qu'as-tu vu d'autre dans ton sommeil ? As-tu jamais vu ma mort ?

— Non, répondit-elle avec conviction, mais je nous ai vus vivre ensemble dans de nombreuses années.

Il se retourna vers elle.

— Donne-moi tous les détails.

— Je t'ai vu transmettre ton épée à notre fils aîné le jour de son mariage, et tout allait bien.

Tout allait bien ?

Angus trouvait ça difficile à croire car, dans sa vie, la violence et la mort rôdaient toujours quelque part, prêtes à pointer leur horrible museau. Même à présent, cette pensée le hantait. Ce qui ne lui laissait qu'une option.

— C'est moi le seigneur de ces lieux, dit-il, revenant à la fenêtre, et c'est à moi, et à moi seulement, de décider qui reste et qui s'en va.

— Et Raonaid va rester, j'imagine ?

— Pour l'instant en tout cas.

Pendant un an, il avait vécu avec Raonaid et écouté ses prophéties. Elle l'avait sauvé de bien des façons. Elle l'avait rendu fort quand il était faible. Il ne pouvait pas la bannir. Il lui devait la vie et il avait besoin d'en savoir le plus possible sur l'avenir. À cause de Gwendolen.

Elle le considérait d'un air déçu. Il se souvint soudain que son armée était en train de se rassembler dans la cour. Il parlait de rêves et de prophéties avec sa femme au lieu de préparer ses hommes au combat et à la défense de Kinloch !

— Est-ce que tu l'aimes encore ? demanda Gwendolen.

Il eut un rire amer.

— Tu es folle ? Je ne l'ai jamais aimée. Je n'ai jamais aimé personne.

Le visage de Gwendolen s'empourpra et elle se dirigea rapidement vers la porte.

— J'avais oublié, excuse-moi. J'imagine que je n'ai rien à craindre, alors.

Et elle sortit en claquant la porte derrière elle.

Angus se retrouva seul dans la pièce. Il savait très bien qu'elle était fâchée contre lui. Il venait de lui dire en termes très clairs qu'il ne l'aimait pas.

Comment aurait-il pu dire autre chose ?

Il ne savait même pas ce qu'était l'amour.

Cette nuit-là, Gwendolen attendit pendant des heures qu'Angus la rejoignît dans son lit, mais il avait choisi de ne pas le faire.

Une partie d'elle se demandait s'il avait rejoint celui de Raonaid à la place, mais elle ne pouvait l'imaginer. Elle devait absolument croire qu'il ne lui serait pas infidèle, pas après ce qui s'était passé dans le bureau de l'intendant cet après-midi-là. Il avait juré qu'il ne voulait pas d'autre femme qu'elle, et il lui avait semblé prendre suffisamment au sérieux sa menace de lui passer sa propre épée en travers du corps s'il partageait de nouveau la couche de la devineresse.

Ce n'était pas de l'amour, avait-il dit, mais le désir sexuel qu'il avait pour elle représentait déjà quelque chose.

Elle finit par s'endormir profondément, mais se mit rapidement à se retourner et à s'agiter dans son sommeil, gémissant doucement dans son oreiller. Des images troublantes d'une région lointaine envahissaient son esprit.

Elle se réveilla en sursaut. L'aube grignotait déjà le ciel, et le feu était éteint.

Se redressant dans son lit, oppressée, elle chercha l'air et s'étrangla sur un cri qui refusait de sortir de sa gorge serrée et brûlante.

Elle venait de rêver de son frère, Murdoch. Il flottait sur un fleuve dont le cours s'achevait dans les eaux tumultueuses de la Manche. Son corps était étendu sur un bûcher funéraire et il avait un nœud coulant autour du cou. Et quand il avait plongé sous la surface, il avait crié son nom.

Elle n'avait rien pu faire. Elle avait tendu les mains, mais n'était pas parvenue à le sauver, car il était déjà loin, dans les noires profondeurs, solitaire.

Elle venait de perdre son frère pour toujours.

Chapitre 21

Angus se tenait sur le toit de la tour, à regarder le soleil levant dessiner d'éclatants motifs de couleur à l'horizon. Le monde allait bientôt s'éveiller, et il commencerait alors une nouvelle journée sans savoir comment avancer dans le terrain bourbeux de sa vie et de ses émotions. Il était désormais un mari, celui de Gwendolen, et envisager de la perdre était pour lui comme perdre son âme.

Angus ne s'était guère inquiété du sort de son âme jusque-là, pas plus qu'il n'avait craint la mort. Enfant, il avait assisté à la disparition tragique de sa mère, mais cela ne l'avait pas rendu anxieux quant à sa propre mort. Il avait toujours foncé courageusement au combat, sans se poser de question. S'il devait mourir, il en serait ainsi. Il lui suffisait de savoir qu'il mourrait honorablement car, à part son honneur, il n'avait pas grand-chose de précieux dans la vie.

À présent, tout était différent. La prophétie de Raonaid l'obligeait à reconsidérer son existence et tout ce qu'il avait encore à vivre. Gwendolen et lui avaient créé un enfant et, pour cela, il devait vivre. Il lui fallait protéger sa famille et en prendre soin, prouver qu'il pouvait être autre chose que la brute impitoyable que tout le monde pensait.

Peut-être, après tout, savait-il ce qu'était l'amour. Peut-être le découvrait-il jour après jour.

Un bruit de pas dans l'escalier de la tour le fit se retourner et il se retrouva, le souffle coupé, à contempler sa femme. Vêtue d'une chemise blanche et d'une robe de chambre à dentelles agitée par la brise, elle ressemblait à un ange dans la lumière rose de l'aurore.

Le regard d'Angus tomba sur les pieds nus qui dépassaient de l'ourlet.

— Tu devrais mettre des chaussures, ma belle. Les dalles sont froides.

— Pourquoi te soucier tout le temps de mes pieds, rétorqua-t-elle, alors que tu devrais d'abord te demander ce que je fais là ? As-tu au moins remarqué que je me trouve sur le toit d'une tour à l'aube, à te chercher, alors que la dernière fois que nous nous sommes parlé, je me suis précipitée hors de la pièce en te claquant la porte au nez ?

Il s'approcha d'elle.

— Oui, je l'ai remarqué, sans aucun doute, et je suis heureux de te voir. (Il déglutit avec difficulté.) Je suis désolé de ne pas t'avoir rejoint cette nuit.

Là ! N'est-ce pas qu'il pouvait se montrer gentil quand il essayait ? Il était capable de présenter des excuses à son épouse.

Elle resserra sa robe de chambre pour se protéger du froid matinal.

— Je n'ai pas été surprise que tu ne viennes pas, dit-elle. Nous étions en colère.

— Non, ma belle. Toi, tu étais en colère contre moi, et tu avais raison. J'ai eu tort de ne pas te croire à propos de l'enfant.

— Et pour le reste ? demanda-t-elle. Qu'en est-il de la prétendue trahison dont m'accuse Raonaid ? Est-ce que tu la crois toujours ?

Il réfléchit un long moment.

— Je ne sais pas.

Elle haussa les épaules et les laissa retomber avec un soupir de résignation.

— Eh bien, je ne peux pas te forcer à ne pas la croire, n'est-ce pas ? Tout ce que je peux faire, c'est te demander de suivre ton cœur et espérer qu'avec le temps, tu apprendras à me faire confiance.

Il inclina la tête vers elle.

— Il fut un temps où tu croyais que je n'avais pas de cœur.

— Il fut aussi un temps où j'étais vierge et ne savais rien de ce qui se passait entre un homme et une femme dans le lit nuptial. Je ne suis plus la même personne qu'avant, Angus. Tout est différent pour moi, maintenant. J'espère que c'est aussi le cas pour toi.

Il lui posa une main sur les reins et la mena jusqu'aux créneaux de la tour, d'où on voyait les champs et les forêts de Kinloch.

— Pourquoi es-tu là, ma belle ? s'enquit-il en admirant son profil et sa brillante chevelure noire, que la brise agitait doucement. Pourquoi n'es-tu pas en train de dormir, bien au chaud dans ton lit ?

Elle lui fit face.

— Parce que j'ai fait un rêve et j'avais besoin de t'en parler, au cas où il s'avérerait une prémonition. Même si j'espère sincèrement que ce ne sera pas le cas.

— Si tu me dis que tu as vu mon cou dans un nœud coulant…

Gwendolen secoua vivement la tête.

— Non, ce n'était pas ça. C'était autre chose, mais autre chose de tout aussi morbide. Ça m'a réveillée en sursaut.

Angus posa une main sur son épaule.

— Qu'as-tu vu ?

— Mon frère, répondit-elle. J'ai vu Murdoch étendu sur un bûcher funéraire qui flottait vers la mer. J'ai peur qu'il ne nous revienne jamais et que ma mère soit obligée de porter le deuil de son seul fils.

Un bûcher funéraire ?

Angus se souvint des instructions qu'il avait données à Lachlan le jour de l'invasion. Celui-ci devait envoyer des guerriers MacDonald à la poursuite de Murdoch et faire tout ce qui serait nécessaire pour empêcher une nouvelle attaque. Il avait bien dit : tout ce qui serait nécessaire.

Les yeux de Gwendolen se remplirent de larmes et elle se réfugia dans les bras d'Angus.

— C'était peut-être juste un rêve, dit-il. Il pourrait arriver d'un jour à l'autre.

Ou peut-être pas.

Il la serra contre lui en tentant de lutter contre sa conscience, qui le poussait à se demander qui, à ce moment-là, était le vrai traître dans ce mariage.

La réponse était simple, car il avait fait passer ses instincts de guerrier et de chef avant tout élan de compassion envers celle qu'il avait pourtant choisie pour femme. Il n'avait tenu aucun compte de ses sentiments dans sa décision d'écraser son ennemi, et il était presque certain que, dans des circonstances identiques, il referait la même chose.

Peut-être n'avait-il finalement pas évolué. Peut-être resterait-il jusqu'au bout le guerrier impitoyable qu'il avait toujours été.

Angus rejoignit l'écurie, où Lachlan pansait son cheval.

— Lachlan, l'apostropha-t-il d'un ton autoritaire, l'un de tes hommes est-il rentré avec des nouvelles de Murdoch ?

Lachlan lança sa brosse dans un seau de bois, s'essuya les mains avec une serviette et s'approcha d'Angus.

— Pas encore. Je te l'aurais dit, tu ne crois pas ?

Angus se prit le front entre les paumes. L'air de l'écurie était lourd des odeurs du foin, du cuir et des chevaux. Il lui montait à la tête et lui donnait l'envie de taper sur quelque chose.

— Oh, bon sang ! Je n'y tiens plus ! Il faut que je sache ce que lui est arrivé, et très vite.

Lachlan lui jeta un regard préoccupé.

— Une raison particulière à cela ? Es-tu inquiet à cause de la prédiction de Raonaid ? Crois-tu qu'il va essayer de prendre Kinloch ?

— Tant qu'on ne l'aura pas trouvé, il restera une menace.

Lachlan lui posa une main sur l'épaule.

— Nous faisons tout ce que nous pouvons pour renforcer nos défenses, Angus. Mais, si tu le veux, je peux envoyer d'autres espions à sa recherche.

Angus réfléchit à cette proposition, puis se dirigea vers la porte en secouant la tête.

— Non. Nous avons besoin de tous nos meilleurs hommes ici. Je suis sûr que nous en saurons plus bientôt.

Mais il ne se sentait pas satisfait pour autant. Il quitta l'écurie pour chercher Raonaid.

Ce besoin de connaître son avenir était une véritable obsession. Il ne pouvait s'empêcher d'être obnubilé par le fait extraordinaire qu'il n'y avait pas dans les murs du château une, mais bien deux femmes qui prétendaient avoir le don de voyance. Et il avait eu des relations intimes avec les deux.

Mais laquelle détenait la vérité sur son destin ?

Il trouva Raonaid en train d'embêter le cuisinier. Il lui fit signe de le rejoindre et l'entraîna dans le couloir de pierre qui menait à la grand-salle.

— Que sais-tu du frère de Gwendolen ? demanda-t-il.

Il avait déjà décidé de ne pas révéler à Raonaid le rêve de sa femme, car il pouvait ne s'agir que d'un rêve ordinaire. Il ne voulait pas influencer les visions de Raonaid.

— Je crois qu'elle fera le choix de le suivre plutôt que de rester loyale à son époux, dit-elle.

Il lui prit le bras.

— Dans quelles circonstances ? Pourquoi ne respecterait-elle pas son serment ?

Il avait envisagé que ses hommes aient d'ores et déjà assassiné le frère de Gwendolen et qu'elle ne lui pardonne jamais sa traîtrise. Elle le mépriserait pour toujours et le maudirait de la pire façon.

Il n'y avait là rien de nouveau pour lui – il avait un jour trahi son ami le plus proche. Était-il destiné à toujours décevoir et repousser ceux qui comptaient le plus pour lui ? Il avait perdu l'estime de son père, qu'il ne pourrait jamais regagner. Il avait également perdu Duncan, alors que c'était lui qui avait fait preuve de la plus grande sagesse et de la plus grande humanité.

— Tu es obsédé par ton sentiment de culpabilité, déclara Raonaid, lisant en lui comme dans un livre. Tu crois que tu es responsable de ce qui va arriver, à cause de tout le mal que tu as fait.

— Est-ce le cas ? Que va-t-il se produire, à présent ?

Il était résolu à ne pas lui fournir d'information directe, car il n'avait pas besoin d'entendre ce qu'il savait déjà. Si elle était vraiment un oracle, elle lui prédirait autre chose.

— Tu dois oublier le passé, dit-elle, ou bien tu seras incapable de te concentrer sur ce qui est vraiment important.

— C'est-à-dire ?

Elle écarta grand les bras.

— Ces murs de pierre et de mortier.

Il laissa son regard monter le long d'un mur, puis traverser la voûte avant de redescendre sur le mur d'en face, et il se souvint alors des mots qu'avait prononcés Lachlan le jour de l'invasion : « Mais qu'est-ce que Kinloch sans les gens qui y vivent ? »

Angus plongea le regard dans les yeux d'un bleu glacial de Raonaid.

— Quel chef suis-je, à quoi puis-je servir, si les gens que je dirige me méprisent ? À quoi bon tout ce pouvoir si tout le monde veut me voir mort ?

— Au moins, tu auras accompli quelque chose, répondit-elle. Tu as repris ce formidable bastion. Tes talents de guerrier sont uniques. Tu restes invaincu au combat. Ton père serait fier de toi, Angus, et n'est-ce pas ce que tu as toujours voulu ? N'est-ce pas pour cette raison que tu es revenu à Kinloch ? Pour te racheter à ses yeux ?

— Mon père est mort, Raonaid, et il ne m'a pas banni parce que j'avais échoué au combat. Mon habileté à l'épée n'a jamais été remise en question. (Angus détourna les yeux vers la cour.) Au bout du compte, mes talents de guerrier ne signifiaient rien pour lui. Tout ce qu'il voyait, c'était mon manque de cœur, et c'est à cause de ça qu'il m'a renvoyé. Il avait honte de moi. J'étais son fils, et il ne pouvait même pas me regarder.

Il s'aperçut soudain combien son point de vue sur la vie et les gens qui l'entouraient avait changé, depuis les longs mois froids et solitaires qu'il avait passés dans les Hébrides. Seule son amertume comptait alors.

Et c'était aussi tout ce qui comptait pour Raonaid. C'était ce qui les avait rapprochés, la seule chose qu'ils partageaient vraiment : un mépris profond pour le monde.

Désormais, grâce à l'intimité inattendue qu'il avait trouvée au sein de son mariage, tout ce qu'il désirait, c'était la paix et la prospérité pour ceux qui s'étaient placés sous sa protection.

Cette nuit-là, rien ne put retenir Angus loin du lit de Gwendolen. Il avait passé la journée entière à passer en revue tous les chemins que pouvait prendre sa vie à la lumière de ses nouveaux sentiments. Tous, depuis sa propre mort jusqu'à la perte de l'affection que lui portait son épouse à cause de la mort de son frère.

Il avait toujours su ne tenir aucun compte de ses émotions. Il n'avait jamais été enclin à l'empathie ou à la compassion, il agissait comme il devait le faire pour survivre, sans regarder derrière lui ni regretter quoi que ce fût. Il tuait des hommes au combat. Il ne vivait que pour son devoir et par patriotisme.

Ce soir-là, pourtant, il ne se sentait pas sûr de lui. Il avait fait porter un panier de roses à Gwendolen alors qu'elle était encore en train de s'habiller pour le dîner. Le repas achevé, il revenait avec elle, sans trop savoir où ils en étaient. Avait-elle eu la vision de sa traîtrise dans ses rêves ? Savait-elle qu'il ne méritait pas sa bonté ?

Lorsqu'ils pénétrèrent dans sa chambre, il renvoya la femme de chambre, car il voulait l'aider lui-même à se déshabiller. Il lui retira chaque vêtement et chaque accessoire l'un après l'autre, et pendant tout ce temps, ses mains tremblèrent, d'excitation mais aussi de désarroi.

Ils finirent par se glisser sous les épaisses couvertures et, tandis qu'il déposait une série de baisers sur son ventre à la peau si douce agitée de frissons d'impatience, il se demanda comment il pouvait ressentir une si forte appréhension en un moment si excitant. Il pensait être là pour faire l'amour à sa femme et se perdre dans ses profondeurs de miel, mais peut-être cherchait-il simplement à oublier tout le reste. Leur avenir commun était pour le moins incertain.

Il se demandait si elle allait le trahir tout en embrassant ses épaules de soie et en jouissant de ses gémissements étouffés.

Allait-il, lui, la décevoir et perdre sa tendresse pour toujours, à cause de l'ordre cruel qu'il avait donné à Lachlan un mois plus tôt ?

Après de lents préliminaires, il la prit avec beaucoup de délicatesse, se délectant des expressions qu'arborait son visage à la lumière vacillante des chandelles. Elle avançait les hanches à la rencontre de chacune de ses profondes pénétrations. Leurs corps bougeaient à l'unisson dans une harmonie qu'il n'aurait jamais crue possible. C'était de la magie, exactement ce dont il avait envie. Il en avait besoin. Il aurait même donné sa vie pour ça.

Tout en allant et venant en elle avec vigueur, il finit par se convaincre que la joie irrépressible qu'il éprouvait n'était en fait qu'un château de cartes construit sur une table branlante qui allait bientôt s'écrouler.

Il se retint de jouir le plus longtemps possible, et quand son orgasme survint enfin, il fut dévastateur, comme celui de Gwendolen. Il sentit la puissance de leur passion dans la brûlure intense provoquée par les ongles qu'elle lui enfonça dans le dos.

— Je t'aime, murmura-t-elle, et il en eut un instant le souffle coupé.

— Moi aussi, je t'aime.

Dieux du ciel…

De sa vie, il n'avait jamais prononcé ces mots, mais ils lui avaient échappé avant qu'il eût pu s'arrêter pour réfléchir.

Quelque chose en lui bascula. Était-ce vrai ? Était-il seulement capable de comprendre une telle émotion ? Son instinct lui soufflait que oui, mais il n'était pas sûr de pouvoir le croire.

Plus tard, ils s'endormirent dans les bras l'un de l'autre, tranquilles et apaisés, jouissant de la chaleur du feu et du lourd parfum des roses.

Il ne s'était pas attendu à connaître un tel état de quiétude. Peut-être était-ce le résultat de l'épuisement ? Ou de l'abandon ? Ou autre chose encore ? Quoi que ce fût, il l'acceptait. Cette nuit-là, il ne se leva pas pour rejoindre la chapelle. Il dormit profondément de nombreuses heures, et rêva de bruyère en fleurs dans le vallon.

Des coups frappés à la porte le réveillèrent en sursaut. Il parvint à se redresser et à sortir du lit sans réveiller Gwendolen. Il s'enveloppa dans son tartan et traversa la chambre pour ouvrir.

— Je suis désolé de te déranger si tôt, chuchota Lachlan, mais nous avons eu des nouvelles de Murdoch MacEwen et j'ai pensé que tu voudrais en être informé sur-le-champ.

Angus sortit dans le couloir glacial qu'éclairait une torchère, et ferma la porte derrière lui.

— Alors ?

— L'un de nos espions vient d'arriver de Paris. Tu devrais écouter ce qu'il a à dire.

Angus baissa les yeux en se demandant s'il n'avait pas commis une terrible erreur en omettant de prier cette nuit-là, car Dieu semblait vouloir lui faire payer ses péchés sans plus attendre.

Il craignit le pire, il craignit de tout perdre, une fois encore.

Chapitre 22

Quelques heures plus tard, Angus attendait impatiemment l'arrivée de Gwendolen et de sa mère dans la chambre haute. À leur arrivée, il se leva de son fauteuil.

— Tu nous as envoyé chercher ?

Gwendolen regarda Angus, puis Lachlan, et enfin un troisième membre du clan MacDonald qu'elle ne pouvait pas reconnaître, car il avait quitté le château le lendemain de l'invasion.

Angus désigna deux sièges qui avaient été apportés spécialement pour cette réunion.

— Asseyez-vous, s'il vous plaît.

Lachlan resta debout à côté des fenêtres à meneaux et l'autre homme, Gerald MacDonald, se tint aux côtés d'Angus en attendant son tour de parler.

Angus se tourna vers Onora.

— J'ai reçu des nouvelles de votre fils, madame.

Il remarqua que Gwendolen joignait les mains devant elle, comme pour se préparer au pire. Onora, elle, semblait pleine d'espoir. Elle ne savait rien des rêves de Gwendolen. Celle-ci n'avait partagé ses prophéties avec personne d'autre que lui.

— Il y a des nouvelles ? (Onora esquissa un sourire prudent.) Je vous en prie, Angus… je vous conjure de nous les révéler sans délai. Cela fait trop longtemps que Murdoch est parti. Va-t-il enfin rentrer ?

Angus croisa le regard de Gwendolen, dont les yeux commençaient à s'humidifier et les phalanges à blanchir.

— Je suis profondément désolé, madame, déclara-t-il à Onora. Votre fils ne rentrera plus. Il est mort, il y a des semaines de ça, en France.

Gwendolen laissa tomber sa tête en avant.

Angus lança un regard à Lachlan par-dessus son épaule, et ce dernier mit un genou en terre devant Onora et prit ses mains dans les siennes.

— Ça n'est pas possible, dit-elle d'une voix tremblante. Comment l'avez-vous su ?

— Après avoir envahi Kinloch et constaté que nous n'avions pas combattu votre fils, expliqua Lachlan, il nous fallait savoir où il était et nous assurer qu'il ne reviendrait pas se venger. J'ai envoyé des hommes à sa recherche et Gerald… (Il fit un geste vers l'homme qui se tenait à ses côtés.) Gerald a trouvé Murdoch à Paris, il a pu lui parler.

Onora se leva et s'approcha de Gerald.

— Vous avez vu mon fils ?

— Oui, madame, mais il n'allait pas bien. On m'a autorisé à lui rendre visite dans sa chambre de malade, et il m'a demandé de vous dire qu'il était désolé de vous avoir abandonnées et que, s'il pouvait revenir en arrière, il n'aurait jamais quitté son Écosse bien-aimée. Il serait resté pour vous défendre contre les envahisseurs et aurait préféré mourir ici plutôt que d'être enterré si loin de chez lui.

Les larmes envahirent les yeux d'Onora.

— Savait-il qui vous étiez ? Savait-il ce qui s'est passé ici ?

— Oui. Je lui ai tout raconté.

Elle eut un geste de désespoir en montrant Gwendolen.

— Avez-vous dit à mon fils que sa sœur a été obligée d'épouser le chef des conquérants ?

Gerald tritura son tartan, gêné par l'émotion qui présidait aux questions d'Onora.

— Oui, je le lui ai dit aussi. Et je ne vous cacherai pas qu'il s'est inquiété pour sa sécurité.

Gwendolen se leva d'un coup.

— Bien sûr qu'il s'est inquiété. C'était mon frère et il connaissait le prix que j'attachais à ma vertu. Il n'aurait pas voulu quitter ce monde en pensant que j'avais été forcée à me marier, battue ou assujettie. Il m'aimait beaucoup. (Elle s'adressa directement à Gerald.) Lui avez-vous dit que cette union m'agréait ? Parce que je ne peux supporter de penser qu'il est mort en me croyant malheureuse. Si j'avais pu être là, je lui aurais dit que tout allait bien. Que les MacEwen sont entre de bonnes mains.

Encore ! pensa Angus. *Voilà de nouveau cette expression qu'elle utilise si libéralement, ce « Tout va bien ! »*

Était-ce vrai ? Est-ce qu'à présent que son frère était mort et qu'Angus n'en était finalement pas responsable, tout irait bien ? Cela signifiait-il qu'elle ne le trahirait jamais, contrairement à ce qu'avait prédit Raonaid ? Angus pourrait-il enfin vivre sans regarder par-dessus son épaule à tout instant ?

Il s'en voulut soudain d'avoir ces pensées égoïstes alors qu'il aurait dû ne penser qu'au chagrin de son épouse. On venait juste de lui apprendre la mort de son frère !

Angus alla à elle. Il aurait voulu la prendre dans ses bras – ça lui paraissait la chose à faire –, mais elle leva une main pour indiquer qu'elle n'avait pas l'intention de se mettre à sangloter ou de s'effondrer, en tout cas pas ici.

Onora, en revanche, se laissa glisser par terre, lâcha un sanglot déchirant, et pleura dans ses mains.

Lachlan s'agenouilla de nouveau et la serra contre lui, tandis que Gwendolen plongeait le regard dans celui d'Angus.

— Sors-moi d'ici, lui dit-elle. Emmène-moi hors des murs de Kinloch.

Il tendit la main et l'entraîna avec lui.

La pluie se mit à tomber peu après qu'ils eurent franchi le pont-levis pour galoper vers la forêt, mais Gwendolen ne voulut pas faire demi-tour.

Elle resserra son étreinte autour de la taille d'Angus, et il sollicita encore un peu plus sa monture, avant de la ramener au trot lorsqu'ils pénétrèrent dans la forêt, où les arbres les protégeaient de la pluie.

Lorsque, quelques minutes plus tard, ils sortirent des taillis au bord de la rivière, il sentit les gouttes froides cribler ses joues et se demanda s'il avait bien fait de choisir cette destination.

Ayant pris vers l'amont jusqu'à la cascade, Angus leva les yeux vers elle et comprit pourquoi il était venu aussi souvent par le passé, en particulier quand il était enfant, après la mort de sa mère. Il voulait noyer le son de ses pensées. Le bruit de l'eau se précipitant par-dessus les roches et plongeant dans le bassin agité était assourdissant, et le brouillard glacial qui émanait des eaux tumultueuses avait un effet anesthésiant.

Gwendolen sauta à bas du cheval et alla jusqu'à un éperon rocheux qui surplombait le bassin écumant. Angus attacha son cheval à une branche et la rejoignit. La force de la chute provoquait un souffle d'air qui faisait voler ses mèches noires et humides. Elle enleva sa capuche et inhala l'odeur de frais que renvoyaient l'eau et les pins qui entouraient le site.

— Je suis déjà venue ici, cria-t-elle au-dessus du vacarme. Murdoch m'a montré cet endroit peu de temps après que père a pris possession de ce territoire. Tu le savais ? C'est pour cette raison que tu l'as choisi ?

— Non. Je l'ai choisi parce que je venais souvent ici quand j'étais enfant, après la mort de ma mère. Cela fait des années que je ne suis pas venu. Je savais au fond de moi que j'y retournerais un jour.

Gwendolen leva les yeux vers le ciel gris auquel se mêlait la brume montante. Elle avait le visage mouillé et les lèvres brillantes d'humidité.

— Et nous voilà ici, à pleurer la perte d'un autre être aimé. Peut-être as-tu toi aussi des dons de voyance, Angus ? Peut-être en avons-nous tous ?

— Je n'ai pas de tels dons. (Il lui caressa la joue du dos des doigts.) Sinon, je t'aurais vue entrer dans ma vie. Et j'aurais espéré plus tôt en un bel avenir.

Elle le regarda d'un air mélancolique.

— Moi, je t'ai vu arriver dans ma vie. La nuit avant que tu n'envahisses le château, j'ai rêvé qu'un lion enfonçait la porte de ma chambre en grondant. Ensuite, il la mettait à sac devant mes yeux.

Angus se sentit froncer les sourcils.

— Tu ne m'as jamais raconté ça. Est-ce pour cela que tu me haïssais avant tant de force, et que tu avais peur que je te touche ?

— Non, je t'ai haï parce que tu étais mon ennemi et que tu avais tué des hommes de mon clan. Dans mon rêve, je parlais au lion avec douceur, et j'en venais très vite à l'aimer. C'est peut-être pour ça que j'ai mis tant d'énergie à te résister. Je ne voulais pas t'aimer.

Angus considéra les paillettes d'argent qui brillaient dans ses yeux marron.

— Alors, dans ton rêve, tu domptais le lion.

— Oui, et après ça, il devenait très doux. Mais cela ne m'empêchait pas de continuer à avoir peur de lui – c'était un lion, après tout.

Ce qu'Angus désirait plus que tout au monde, c'était éviter toute souffrance à Gwendolen. À cause de cela, il se sentait obligé de la dissuader de l'aimer, car il n'était pas sûr de pouvoir devenir l'homme qu'elle aurait voulu qu'il soit. Il essayait, mais il était sûr que la violence qu'il avait en lui ne céderait jamais complètement.

— Tu devrais continuer à craindre cette bête, dit-il. Les lions ont des dents pointues.

— Et un rugissement puissant.

Soudain, elle se retourna et se précipita dans les bras d'Angus, qui faillit perdre l'équilibre.

— Angus, mon frère est mort, et j'ai honte.

Il fronça les sourcils.

— Honte ? Pourquoi ?

Ce n'était pas elle qui avait ordonné sa mort, et si Murdoch n'avait pas été sur le point de mourir de maladie quand Gerald était arrivé à Paris, il serait probablement tout aussi mort à présent, mais d'un coup de couteau dans le ventre.

— J'ai maudit mon frère de ne pas être revenu plus tôt à Kinloch, expliqua-t-elle. Je l'ai maudit devant Dieu. Quel genre de sœur suis-je donc ? Et si tout cela était ma punition pour avoir eu de si noires pensées ?

Angus ne pouvait imaginer une chose pareille, que Dieu choisisse de punir Gwendolen ! Si quelqu'un méritait d'être puni, ce n'était pas elle.

— J'étais tellement en colère contre lui, poursuivit-elle, de ne pas être rentré à la mort de père ! Après ton invasion, je lui ai reproché la défaite des MacEwen.

J'ai prié pour que, d'une façon ou d'une autre, il sache ce qui s'était produit ce jour-là et qu'il souffre mille remords pour ses désirs égoïstes d'éducation et de culture, qui l'avaient entraîné au loin tandis que nous combattions pour défendre son héritage.

Angus l'embrassa sur le front et la serra contre lui.

— Ne t'en veux pas, ma belle. Tu avais de bonnes raisons d'être en colère contre lui. Tu t'es sentie abandonnée.

— Mais ce n'était pas sa faute, dit-elle. Il était malade et il n'était pas en mesure de rentrer chez lui, même s'il l'avait voulu.

— Tu n'en savais rien. Tu n'es pas responsable de sa mort. Tu n'as rien fait de mal.

— Alors pourquoi est-ce que je me sens si mal ?

— Parce que ton frère est mort. On n'échappe pas au chagrin.

Elle s'écarta de lui et plongea le regard dans ses yeux.

— Tu as dit que tu venais ici après la mort de ta mère. Tu ne m'as jamais parlé d'elle, sauf dans la chapelle, quand tu m'as dit que c'était une sainte.

— Oui. En tout cas, c'est comme ça que je me souviens d'elle.

— Quel âge avais-tu quand elle est morte ?

— Quatre ans.

Elle ne le quittait pas des yeux, attendant qu'il se livre un peu plus, mais il n'aimait pas parler de sa mère.

— Que lui est-il arrivé ? demanda-t-elle.

Il regarda la cascade. Son vacarme lui emplissait la tête, lui donnait le sentiment de ne pas exister. Mais il existait bel et bien. Il y avait du sang qui courait dans ses veines et des sentiments dans son cœur. Il ne pouvait pas y échapper. D'ailleurs, il ne le désirait plus.

— Je sais ce qu'est la culpabilité, dit-il en baissant les yeux vers elle, parce que ma mère a été tuée à Glencoe.

Glencoe... Glencoe, où des dizaines de membres du clan MacDonald avaient été massacrés parce que leur chef avait refusé de prêter allégeance à la Couronne d'Angleterre.

— Elle m'a fourré dans une malle pour me cacher à l'ennemi, expliqua-t-il, puis on est venu la chercher, on l'a emmenée dehors et on l'a fusillée dans la neige.

— Tu étais au massacre de Glencoe ? dit Gwendolen, l'air désolé. Je ne savais pas.

Il haussa les épaules.

— C'était il y a longtemps. Ma mère venait de là-bas.

Et pourtant, il se souvenait comme si c'était hier de la façon dont il était sorti de la malle et avait retrouvé le corps de sa mère, dont le sang tachait la neige.

— Je suis vraiment désolée, dit-elle.

Ils se turent un moment, debout sur les rochers, les yeux rivés sur l'eau qui se précipitait dans le bassin.

— C'est pour ça que tu as toujours été si courageux ? demanda-t-elle. Pour ça que tu as toujours été prêt à te sacrifier au combat ? À cause de ce qui est arrivé à ta mère ?

— J'imagine. Pendant longtemps, je n'ai vécu que pour tuer, et la plupart de ceux qui m'ont connu alors diraient probablement que j'étais mû par la vengeance. En particulier contre les Anglais.

Elle hocha la tête d'un air compréhensif, puis l'inclina sur le côté.

— L'as-tu dit à Raonaid ?

— Pourquoi cette question ?

— Parce qu'elle m'a dit que je ne te connaissais pas vraiment. Elle a laissé entendre qu'elle te connaissait mieux que moi. (Elle baissa les yeux.) Ça m'a attristée.

Angus s'assit sur le sol froid.

— Je ne lui ai pas dit. Elle l'a vu dans les pierres. C'est ce qui m'a convaincu qu'elle n'était pas qu'une sorcière folle, mais bien un véritable oracle. Toutefois, je n'ai pas choisi de me confier à elle sur ce sujet.

— Mais tu lui as bien confié des choses personnelles, reprit Gwendolen. J'aimerais que tu le fasses aussi avec moi.

— Je viens de le faire.

Un voile de mélancolie passa sur son visage et elle s'assit à côté de lui.

— Peut-être que tout ce dont nous avons besoin, c'est de temps pour mieux nous connaître. Il y a tant de choses que j'aimerais savoir sur toi, Angus.

Il se demanda s'ils auraient assez de temps. Était-ce jamais le cas ? La vie était fragile et imprévisible, et il ne parvenait pas à se sortir la prophétie de Raonaid de la tête.

Gwendolen posa une main sur son bras.

— Je ne veux pas qu'il y ait de secrets entre nous.

Il couvrit sa main de la sienne et réfléchit aux sentiments inattendus qu'il éprouvait pour elle, mais aussi à la nature de cet endroit. Il était venu là enfant, toujours seul, sans jamais trouver la paix et la plénitude qu'il désirait tant.

À présent pourtant, il les ressentait, avec Gwendolen à ses côtés, qui exprimait ses chagrins et ses regrets, ses jalousies ridicules.

Et elle portait son enfant. Cela changeait tout. Sa façon de voir le monde et la place qu'il y occupait comme guerrier, mais aussi comme être humain.

Toute sa vie, il s'était cru sans importance. Tout ce qu'il avait fait, c'était courir derrière une mort honorable, avec peut-être le plaisir d'entraîner quelques tuniques rouges avec lui dans les flammes de l'enfer. Tout était différent désormais.

— Je dois te faire un aveu, dit-il en serrant la petite main de Gwendolen dans sa grande paume.

— Je t'écoute.

Il resta silencieux quelques instants avant de reprendre.

— Tu ne dois pas te sentir coupable pour ton frère. Les pensées sont une chose, les actions en sont une autre. Cède-moi toute ta culpabilité. Je l'endosserai à ta place.

— Pourquoi ?

Sans la quitter des yeux, il se prépara à sa réaction.

— Parce que j'ai envoyé des hommes à la recherche de ton frère avec l'ordre de le tuer s'il ne me reconnaissait pas comme seigneur de Kinloch. (Il baissa les yeux.) Je n'en suis pas fier, parce que je voudrais ne plus jamais te voir souffrir, mais Kinloch est mon foyer. Je ne pouvais prendre le risque de le perdre de nouveau. (Il déglutit avec difficulté.) Tu vois, je ne vaux pas mieux que les officiers anglais qui ont ordonné le massacre de Glencoe. Je suis un homme brutal et sans pitié. Je suis comme le lion de ton rêve, et tu devrais te méfier de moi. Encore et toujours.

Elle retira sa main.

— Quand as-tu donné cet ordre ?

— La nuit qui a suivi la prise du château, répondit-il. Lors du banquet.

Elle avala sa salive.

— Pourquoi ne pas me l'avoir dit ? Tu m'as laissé espérer le retour de mon frère.

— J'espérais son retour moi aussi. S'il m'avait accepté comme seigneur, je l'aurais traité comme un frère. Mais sinon…

— Tu l'aurais fait exécuter.

— Oui.

Elle se leva et rejoignit le bord du promontoire rocheux, où elle resta un long moment en lui tournant le dos.

Il méritait sa haine. Il se demanda ce qui avait bien pu le pousser à confesser ses actes quand il venait d'apprendre qu'il n'était aucunement responsable de la mort de Murdoch. Au bout du compte, Dieu en avait voulu ainsi. Pourtant, cela n'avait pas empêché Angus d'accepter l'opprobre et le poids de sa rancune.

Gwendolen finit par lui faire face.

— Je ne crois pas qu'il t'aurait prêté allégeance. Je connaissais mon frère. Il était ambitieux, et il n'aurait pas accepté ton offre. Il serait venu avec une armée et il t'aurait tué si tu ne l'avais pas tué avant.

Angus garda le silence. Il attendit simplement qu'elle exprime tout ce qu'elle ressentait.

Elle revint vers lui et se rassit.

— Raonaid a insinué que si Murdoch revenait, je choisirais son camp plutôt que le tien, et que tu mourrais du fait de ma trahison. (Elle regarda ses mains, qu'elle avait posées sur ses genoux.) Je lui ai répondu que je ne serais jamais déloyale envers toi, mais je dois te faire un aveu. (Elle le regarda dans les yeux.) Je n'étais pas absolument certaine de mon engagement. J'avais des doutes, des doutes terribles. J'avais peur, si j'étais amenée à choisir, de faire tout ce qui était en mon pouvoir pour lui sauver la vie parce qu'il était ma chair et mon sang. Alors, je dois te pardonner pour l'ordre que tu as donné le jour où tu m'as revendiquée comme épouse. Tu as fait ce qu'aurait fait n'importe quel chef pour protéger son clan et son château. Et je te demande de faire de même pour toute trace de déloyauté qu'a pu abriter mon cœur avant ce jour, et ce même après la promesse de fidélité que je t'ai faite le jour de nos noces. (Elle lui prit la main.) Je ne peux ni te condamner, ni te haïr, Angus, et je crois que Dieu est intervenu pour éviter ce conflit entre nous. Mon frère est mort sans que tu sois en cause. Ni toi ni moi n'avons été forcés de faire un choix qui nous aurait poussés à rompre nos vœux nuptiaux. Je crois que toute trahison liée à mon frère vient de nous être définitivement évitée. Ç'a été la volonté de Dieu. Comme ç'a été la volonté de Dieu d'offrir à Kinloch un héritier en qui coulent à la fois le sang des MacDonald et celui des MacEwen.

Un sentiment étrangement puissant envahit le cœur d'Angus. Il tendit les bras et y attira Gwendolen. Tout ce qu'il voulait, c'était la serrer contre lui, la protéger, s'occuper d'elle… et célébrer le fait que leurs disputes soient désormais derrière eux. Il n'y avait plus de secrets. Elle connaissait tous ses péchés, et pourtant, elle était prête à les pardonner.

Tout comme lui.

Il lui prit le visage dans les mains et écarta ses cheveux de ses yeux.

— Je suis désolé pour la perte que tu viens de subir. Je sais que tu aimais ton frère et que tu pensais qu'il deviendrait un jour ton protecteur. J'aurais préféré lui donner des terres et l'accueillir en frère.

Elle hocha la tête et se rassit en essuyant une larme.

— Merci. Il y a une dernière chose que je dois te demander, Angus. Une faveur. (Elle déglutit et reprit d'une voix ferme.) Renvoie Raonaid, s'il te plaît.

Il laissa retomber ses mains et se rassit à son tour.

— Je sais bien que tu apprécies ses dons d'oracle, mais il est clair qu'elle s'est trompée sur notre avenir, car je n'ai plus aucune raison de te trahir. Nous n'avons pas besoin d'elle, et je ne veux pas d'elle ici. Elle a été ta maîtresse. Tu dois me comprendre. Elle ne fera que nous éloigner l'un de l'autre. Je pense qu'elle te veut pour elle et compte saboter notre union.

— Elle ne veut rien de tel, répliqua-t-il. Raonaid n'est pas sentimentale. Elle n'aime personne. Tu te fais des idées.

Ce n'était pas ce qu'il aurait fallu dire. Il le comprit en voyant la couleur lui monter aux joues.

— Si tu le crois vraiment, alors tu es aveugle, insista-t-elle d'un ton plein de provocation.

Il se souvint tout à coup de ce premier jour, quand elle avait défié son autorité dans la grand-salle et qu'il l'avait fait enfermer dans sa chambre. Était-il prêt à la traiter de la même façon, à présent ? Après tout ce qu'ils avaient traversé ensemble ?

Non, bien sûr. Mais avait-elle raison à propos de Raonaid ? Son ancienne maîtresse voulait-elle qu'il lui revienne ? Et cela avait-il la moindre importance, en fin de compte ?

— Je lui parlerai, finit-il par dire. Et je la renverrai, si ça te fait plaisir.

Gwendolen regarda la cascade.

— Oui, ça me fait plaisir. Est-ce qu'on peut rentrer, maintenant ?

Il se leva et lui offrit sa main, mais elle garda les yeux baissés, même quand il l'aida à remonter à cheval.

Chapitre 23

Angus trouva Raonaid dans la taverne du village, où elle semblait jouer les hôtesses, assise au bout d'une des longues tables de bois. L'air était empli des rires et du bruit des plats et des chopes d'étain. Quelques membres des clans MacDonald et MacEwen étaient installés autour d'elle, chantant et trinquant.

Angus longea la table et vint poser la main sur l'épaule d'un des convives.

— Si vous voulez bien excuser cette interruption, je dois vous emprunter cette jeune femme quelques instants.

— Si vous comptez vous faire dire la bonne aventure, chef, vous avez intérêt à avoir quelques pièces dans votre sporran ! Elle est dure en affaires, celle-là !

Les autres rirent de bon cœur.

— Je connais déjà mon avenir, répondit Angus en tendant la main à Raonaid.

Elle la regarda avec suspicion, mais le laissa finalement l'escorter jusqu'à la porte.

Dehors, la pluie avait cessé, les nuages s'en étaient allés et le soleil brillait. Raonaid leva une main pour se protéger les yeux.

— Quelle heure est-il ? demanda-t-elle.

L'odeur de whisky de son haleine vint titiller les narines d'Angus. Pourtant, on ne voyait chez elle aucun signe d'ivresse, car elle tenait l'alcool aussi bien que n'importe quel guerrier highlander.

— As-tu passé toute ta journée là-dedans, Raonaid ?

Elle tourna ses yeux bleus perçants vers lui et, quand elle parla, ce fut d'une voix pleine de tristesse.

— Est-ce que ça a vraiment de l'importance pour toi ?

Il la considéra longuement et se souvint d'un temps où ils avaient éprouvé plaisir et réconfort dans les bras l'un de l'autre. Elle l'avait aidé à traverser un passage difficile de son existence et lui, en retour, avait été son ami alors qu'elle n'en avait pas d'autre.

Mais cela ne les avait pas empêchés de s'affronter très souvent. À la fin de la plupart de leurs disputes, Raonaid cassait quelque chose.

— Laisse-moi t'aider à t'installer, dit-il en rejoignant son cheval et en prenant les rênes en main.

— Je n'ai pas besoin de ton aide.

Angus n'était pas d'humeur à se quereller et attendit qu'elle se mette seule en selle avant de sauter en croupe derrière elle. Ensemble, ils trottèrent vers la rivière.

La distance à parcourir étant courte, Angus fut surpris quand elle mit la tête en arrière et s'endormit sur son épaule.

Il fit bien attention à garder le plus possible sa monture sur de la terre meuble. Ils étaient heureusement les seuls à emprunter la piste cavalière qui menait à la forêt, où, tout en profitant du parfum des pins, il réfléchit à ce qu'il allait dire à Raonaid et à la manière dont il allait le faire.

Lorsqu'ils atteignirent la rivière, dont le lit profond et paisible traversait une clairière tranquille, il conduisit son cheval hors des arbres et la secoua doucement pour la réveiller.

Désorientée, elle se retourna légèrement sur la selle.

— Combien de temps est-ce que j'ai dormi ?

— Pas longtemps.

Angus descendit de cheval et accrocha la bride à une branche avant de tendre les bras à Raonaid pour l'aider à descendre.

Cette fois, elle accepta son aide et posa les mains sur ses épaules avant de glisser de la selle avec grâce en laissant échapper un bâillement.

— Toujours aussi galant et aussi fort, murmura-t-elle avec un sourire appréciateur en faisant courir ses mains sur la poitrine d'Angus.

Il lui saisit immédiatement les poignets et la repoussa.

Elle le considéra d'un air interrogateur, comme si elle estimait ses vrais désirs et la force de sa dévotion envers son épouse. Enfin, elle recula et se tourna vers la rivière.

— Qu'est-ce que je fais là ? demanda-t-elle.

— C'est toi l'oracle, répondit-il. Tu n'as rien vu venir ?

— Vu quoi ? répliqua-t-elle par-dessus son épaule. Que tu veux que je m'en aille ? Parce que ta jolie épouse MacEwen n'approuve pas ma présence en ces lieux ? A-t-elle peur que je t'attire de nouveau dans mon lit ?

Il fronça tes sourcils.

— Est-ce ce que tu veux, Raonaid ?

Elle s'agenouilla, ramassa une pierre, et la lança dans l'eau.

— Je n'ai pas encore décidé.

Il fouilla lui aussi les pierres pour en trouver une plate, la ramassa et la lui tendit. Elle l'inspecta soigneusement, puis lança son bras en arrière et la jeta vers l'amont.

Angus la regarda reprendre sa recherche. Il était temps de parler.

— Tu ne peux pas rester ici, Raonaid.

Elle pivota vers lui et cracha :

— Après tout le chemin que j'ai fait pour tenir ma promesse ? C'est tout ce que tu trouves à me dire ?

Elle le regarda comme une chatte en colère, fit demi-tour et entra dans l'eau. Inquiet, il fit un pas en avant pour la suivre, car on ne savait jamais à quoi s'attendre avec Raonaid. Elle était colérique et instable. Il n'aurait pas été plus étonné que ça de la voir tenter de se noyer sur-le-champ.

Mais elle se contenta de s'envoyer de l'eau sur le visage avant de ressortir.

Elle s'assit sur la rive herbeuse.

— Pourquoi ne viens-tu pas t'allonger ici avec moi ? demanda-t-elle en tapotant le sol à côté d'elle. Il n'y a personne pour nous voir. Tu pourrais te glisser sous mes jupes si tu en avais envie, ou je pourrais te faire avec ma langue ce que tu aimes tellement… Quelques minutes avec moi suffiraient à te faire voir les choses plus clairement, ajouta-t-elle comme il ne répondait pas.

Il resta debout derrière elle, le regard rivé sur sa nuque.

— Comment ça ?

— Si tu faisais l'effort de te rappeler comment c'était aux Hébrides, tu pourrais te débarrasser de cette idée idiote que ta femme est ton unique, ton seul amour. C'est bien ce que tu penses, non ? Et quand tu te retrouves au lit avec elle, tu te dis que tu es son unique amour aussi, et que tu le seras toujours ?

Il sentit sa poitrine se serrer de colère et il gronda :

— C'est mon épouse dont tu parles, Raonaid. Fais attention à ce que tu dis.

Elle eut un sourire sournois.

— J'ai tant de choses intéressantes à dire. Je maintiens qu'elle te trahira. Quand son frère reviendra, c'est lui qu'elle soutiendra, pas toi, et tu mourras. Les MacEwen reprendront le pouvoir et quand tu brûleras en enfer, la corde au cou, tu regretteras de ne pas m'avoir écoutée.

Angus posa la main sur la garde de son épée et regarda l'eau étincelante de la rivière couler lentement. Au bout d'un moment, il se calma et vint s'asseoir près d'elle dans l'herbe.

— Tu crois vraiment que son frère va revenir et qu'elle l'aidera à reprendre le pouvoir ?

— Je sais qu'elle va le faire, répondit-elle, l'air sûr d'elle. C'est pourquoi tu ne devrais pas me renvoyer. S'il y a quelqu'un à bannir, c'est l'épouse que tu as prise de force et qui n'a jamais voulu de toi. Tu étais son ennemi, Angus. Elle a désiré ta mort dès que tu as enfoncé les portes du château.

Il se pencha en avant et la regarda intensément. Les mèches folles de ses cheveux pendaient en boucles gracieuses autour de son visage, mais rien ne pouvait adoucir l'expression intelligente, déterminée et vengeresse de ses yeux.

— Pourquoi ne m'avoir rien dit sur Gwendolen quand tu as vu mon triomphe dans les pierres pour la première fois ? demanda-t-il. Tu as vu tout le reste : la mort de mon père, l'arrivée de Lachlan et l'armée de fidèles qu'il m'aiderait à lever. Tu as décrit la bataille en détail, et même le banquet qui allait fêter mon retour. Mais tu n'as rien dit de Gwendolen.

Raonaid secoua la tête, comme si elle-même ne comprenait pas bien pourquoi.

— Elle n'était pas là. C'était comme si elle n'existait pas.

Un merle s'envola soudain de la cime d'un arbre et ils levèrent tous deux les yeux, surpris. Puis Raonaid se rapprocha d'Angus, glissa une main sous son kilt, remonta le long de sa cuisse et s'apprêtait à entrer en territoire interdit quand il lui saisit le poignet.

— C'est désormais chasse gardée, Raonaid. Il n'y a plus qu'une femme qui ait le droit d'aller là dessous.

Elle plissa les yeux de frustration.

— Si tu crois que tu seras plus heureux avec elle que tu l'as été avec moi, tu es un idiot. Tu n'aurais jamais dû revenir ici. Tu aurais dû laisser Kinloch se débrouiller sans toi.

— Et rester avec toi à la place ?

— Oui.

Il perçut la tristesse et la solitude que trahissait son expression et ne put se résoudre à se montrer dur envers elle, même s'il savait désormais qu'elle n'était pas celle qu'il s'était imaginée. Elle ne le connaissait pas aussi bien qu'elle le croyait. Et elle ne voyait pas tout.

— Murdoch est mort, déclara-t-il. Il ne reviendra pas réclamer Kinloch.

Raonaid se redressa et le regarda en fronçant les sourcils.

— Qui t'a dit ça ? Ta femme ? Elle essaie de détourner ton attention pour que tu me renvoies. Elle a peur que tu refasses de moi ta maîtresse.

— C'est moi qui le lui ai annoncé.

Raonaid grimaça.

— Et tu crois que c'est vrai ?

— Bien sûr que je le crois. C'est un homme à moi, un MacDonald qui a toute ma confiance, qui a vu Murdoch sur son lit de mort, en France.

Raonaid se leva et alla jusqu'à la rive.

— Ta femme brouille mes visions ! dit-elle. Elle me fait douter de ce que je vois !

Angus se leva à son tour et dit d'une voix ferme :

— C'est parce que l'avenir change en permanence. Toutes nos actions influent sur la minute qui suit. Ce qu'il y avait dans les pierres quand j'ai quitté Calanais n'existe plus. Gwendolen me méprisait quand j'ai envahi Kinloch, mais ses sentiments ont évolué. Ses actions ne peuvent plus correspondre avec ce que tu as vu dans les pierres il y a des semaines.

Il se rendit soudain compte que cette tirade lui avait échappé avant même qu'il ait pris le temps de se demander si ce qu'il allait dire était vrai. Mais c'était fait.

Raonaid le considérait avec un regard furieux. Elle était choquée et, d'une certaine façon, outragée qu'il ait pu mettre son don en doute. C'était la seule chose qui la distinguait du commun des mortels et qui lui évitait d'avoir affaire à eux. Il lui donnait une bonne raison de vivre seule.

Il s'approcha d'elle.

— Tu peux changer ton propre avenir, toi aussi, dit-il.

Mais elle n'avait pas l'intention de l'écouter. Elle eut un rictus ironique.

— Si tu me renvoies, c'est parce qu'elle t'a demandé de le faire. Elle est jalouse de moi. Elle a peur de moi.

— C'est le cas de la plupart des gens, répliqua-t-il, et je peux difficilement les en blâmer. (Il se détourna d'elle.) Je vais te ramener au château et te donner des provisions et assez d'argent pour que tu puisses aller où tu voudras. Mais tu dois partir demain matin, Raonaid, pour ne jamais revenir.

— Très bientôt, lança-t-elle d'une voix rageuse, tu regretteras de ne pas m'avoir gardée.

Angus alla jusqu'à son cheval.

— Il faut rentrer.

— Attends ! (Raonaid le rejoignit.) Je t'en prie, ne me bannis pas, dit-elle d'une voix radoucie. Laisse-moi demeurer au village. Tu pourras venir me voir en secret quand tu le voudras. J'utiliserai les os et les potions de mon panier pour lire ton avenir, et tu pourras m'utiliser au lit comme tu le voudras.

— Je ne veux pas t'utiliser ! réagit-il. Tu mérites mieux que ça.

Le désarroi se lut dans ses yeux et elle s'écarta d'Angus.

— Souviens-toi de ce que je te dis : ta bonne femme va te poignarder dans ton sommeil.

Il détacha sa monture.

— Tu te trompes, et c'est pour cette raison que je veux que tu t'en ailles. Je ne te laisserai pas m'empoisonner l'esprit avec tes remarques méchantes et tes mensonges. (Il lui fit face.) Maintenant, à cheval, Raonaid. Nous rentrons. Tu pars demain matin.

Elle lui jeta un regard brûlant de malveillance.

— Tu peux toujours faire semblant d'être sûr de toi et de l'affection de ton épouse, mais moi, je vois la peur dans tes yeux.

— Tu ne vois rien.

En l'aidant à se mettre en selle, il sentit la colère lui brûler les joues.

Un instant plus tard, ils galopaient à travers bois vers Kinloch, tandis qu'Angus s'efforçait de bannir de son esprit les prémonitions vénéneuses de Raonaid.

Le matin suivant, alors que Raonaid devait quitter le château, Lachlan se posta devant les portes ouvertes pour s'assurer qu'elle s'en aille sans provoquer d'incident.

— Cette salope de MacEwen va le trahir, déclara Raonaid en accrochant son panier d'os et de potions à l'épaule avant de monter sur le cheval qu'on lui avait donné. Et ce jour-là, tu regretteras de ne pas m'avoir gardée ici.

Lachlan l'accompagna sur le pont-levis.

— Je serais très étonné d'avoir jamais ce genre de regrets.

— Tu aurais pu m'avoir pour toi, tu sais, si tu avais été malin. Au lieu de ça, tu l'as dressé contre moi. C'est toi que je tiens responsable de ce qui arrive, Lachlan MacDonald. C'est toi qui l'as éloigné de moi, et c'est de ta faute si je suis bannie. Je sais ce que tu lui as dit de moi. Tu m'as traitée de folle.

Il la conduisit par la bride au-delà du pont-levis et donna une claque sur la croupe du cheval, l'envoyant galoper à travers les prés.

— Bon voyage, et tâche de ne pas te jeter d'une falaise !

Elle arrêta sa monture et le regarda entrer dans la cour. Puis il donna le signal de la fermeture des portes.

— Il sera bientôt mort ! cria-t-elle. Et quand ça arrivera, ce sera entièrement ta faute ! Je te maudirai pour ça ! Je te retrouverai n'importe où et je te ferai regretter le jour où tu as posé le pied sur mon île !

Elle fit faire volte-face à son cheval et partit au galop vers la forêt.

Lachlan la regarda jusqu'à ce que les portes fussent complètement fermées.

— Je ne regrette pas de la voir partir, celle-là, dit la jeune sentinelle qui barrait les portes. Elle était ravissante, aucun doute là-dessus – je n'avais jamais vu une poitrine pareille –, mais il y avait quelque chose de mauvais en elle. Cette beauté me donnait la chair de poule.

— Je mentirais en disant que je ne suis pas d'accord avec toi, répondit Lachlan. Je n'ai pas dormi un instant depuis son arrivée. Enfin, elle est partie, maintenant, c'est tout ce qui compte.

Il se détourna et repartit vers la grand-salle. L'inquiétude se lisait sur son visage.

Chapitre 24

Ce soir-là, Angus frappa doucement à la porte de Gwendolen, puis entra. Un bon feu brûlait dans la cheminée, et le lit était défait comme si elle venait juste de faire un somme. Elle avait les yeux rouges et gonflés.

— Tu pleures la mort de ton frère, devina-t-il.

— Oui.

Elle alla jusqu'à la table près du feu et lui offrit du raisin. Il en prit une grappe, puis se mit à aller et venir dans la pièce en le mangeant tandis qu'elle lui servait un verre de vin.

Il le porta à ses lèvres. C'était un superbe vin au corps généreux et aux multiples saveurs épicées, parmi lesquelles il reconnut celles de la cannelle et de la cerise.

— Il est excellent. Tu n'en prends pas ?

Elle se moucha et secoua la tête.

— Je bois du thé au gingembre, désormais. Mère m'a dit que le vin empire les nausées matinales. Et cette bouteille t'est spécialement destinée.

Il regarda la bouteille sur la table.

— Pourquoi ?

— Elle appartenait à ton père. D'après un de ses domestiques, il disait que c'était le meilleur vin qu'il ait jamais bu, et je me suis dit que l'occasion convenait bien. Nous n'avons pas encore fêté ma grossesse.

Angus était heureux de célébrer cet événement, même s'il ne savait rien de ce vin que son père avait tant aimé. Il souffrirait toujours du fossé qui s'était creusé entre eux et ne pourrait jamais se refermer.

Gwendolen alla à la fenêtre et admira le coucher de soleil.

— Quand mon père a pris Kinloch au tien, expliqua-t-elle, il a gardé cette bouteille comme trophée. Il avait l'intention de la boire au retour de Murdoch, mais vu les récents événements… (Elle se tut et lui fit face.) À toi d'en profiter, maintenant. Kinloch est tien. Il n'y a plus personne qui oserait défier ton pouvoir sur ce château et ses terres. Et le trophée, désormais, c'est notre premier enfant.

Voyant une larme couler sur sa joue, il s'approcha d'elle et l'essuya.

— Ce n'est jamais facile d'enterrer un frère, dit-il.

— Le pire, expliqua-t-elle, c'est peut-être justement que je n'ai même pas eu la possibilité de lui faire mes adieux.

Angus lui prit le visage dans les mains.

— Je comprends ton chagrin. Moi, je n'ai pas pu dire au revoir à mon père.

Il lui laissa un instant de recueillement, puis lui posa une main sur l'épaule et reprit à voix basse :

— Personne ne pourra jamais remplacer ni Murdoch ni ton père, mais je ferai tout ce qui est en mon pouvoir pour vous protéger, toi et nos futurs enfants. Je serai un bon mari, je te le promets. Tu ne seras jamais seule.

La lumière orangée qui s'étalait à l'horizon illuminait le visage de Gwendolen à la fenêtre.

— Tout ce que je veux désormais, c'est vivre ici en paix, dit-elle. Je veux laisser derrière nous toutes ces morts et tous ces conflits. Raonaid est partie, et j'en suis heureuse. Même si je porte le deuil de mon frère, je n'en ressens pas moins de la joie à l'idée que nous allons être heureux ensemble. L'avenir est à nous. (Elle posa une main sur son ventre.) Je vais donner naissance à ton enfant.

Angus avait du mal à réfléchir tellement il se sentait envahi par l'émotion. Qu'elle était belle et délicieuse… et elle était sienne. Jamais, dans toute son existence, il n'avait éprouvé un tel désir et une telle affection. Il aurait fait n'importe quoi pour elle. Il aurait traversé les flammes de l'enfer. Il aurait sacrifié tout ce qu'il possédait, tout ce qu'il était.

Il ne regrettait pas une seconde d'avoir banni Raonaid de Kinloch. Ç'avait été la chose à faire.

— À ton frère et à ton père, déclara-t-il en levant son verre de vin avant d'en boire une généreuse gorgée. C'étaient tous deux de braves Écossais dignes de respect.

Il posa le verre et embrassa délicatement les lèvres de Gwendolen. Elle se pelotonna contre lui, l'enveloppant de sa tendresse débordante.

— Viens au lit, demanda-t-elle. Fais-moi l'amour. Je veux te sentir en moi.

Il s'écarta légèrement.

— Tu es sûre, ma belle ? Tu as perdu ton frère, aujourd'hui. Si tu préfères que je m'allonge à tes côtés et que je te prenne dans mes bras…

Elle secoua la tête et commença à lui enlever ses armes.

— Non, je veux qu'on fasse l'amour. Je veux me sentir vivante et reconnaissante pour les merveilleux cadeaux qui sont encore les miens.

Elle retira le pistolet qu'il portait à la taille et le posa sur la banquette de fenêtre, puis dégrafa lentement sa ceinture d'épée et la posa au même endroit avec la lourde claymore.

Ensuite, elle lui ôta son tartan et son kilt, qu'elle jeta de côté, et il retira lui-même sa chemise.

Nu devant elle, à la lueur dorée du crépuscule, il percevait les battements de son cœur et sentait son corps s'animer d'un désir à la fois plein de tendresse et d'exigence. Tout ce qu'il voulait, c'était la soulager de son chagrin, lui assurer qu'elle était aimée et révérée et que, tant qu'il vivrait, il serait son rempart face à l'adversité. Il parviendrait à la rendre heureuse. Il la réconforterait et la satisferait.

Oh oui, elle était aimée.

Il l'aimait !

Cette prise de conscience lui coupa le souffle alors que Gwendolen se blottissait dans ses bras. Il enfonça le visage dans son cou, frustré de ne pas pouvoir s'approcher d'elle encore plus. Tout ce qu'il désirait, c'était la tenir ainsi pour toujours. Et quand toujours approcherait de son terme, grâce à elle, le paradis serait peut-être envisageable.

Elle l'amena jusqu'au lit et se déshabilla tandis qu'il la regardait faire, l'aidant quand c'était nécessaire. Puis ils se glissèrent ensemble dans le lit.

Les tétons de Gwendolen durcirent immédiatement sous sa caresse et elle gémit quand il les prit en bouche l'un après l'autre, la douceur le disputant à la faim dévorante. Elle lui enserra les hanches de ses jambes et accorda ses mouvements aux siens.

Lorsque enfin il la pénétra, ses défenses cédèrent ; rien n'aurait pu l'empêcher de lui ouvrir son cœur. Il lui fit l'amour avec une passion sans limites, et accueillit sans retenue le flux d'émotions qui l'envahit lorsqu'il jouit.

Quand Gwendolen, empoignant ses épaules, cria sous l'effet de son orgasme, il ne put lutter plus longtemps. Il n'y avait rien à gagner à résister à ses sentiments. Enfin, il savait ce qu'était l'amour et, à présent qu'il l'avait trouvé, il n'avait pas l'intention de le laisser s'échapper.

Onora sortit en reculant de la grand-salle en faisant signe du doigt à Lachlan de la suivre.

— Venez par là, ronronna-t-elle en le regardant poser sa chope de bière et s'approcher d'elle l'air amusé.

— Je n'ai plus envie de danser, dit-elle. Je veux aller me promener et je meurs d'envie de goûter une de ces tartes aux framboises qui attendent à la cuisine.

— Alors ça, c'est extraordinaire, répliqua-t-il avec un grand sourire. J'ai exactement la même envie. Vous n'ignorez pas, n'est-ce pas, que c'est un MacDonald qui dirige la cuisine, et pas un MacEwen ?

— Ce qui veut dire, monsieur ?

— Ce qui veut dire que vous devez vous incliner devant notre supériorité en tout ce qui concerne la pâtisserie.

Onora gloussa et s'engagea dans le couloir chichement éclairé.

— Très bien. Je me mettrai à genoux si ça vous fait plaisir, et vous serai éternellement reconnaissante de m'avoir accompagnée.

— Pourquoi donc ?

Elle lui fit face d'une pirouette.

— Parce que je ne supporte pas les couloirs du château la nuit. C'est de notoriété publique. J'ai peur du noir.

— Vous pourriez toujours allumer une chandelle.

Elle lui envoya une bourrade enjouée dans les côtes.

— Je n'accepte pas cette insolence de votre part, monsieur. Pas quand j'ai absolument besoin de quelque chose de délicieux en bouche. (Elle s'arrêta et porta une main à son oreille.) Ces tartes crient mon nom, et je crois bien qu'elles crient aussi le vôtre.

Lachlan rit et Onora rougit de plaisir. C'était vraiment le plus bel homme qu'elle ait jamais connu. Un éclair de douleur sauvage la traversa soudain.

— D'accord, dit-il. Je viens avec vous, mais vous devez promettre de me relâcher tout de suite après. Je suis fatigué d'avoir tant dansé et chanté, et j'ai de lourdes responsabilités. Mon repos m'est indispensable.

Elle fila devant, trottinant dans le couloir comme une enfant.

— Oui, oui, je comprends. Je vous promets de vous laisser dormir quand nous en aurons fini. Maintenant, dépêchez-vous, j'ai mal au ventre de désir.

— Je suis juste derrière vous.

Mais il ne put en dire plus car il reçut un coup de gourdin derrière la tête. Il s'affala au sol et Onora s'arrêta. Toute joie l'avait quittée.

En se retournant, elle vit le deuxième coup porté à Lachlan, puis se précipita pour retenir le bras qui frappait.

— Non ! Tu m'as promis de le laisser vivre !

Slevyn MacEwen laissa retomber le gourdin le long de son corps et passa un avant-bras massif sur son crâne rasé. C'était un homme immense. On aurait dit un bœuf. Il en avait d'ailleurs l'intellect. Il lui manquait deux dents de devant, qu'il avait perdues lors d'un pugilat quand il était enfant, et une cicatrice en zigzag s'étendait de son oreille gauche au coin de sa bouche. Il se l'était faite lui-même, alors qu'il se rasait : il avait utilisé le rasoir pour désigner un nuage qui avait une forme de bateau. Seulement, il avait voulu aller trop vite.

— Je ne sais pas trop quelle différence ça peut faire, lady MacEwen, dit-il stupidement. De toute façon, après ça, il ne vous portera pas dans son cœur.

— Je ne veux pas qu'il meure, c'est tout.

Slevyn haussa les épaules, puis considéra Lachlan, inconscient au sol, à la lumière vacillante des torches. Il inclina sa grosse tête sur le côté.

— Il est mignon, hein ?

Onora le regarda avec une moue de dégoût.

— Tu ne mérites même pas de poser les yeux sur lui. (Puis elle se boucha le nez avec la main.) Et tu pues ! D'où sors-tu, Slevyn ?

— J'ai remonté l'égout pour éviter les sentinelles.

Il ricana, puis se pencha pour soulever Lachlan, qu'il balança sur son épaule comme un sac de blé.

— Allons-y, lady MacEwen, avant que quelqu'un d'autre n'arrive et qu'il faille l'assommer aussi.

Onora le suivit dans l'escalier.

— Tu n'es qu'un animal révoltant.

— Oui, mais ça m'a bien servi jusqu'ici. C'est pour ça que votre fils me garde près de lui. Venez, maintenant. Slevyn a faim. Je vous ai entendu parler de tartes à la framboise. Est-ce que vous mentiez ?

— Non, répliqua-t-elle, là-dessus, au moins, je disais la vérité.

Elle le suivit dans l'escalier en posant une main sur son estomac noué par le remords.

Réveillée par un coup discret frappé à sa porte, Gwendolen se redressa dans son lit et mit une main sur son ventre. Boire du thé au gingembre ne semblait pas vraiment probant. Le soleil n'était pas encore levé, mais les nausées matinales, elles, avaient déjà commencé.

Elle regarda Angus, qui dormait à ses côtés. Elle ne voulait pas vomir, mais elle n'était pas sûre d'avoir le choix. Elle se pencha au bord du lit pour voir si le pot de chambre était à portée de main.

On frappa de nouveau. Elle entendit la voix de sa mère.

— Tu es réveillée ?

Grognant sous l'effet de la nausée, elle se leva, mit sa chemise et ouvrit la porte.

— Qu'est-ce que voulez, mère, au beau milieu de la nuit ?

— Je suis désolée de te déranger. (Onora se mit sur la pointe des pieds pour regarder par-dessus l'épaule de Gwendolen.) Est-ce qu'Angus est avec toi ? Il dort ?

— Oui, répondit Gwendolen. Qu'y a-t-il ?

Onora jeta un regard anxieux le long du couloir.

— Il s'est passé quelque chose, murmura-t-elle. Ça concerne Murdoch. On a des nouvelles de lui.

— Quel genre de nouvelles ? demanda Gwendolen.

Onora hésita, puis se redressa.

— Je ne sais pas comment te dire ça, mais il est vivant. Ton mari nous a menti.

Un instant, le choc fit oublier sa nausée à Gwendolen. Elle en perdit presque la voix.

— Pourquoi aurait-il fait une chose pareille ? demanda-t-elle, incrédule.

— Chut, tu vas le réveiller. Viens avec moi, je vais tout t'expliquer.

Elle fit mine de s'en aller, mais Gwendolen ne la suivit pas.

— Non, mère. Je ne veux pas venir avec vous. Je veux demander à mon mari de quoi il retourne.

Elle pivota pour retourner dans la chambre.

Onora l'attrapa par la manche.

— Attends ! Laisse-moi d'abord t'expliquer. Nous ne savons pas en qui nous pouvons avoir confiance.

— Nous pouvons avoir confiance en mon mari, affirma Gwendolen.

Sa mère secoua la tête.

— Non, nous ne le pouvons pas.

Chapitre 25

Onora amena Gwendolen à la chambre haute. Gwendolen s'arrêta brusquement sur le seuil, comme si un fantôme venait de lui apparaître.

Son frère !

De retour de chez les morts.

Murdoch !

Elle se précipita à travers la pièce, directement dans ses bras. Il était là, le frère qui lui avait appris à monter à cheval, à tirer au mousquet et à jouer au shinty avec les garçons. Il n'était pas mort, il était là !

— Tu es vivant !

Elle enfonça son visage dans son cou, tout en tremblant d'émerveillement et de soulagement. Elle avait tant espéré ce retour, des mois durant.

— Oui, ma belle, ma chérie. (Il la serrait contre lui.) Je suis si désolé de ne pas être revenu quand tu avais besoin de moi. J'ai entendu dire que ç'avait été difficile.

Elle s'écarta et posa une main sur sa joue tout en le regardant dans les yeux et en observant ce qui avait changé chez lui. Ses cheveux bruns raides étaient coupés courts, et sa peau était tannée par le soleil. Cela faisait presque un an qu'elle ne l'avait pas vu.

Il y avait au coin de ses yeux des petites rides qui n'existaient pas avant, mais il était toujours aussi beau. Peut-être même plus encore.

— Ç'a été difficile au début, répondit-elle, mais ça va mieux, maintenant.

Murdoch jeta un regard un peu inquiet à Onora, qui haussa les sourcils, l'air de dire : « Je te l'avais bien dit. » Puis il traversa la pièce et leur tourna le dos.

Gwendolen sut tout de suite que quelque chose clochait. Les MacEwen et les MacDonald étaient ennemis, et Murdoch n'avait pas assisté aux multiples petites alliances qui s'étaient formées entre eux au cours du mois. Il ne savait rien du tempérament et de la puissance avec lesquelles Angus dirigeait Kinloch. Il ne pouvait comprendre l'historique des droits de son mari sur le château et ses terres, pas plus qu'il ne savait que Gwendolen était heureuse, et amoureuse. Pour Murdoch, Angus était leur ennemi et leur clan avait été conquis et soumis. Quant à sa sœur, elle avait été contrainte à une union dont elle ne voulait pas.

— Je suis enceinte, lâcha-t-elle, espérant désespérément que son frère admettrait son bonheur et écouterait son récit des événements.

Les choses n'étaient pas aussi terribles qu'il le pensait.

— Pas possible ? rétorqua Murdoch d'un ton glacial.

— Oui. (Elle réfléchit soigneusement à la manière dont elle allait lui expliquer les choses.) Lorsque Angus a conquis le château, son intention était d'unir nos clans, et il y est parvenu au-delà de toute espérance.

Comme son frère ne se retournait pas, elle continua à décrire la situation de son mieux.

— Il a toujours dit que, si tu revenais, il t'offrirait des terres et un poste de haut rang. Il faut que tu le rencontres, Murdoch. C'est un homme bon, et la paix peut régner entre vous, comme elle règne maintenant entre nos deux clans.

Son frère lui fit enfin face. Il avait les yeux pleins de mépris et les lèvres pincées.

— Tu crois que la paix règne ici ?

— Oui, je le crois.

Dieu, que se passait-il ? Angus leur avait-il vraiment menti au sujet de la mort de son frère ? Ou était-ce une nouvelle trahison contre son mari ?

Elle sentit son estomac se nouer sous l'effet de la frustration et de la colère. Elle n'aimait pas qu'on la laisse dans l'ignorance.

— Dites-moi ce qui se passe ! exigea-t-elle. Quelles sont vos intentions ?

Onora s'approcha et lui prit la main.

— Viens t'asseoir, Gwendolen. Écoute ce que ton frère a à dire.

— Je ne veux pas m'asseoir, répliqua-t-elle avec brusquerie, je veux rester debout.

Onora et Murdoch échangèrent un nouveau regard préoccupé, et la colère de Gwendolen enfla comme une tornade.

— Vous m'avez dit que vous ne pouviez pas faire confiance à Angus, dit-il à sa mère. Pourquoi ? Est-ce qu'il nous a vraiment menti ? Ou bien est-ce vous qui avez menti ?

Onora hésita.

— C'est compliqué.

— Mère, qu'avez-vous fait ?

— Vous feriez aussi bien de jouer cartes sur table, avança Murdoch pour aider Onora, et de la laisser choisir elle-même.

— Jouer cartes sur table ? répéta Gwendolen. Dites-moi ce qui se passe !

Onora s'assit sur une chaise et soupira, vaincue.

— L'homme qui est censé avoir assisté à la mort de Murdoch, commença-t-elle, a été grassement payé pour… (Elle s'interrompit.) Pour manipuler la vérité à notre avantage. Murdoch n'a jamais été malade. Il est d'abord resté longtemps en France, puis est allé en Espagne. Mais cela fait près d'un mois qu'il est rentré, ajouta-t-elle. Il est arrivé peu après ton mariage.

Gwendolen se tourna vers son frère, l'air surpris.

— Tu es là depuis tout ce temps ? Pourquoi ne t'es-tu pas montré ? Je m'inquiétais pour toi.

— Parce qu'il fallait que je détermine où en étaient les choses. J'avais besoin de savoir à quel genre d'ennemi j'avais affaire. Angus est…

Il hésita.

— Il est quoi ? le poussa Gwendolen.

— Tu le sais bien toi-même, Gwen. On dit qu'il est invincible. Je pouvais difficilement me pointer ici tout seul pour me battre contre lui. Il est imbattable. Personne ne peut le tuer.

— C'est juste un homme, comme toi, répliqua-t-elle, même si ça n'était pas tout à fait vrai.

Angus n'était pas un homme comme les autres.

Mais il n'était pas invincible. Il était tout ce qu'il y avait de plus humain.

— Est-ce toi, le responsable de la tentative d'assassinat dont il a été l'objet ? demanda-t-elle en se souvenant de cette nuit horrible dans sa chambre. C'est toi qui as envoyé cet homme pour le tuer dans son sommeil ?

— Oui, mais ce n'était pas un guerrier ordinaire. J'ai envoyé un assassin espagnol surentraîné, mais même lui n'a pas été capable d'accomplir ce qui devait l'être.

Elle se tourna vers sa mère.

— Est-ce que vous l'avez aidé pour tout ça ? Est-ce que c'est vous qui avez donné la clé de ma chambre ?

Elle sentait la haine que charriait son sang en ébullition.

Onora baissa les yeux.

— Je suis désolée, Gwendolen, mais Murdoch est mon fils. Il a fallu que je choisisse.

Gwendolen regarda son frère et l'apostropha avec un dégoût amer :

— Alors, quels sont tes plans maintenant ?

— Il n'y a qu'une mort possible pour le Grand Lion, expliqua-t-il. La corde… et c'est exactement comme ça que ça va se passer.

— Où as-tu entendu ça ?

— C'est l'oracle qui l'a dit.

Gwendolen recula, horrifiée.

— Non, c'est complètement faux. Tu as été trompé. Dites-lui, mère ! Dites-lui que Raonaid est folle !

Onora se leva d'un coup.

— Murdoch, arrête ça, je t'en prie. Tu ne fais qu'empirer les choses. Dis-lui pour Jacques François Édouard et la rébellion. Dis-lui ce que tu as fait en France et en Espagne.

— Jacques François Édouard ? répéta Gwendolen. Le prétendant Stuart au trône d'Angleterre ? Tu es impliqué dans une nouvelle rébellion jacobite ? (Leur silence confirma ses soupçons.) Mais nous ne sommes pas jacobites. Ce château a été accordé à père pour avoir soutenu la maison de Hanovre. Il s'est rallié à l'union entre l'Écosse et l'Angleterre.

Son frère s'était mis à faire les cent pas dans la pièce.

— C'était père, pas moi, et l'union n'a jamais été aussi peu populaire, Gwen. Même ceux des Écossais qui ont un temps soutenu le roi George sont maintenant amers envers le gouvernement de Londres. Nous avons besoin de notre propre parlement, et de notre propre roi pour nous diriger… et c'est maintenant qu'il faut frapper. Il est presque certain que l'Angleterre entrera en guerre contre l'Espagne avant la fin de l'année. Si cela se produit, le roi d'Espagne nous enverra des navires et nous soutiendra pour une attaque à grande échelle.

Onora l'interrompit.

— Le roi Jacques a promis un duché à ton frère s'il parvient à mener une rébellion écossaise. Imagine-toi, Gwendolen. Ton frère… duc !

— Mais nous ne sommes pas jacobites, répéta-t-elle, incrédule, et Jacques François Édouard n'est pas notre roi.

— Pas encore, mais il le sera, dit Murdoch.

— Et c'est pour ça que tu nous as quittés il y a un an ? reprit-elle d'une voix où perçait le mépris. Est-ce que c'est aussi pour ça que père et toi vous êtes éloignés l'un de l'autre ? J'ai cru que c'était à cause d'une femme.

Il riva son regard sur elle sans rien dire et elle eut la réponse à ses questions.

— Angus veut la paix, tenta-t-elle d'expliquer. Comme moi, et comme la plupart des membres de notre clan. C'est prendre un risque bien trop grand que de partir en guerre contre les Anglais. Il y aura beaucoup de morts, beaucoup trop. Je t'en supplie, Murdoch. Abandonne cette idée.

— Je n'accepterai jamais leur tyrannie, déclara-t-il les joues en feu. Il nous faut notre propre parlement.

— Alors, présente une pétition au roi George pour l'obtenir ! cria-t-elle. Ne nous traîne pas tous dans un nouveau combat sanglant, sans espoir de victoire !

Elle entendit un pas lourd venu de la porte et on la saisit par les bras.

— Ôtez vos sales pattes ! aboya-t-elle.

Onora s'interposa.

— Slevyn ! C'est tout à fait inutile. Murdoch, dis-lui de la lâcher !

Murdoch eut un regard hésitant pour Gwendolen, puis pour leur mère.

— Je ne peux pas, dit-il. Je ne veux pas te faire de mal, Gwen, mais j'ai besoin de Kinloch. J'ai déjà rassemblé une armée. Mes guerriers attendent juste que je leur ouvre les portes.

Il fit un signe à Slevyn, la brute malodorante qui la traînait déjà vers la porte.

— Emmène-la à la chambre de mon père et enferme-la. Assure-toi qu'elle reste tranquille jusqu'à ce que tout soit terminé.

— Jusqu'à ce que quoi soit terminé ? Murdoch, qu'est-ce que tu vas faire ?

Slevyn grogna et lui serra la taille.

— Nous allons pendre le Grand Lion, ma belle, pour que votre frère puisse être seigneur de Kinloch.

— Mais il te combattra jusqu'à la mort ! cria-t-elle. Il te tuera !

— Non, il ne le fera pas, rétorqua Murdoch, parce qu'il a déjà été empoisonné. Slevyn n'a plus qu'à le porter sur le toit et en finir avec lui.

— Tu l'as empoisonné ?

Tout son monde semblait s'écrouler devant ses yeux.

— Non, ma chérie, c'est toi qui l'as fait.

Comprenant soudain ce qui s'était passé, elle se sentit chanceler dans les bras de Slevyn.

Sa mère lui lança un regard contrit.

— C'était dans le vin, Gwendolen. Une sorte de potion somnifère. C'est Raonaid qui nous l'a donnée.

Gwendolen tenta de plaider auprès de son frère.

— Murdoch, je t'en supplie… (Mais Slevyn la tirait déjà sur le seuil.) C'est mon mari, et je l'aime.

Son frère lui tourna le dos et conclut d'un ton froid :

— J'en suis conscient, Gwendolen, mais je suis sûr que tu t'en remettras.

Angus se réveilla avec une violente sensation de martèlement dans le crâne. Il était aussi vaguement conscient d'avoir les bras tendus au-dessus de la tête et d'être traîné sur un sol froid et dur. Il avait les poignets entravés, ce qui ne changeait pas grand-chose car son corps ne répondait pas à ses tentatives de mouvement. Il sentait à peine la meurtrissure de la pierre sur son dos et il n'était même pas certain que son cœur ou ses poumons fonctionnent encore.

— Là, ce sera bien.

C'était une voix masculine.

Angus sentit qu'on ne le tirait plus et que ses bras tombaient au sol. Se rendant soudain compte qu'il avait été fait prisonnier, il ouvrit les yeux.

Gwendolen !

Seigneur, où est-elle ?

Il était dehors. Au-dessus de lui, le ciel étoilé.

Combien de temps était-il resté sans connaissance ? Il tourna légèrement la tête et découvrit qu'il était étendu le long d'un mur de pierre.

Il tourna la tête de l'autre côté. Des pieds… les jambes d'un homme qui marchait à côté de sa tête…

Les pieds s'arrêtèrent.

— Merde ! Il est réveillé !

— Du calme, Slevyn ! Il a les mains liées, et n'oublie pas que tu es plus grand que lui. Passe-lui simplement la corde au cou.

Slevyn obéit et serra le nœud coulant.

Angus trouva la force de secouer son corps une fois, mais ce fut tout ce qu'il réussit à faire. Il semblait incapable de bouger ses jambes. Et puis, d'un coup, il sentit la corde lui mordre la peau : on le tirait de nouveau sur le sol de pierre, cette fois par le cou.

Il ne pouvait plus respirer !

La corde l'étranglait et il ne pouvait rien y faire, car il avait les poignets attachés.

Il était sur le toit. Il avait au moins compris ça.

Le plus petit des deux hommes, celui qui avait parlé en premier, l'attrapa par le col de la chemise et le releva en position assise. Sonné, Angus se retrouva le regard plongé dans une paire d'yeux marron à l'éclat intense.

— Tu vas bientôt être pendu, lui dit l'homme. Nous allons te jeter par-dessus un créneau et laisser ton corps se balancer là en guise de spectacle pour tous les MacEwen pendant quelques jours. À propos, je suis Murdoch MacEwen, et ce château est le mien, pas le tien.

— Gwendolen…

Ce fut tout ce qu'il parvint à dire d'une voix rauque.

La rancune assombrit le regard de Murdoch.

— Oui, il doit s'agir de ma sœur. Celle que tu as prise de force, comme tu l'as fait pour Kinloch. Je n'ai pas été content quand j'ai appris ça. Et je n'aurais pas pu m'emparer de toi sans elle. C'est elle qui t'a empoisonné, Angus. J'ai pensé qu'il fallait que tu le saches.

Angus secoua la tête et sentit que l'autre homme le hissait sur ses larges épaules. Il fut vaguement conscient d'une odeur repoussante et se rendit compte que tout tournait autour de lui, tandis que Murdoch attachait le bout de la corde à la maçonnerie.

Angus aurait voulu se battre. Il hurlait intérieurement de rage. Où était son épée ? Il devait absolument couper cet homme en deux !

Il revit Gwendolen qui lui enlevait ses armes et les posait sur la banquette de fenêtre. Il était nu avec elle… au lit, dans ses bras… mais à présent, il portait son kilt. Quelqu'un l'avait habillé.

Où était son épée ?

Ah, oui…

Un instant plus tard, il sentit qu'on le poussait sur le créneau. Il bascula mollement dans le vide, puis tomba, tomba… La corde allait bientôt se resserrer sur son cou, peut-être briser sa colonne vertébrale. La peur lui explosa le cœur…

Chapitre 26

La corde se tendit, la chute s'arrêta brusquement, et Angus fut tiré un coup sec vers le haut. Puis il se mit à se balancer sur le côté extérieur du rempart en agitant les membres, tandis que sa respiration s'arrêtait.

Il entendit le bruit de la corde qui crissait tandis qu'il jetait ses dernières forces à l'assaut de celle qui le tirait vers le bas. Les veines de son front étaient gonflées et il avait le sentiment que les yeux lui sortaient de la tête. La corde mordait et brûlait sa peau, mais il ne s'arrêta pas de gigoter et de ruer… jusqu'à ce que, soudain, il y ait un claquement puissant !

La pression sur sa gorge disparut et il prit une inspiration tandis qu'il chutait dans les ténèbres sous lui.

Il sentit alors une eau froide et assourdissante emplir son nez et ses oreilles. Une poussée d'adrénaline parcourut tout son corps, annulant l'effet du poison, et il se remit à remuer vivement les jambes. Prenant pleinement conscience de la réalité et revigoré par la volonté de vivre, il tira sur la corde qui lui liait les poignets, s'arrachant la peau pour parvenir à libérer ses mains. Puis il arriva à la surface de l'eau et reprit une inspiration, avant de replonger malgré lui, toujours faible et désorienté, les oreilles envahies par le bruit des bulles.

Que s'était-il passé ?

Murdoch se pencha par-dessus le créneau et observa l'eau noire en contrebas. Il entendait le bruit de l'eau qu'on agitait, mais ne voyait rien.

— La corde a cassé ! expliqua Slevyn.

— Les cordes ne cassent pas, imbécile !

— Il y avait un nœud dedans. J'ai dû réunir deux cordes.

Murdoch le regarda l'air furieux.

— Mais qu'est-ce que tu attends ? Descends, sors-le de l'eau et tue-le !

Slevyn courut à l'escalier, le dévala jusqu'à la cour, fila aux portes, souleva la barre de fer et ouvrit les lourds panneaux de chêne.

Puis il se retourna, décidant qu'il valait mieux qu'il ait une monture au cas où il lui faudrait poursuivre le Lion invincible. Le cheval de Murdoch était attaché et sellé à quelques pas de là, et c'est sur lui qu'il franchit le pont-levis au galop, en se demandant comment il allait faire pour tuer un homme qui ne pouvait mourir que pendu.

Angus rampa hors des douves, pris de tremblements incontrôlables, et recracha la vase qu'il avait avalée.

Levant les yeux, il vit un homme à cheval se précipiter sur lui comme un fantôme à travers la brume.

Il pensa soudain à Gwendolen et se demanda si c'était sa mort qui lui fonçait dessus. Si c'était le cas, il pouvait au moins se dire qu'il avait découvert le bonheur… et pourtant, en même temps, il fut envahi par une rage amère.

L'avait-elle vraiment empoisonné ? Tout ça n'avait-il été que corruption, qu'un rêve délétère ?

Agenouillé sur la rive boueuse, le souffle court, il regardait le cavalier s'approcher. L'ennemi tira son épée et la dressa bien haut. Angus sentit sa gorge se nouer mais se redressa et, rugissant comme un animal enragé, il agita les bras en se ruant vers le géant qui lui arrivait dessus.

Le cheval paniqua et recula. Son cavalier chuta au sol avec un bruit sourd.

Dans le cerveau embrumé d'Angus, l'instinct de survie prit le dessus. Il fonça avant que le guerrier chauve ait eu la moindre chance de récupérer. Il le frappa à la poitrine, lui arracha son épée et sauta en selle.

— Hue ! Hue !

Il se lança dans un galop sauvage à travers le champ obscur en direction de la forêt. Penché sur l'encolure du cheval, il entendit le guerrier lâcher un hurlement de rage derrière lui et comprit qu'il serait bientôt talonné par ses agresseurs.

Angus s'enfonça dans le sous-bois. Les branches des arbres lui fouettaient les joues et les bras. Il connaissait cette forêt comme sa poche. Il savait où étaient les sentiers, les chemins carrossables et ceux à éviter. Il galopa sans relâche jusqu'à ce que le cheval n'en puisse plus, et le dirigea jusqu'à un épais bosquet pour qu'il se repose un moment.

Penchant la tête en arrière, il regarda les feuilles de la canopée au-dessus de sa tête. Il lui sembla que tous les oiseaux et toutes les autres créatures des bois savaient qu'il était là et faisaient silence.

Tout à coup, le poison qui circulait en lui se manifesta de nouveau. Il descendit de cheval et tituba jusqu'à un arbre, avant de se mettre à vomir dans les fougères.

Pris de vertiges et de nausées, il appuya son front contre le tronc de l'arbre et ferma les yeux. Il ne voulait pas croire que Gwendolen lui ait donné du vin empoisonné, mais il l'avait vue remplir le verre, le lui tendre et boire du thé.

Quelque chose chez lui s'accrocha à la possibilité qu'elle n'ait rien su de ce qu'il y avait dedans, mais il pensa à la prédiction de Raonaid et à la manière dont elle avait tenté de le prévenir.

La devineresse n'avait toutefois pas eu raison jusqu'au bout, puisqu'il n'était pas mort cette nuit-là. Certes, il s'était balancé au bout d'une corde, mais il avait survécu. Raonaid s'était trompée, à moins que Murdoch ne le rattrape dans les instants qui allaient suivre et ne mette un terme à son existence.

Il fallait qu'il continue.

Repoussant l'arbre, Angus revint vers le cheval, mais… *Dieu… Gwendolen est toujours là-bas !* Il l'avait laissée derrière lui, ainsi que tous les membres de son clan.

Et Lachlan ? Qu'était-il advenu de Lachlan ? Selon toute vraisemblance, il était mort. Murdoch ne laisserait pas son cousin et chef d'état-major survivre, au risque que plus tard, il redresse la tête et conspire contre lui.

Il posa sa tête sur l'encolure du cheval. Tout en lui, chacun des tressautements nerveux qui l'animaient, voulait le forcer à rentrer au château. Il fallait qu'il sache que Gwendolen allait bien. Il ne pouvait pas simplement la laisser là-bas.

Un nouvel accès de nausée l'obligea à se rendre à l'évidence : il n'était pas en état de se battre pour son clan ou de sauver sa femme, si elle avait besoin de l'être, ce dont il n'était pas absolument certain. Il ne savait pas quoi penser. Une part de lui la haïssait, et il se haïssait aussi pour s'être laissé charmer à ce point, pour être devenu si confiant et si vulnérable qu'il ne s'était pas rendu compte qu'il buvait du vin empoisonné.

L'autre Angus voulait tomber à genoux et pleurer sa perte, quelle qu'en ait été la cause.

Il n'y avait qu'une chose dont il était sûr : Kinloch n'appartenait pas aux MacEwen. Il appartenait aux MacDonald, et cette histoire n'était pas terminée. Il fallait simplement qu'il reprenne des forces.

Un rayon de lumière perça la cime des arbres. Plus déterminé que jamais à rester vivant et à aller au bout des choses, il se mit en selle et s'enfonça plus avant dans la forêt. Il n'y avait plus qu'un endroit où se rendre pour lui à présent. Le temps était venu de rendre visite à un vieil ami… et de dire une prière pour que cet ami-là n'ait pas, lui aussi, l'envie de lui mettre la corde au cou et de le jeter d'un toit.

Parce qu'il avait certainement de bonnes raisons de le faire.

C'était pour elle pire que la mort.

Gwendolen frappait des deux poings sur la porte verrouillée, criant et hurlant, d'abord à l'adresse de son frère, qui avait donné l'ordre de l'enfermer dans la chambre d'Angus, puis à celle de quiconque pourrait l'entendre et venir à son aide.

Comme personne ne venait et qu'elle envisageait la possibilité qu'on soit en train d'exécuter Angus, elle se mit à briser le mobilier contre la porte et à casser la fenêtre. La chambre était située trop haut dans la tour pour qu'elle saute, mais elle cria de tous ses poumons, espérant que quelqu'un, n'importe qui, l'entendrait.

Mais les minutes succédaient aux minutes, et elle restait seule, incapable de sauver son mari, et se blâmant sans cesse pour sa chute prématurée.

C'était elle qui l'avait empoisonné.

Parce qu'il lui avait fait confiance.

Gwendolen tomba à genoux sur le tapis tressé. Et s'il était en train de mourir ? Si Murdoch et son armée de rebelles jacobites applaudissaient et criaient leur joie en ce moment même, alors que la vie s'échappait du corps de son époux ?

Elle n'avait jamais autant haï son frère. Elle bouillait d'une rage dont la virulence l'étonnait elle-même. Elle comprenait à présent la haine d'Angus envers les Anglais, après la mort violente de sa mère et de sa sœur. Elle sentait elle aussi son âme s'assombrir et un puissant besoin de combattre et de protéger. Elle se souvenait de l'impression que lui avait faite la claymore d'Angus quand elle l'avait prise en mains ; elle aurait voulu l'avoir à présent, pour s'en servir contre les bourreaux de son mari.

À n'en pas douter, Murdoch devrait la tuer s'il espérait devenir seigneur de Kinloch, parce que dès qu'elle serait libérée de cette chambre, elle se vengerait. Oh, Dieu, oui, elle se vengerait ! Elle ne lui pardonnerait jamais ce qu'il avait fait, cette destruction complète de son bonheur.

Et tout ça dans le vague espoir d'obtenir un duché.

C'est alors que Gwendolen entendit une clé dans la serrure. Elle se leva d'un bond. Sa mère se faufila dans la pièce et referma la porte derrière elle. Elle s'était à peine retournée que Gwendolen était déjà sur elle, luttant pour lui arracher la clé.

— Donnez-la-moi, exigea-t-elle. Il faut que je le sauve.

Il fallait qu'elle fasse quelque chose. Elle ne savait pas quoi. Tout ce qu'elle ressentait était un désespoir fou qui la torturait comme un démon. Elle ne pouvait pas le perdre. Il ne pouvait pas mourir.

—Attends, cria Onora. Écoute-moi, Gwendolen ! Il s'est échappé. Il s'en est tiré.

Le sang de Gwendolen se figea, puis repartit sous l'effet d'une étincelle d'espoir. Mais elle avait peur d'y croire. Et si c'était un mensonge ?

—Vous êtes sûre ?

—Oui. Ils ont essayé de le pendre aux remparts, mais Slevyn a attaché deux cordes ensemble et le nœud a cédé. Angus est tombé dans les douves et s'est échappé à cheval. Bien sûr, ils sont partis à sa poursuite, mais j'ai pensé que tu devais savoir.

Gwendolen se détourna de sa mère et se plongea le visage dans les mains.

—Merci, mon Dieu !

Onora attendit tranquillement, tandis que Gwendolen s'efforçait de se calmer et de raisonner calmement. Il lui fallait décider de la voie à suivre et il ne rimait plus à rien de casser des meubles. Elle devait garder la tête froide.

Elle déglutit difficilement et fit face à sa mère.

—Où est Lachlan ?

Onora pâlit. Elle se posa une main sur une hanche et l'autre sur le front.

—Il est au cachot et ils ont libéré Gordon. Lachlan est vivant, mais à peine.

—Pourquoi ? Qu'est-ce qu'ils lui ont fait ?

—Slevyn l'a assommé. C'est entièrement ma faute. Je l'ai précipité dans ce piège et je ne me le pardonnerai jamais. Ils viennent d'ouvrir les portes, l'armée de Murdoch a pris le contrôle du château. Je suis désolée, Gwendolen. J'ai cru que c'était ce que je voulais, mais maintenant, je ressens un remords insupportable.

Gwendolen la regarda avec dérision.

— Vous méritez votre tourment, mère, et ne vous donnez pas la peine de venir chercher chez moi la moindre commisération ou l'absolution, parce que vous ne trouverez ni l'une ni l'autre. Vous allez devoir vivre seule avec ce que vous avez fait.

Elle posa une main sur son ventre et tenta de refouler les larmes qu'elle avait été incapable de verser dans sa colère. À présent, en revanche, tout en elle semblait se mêler en une avalanche d'émotions.

— C'est le père de mon enfant, de votre propre petit-enfant. Comment avez-vous pu ?

Onora se laissa tomber dans un fauteuil.

— J'avais accepté ce plan bien avant tout ça. Toi-même, tu as commencé par résister à Angus. Tu le méprisais. J'essayais seulement de t'aider et de te protéger. J'ai dit à Murdoch que je l'assisterais dans la mesure de mes possibilités, mais je ne m'attendais pas à ce que nous tombions amoureuses de nos ennemis.

— Vous parlez de Lachlan ? Vous croyez vraiment que vous l'aimez ? Vous ne savez pas ce qu'est l'amour. (Gwendolen alla à la fenêtre et laissa son regard errer au-delà du verre brisé.) Pourquoi ne pas m'avoir au moins dit ce qui se passait ? Vous m'avez laissée croire que mon frère était mort. Vous m'avez gardée dans l'ignorance tout le long.

— Je savais que tu ne serais jamais capable de garder le secret. Tu n'es pas comme moi, Gwendolen. Tu n'es pas capable de mentir et de manipuler. Tes yeux reflètent toujours la vérité et Angus aurait tout de suite vu que tu le trompais. Il est très sensible à ce genre de choses. Murdoch a suggéré que nous distrayions Angus et Lachlan de la défense de Kinloch tandis qu'il réunissait ses forces. Je savais que je n'aurais aucun mal à le faire, mais toi, il fallait que tu le fasses en toute sincérité.

Gwendolen pivota sur ses talons.

— Et c'est ce que j'ai fait, il n'y a aucun doute là-dessus.

Elle s'en voulait d'être naïve et crédule au point de se laisser manipuler comme un pion par ceux en qui elle avait le plus confiance.

— Je suis tellement idiote.

Sa mère se releva.

— Non, tu n'es pas idiote. Ton cœur est pur et tu as confiance en ceux que tu aimes. Tu vois le bien chez les gens.

— Mais vous avez utilisé ça contre moi.

— Oui, et ça prouve que l'idiote, c'est moi, pas toi, parce que j'ai perdu la seule chance que j'avais d'être heureuse. Lachlan a vu ma trahison de ses propres yeux. Après ça, il ne me regardera même plus. Il me méprisera.

— Comme Angus me méprisera, répondit Gwendolen après quelques instants de réflexion. (Elle retourna à la fenêtre brisée.) C'est moi qui l'ai empoisonné. Il ne croira jamais que je ne l'ai pas fait exprès. Pas après tout ce qui s'est passé. Les prédictions de Raonaid se sont réalisées et c'est moi qui l'ai poussé à les ignorer et à la renvoyer.

Onora alla jusqu'à elle.

— Oui, mais c'est elle qui les a fait se réaliser. C'est elle qui a dit à Murdoch de quelle manière Angus pouvait mourir, et Murdoch l'a cru. Il a fait en sorte que la prophétie se réalise, alors qu'elle l'encourageait et le manipulait afin d'exercer sa propre vengeance et prouver qu'elle avait raison.

— Mais ça n'a pas marché, compléta Gwendolen. Angus est toujours vivant.

Elle s'assit sur le lit et fit une prière de gratitude silencieuse.

— Nous choisissons tous notre destinée, déclara Onora. Je m'en rends compte maintenant. Nous avons tous le pouvoir d'influer sur l'avenir. Nous en faisons ce que nous voulons. Angus ne voulait pas mourir. Il a combattu Slevyn et s'est enfui.

— Et vous, qu'attendez-vous de l'avenir, mère ?

Onora réfléchit.

— Je veux que tu sois heureuse. Je veux que mes petits-enfants aient un père, et je veux que Lachlan et le reste du clan MacDonald me pardonnent. (Elle baissa les yeux.) Mais ce n'est pas si simple, parce que je ne veux pas que mon fils meure ou qu'il souffre.

— Nous avons tous parfois des choix difficiles à faire.

— Mais comment choisir ?

L'angoisse se lut soudain dans les yeux d'Onora.

Gwendolen se leva et fit un pas en avant.

— C'est très simple, mère. Parfois, nous devons mettre de côté ce que nous voulons et nous contenter de faire ce qui est juste.

Chapitre 27

Il avait passé une longue journée en selle, suivie d'une longue nuit à traverser de sombres vallées et des forêts silencieuses, ne s'arrêtant que pour se reposer et dormir, jamais plus d'une heure. En temps normal, il fallait deux jours de cheval pour rejoindre Moncrieffe Castle, mais Angus avait fait le chemin en vingt-quatre heures. L'aube du second jour arrivait, mais sa lueur grise apportait avec elle un vent froid et de fortes pluies. Quand il arriva aux portes du château, il était trempé jusqu'aux os, agité de tremblements, engourdi et affaibli, tant par la faim qu'à cause des effets persistants du poison qui circulait toujours dans ses veines.

Claquant des dents, son tartan posé en capuche sur la tête, c'est à pied, son cheval en bride, qu'il parcourut le pont-levis, au bout duquel il fut reçu par un MacLean aux épaules carrées et au teint rougeaud.

L'homme tira son épée et se mit en travers de son chemin.

— Que vaut au comte votre visite en ce matin humide, étranger ? Le comte n'attend personne.

Angus tira son tartan en arrière et leva les bras pour montrer qu'il n'était pas armé.

— Je suis Angus MacDonald, chef des MacDonald de Kinloch.

Le garde fronça ses sourcils broussailleux en détaillant Angus et en constatant l'état pitoyable dans lequel il se trouvait.

— Venez par ici !

Le garde franchit rapidement le porche voûté et fit signe à deux autres gardes, qui arrivèrent en courant à travers la cour.

— Le seigneur de Kinloch est ici, leur dit-il. Emmenez-le à l'intérieur et occupez-vous de son cheval ! Allez ! Et informez immédiatement le comte de sa présence !

Les deux hommes regardaient Angus l'air horrifié.

Il n'en fut pas surpris. Il devait ressembler à un cadavre.

Bien des heures plus tard, Angus se réveilla dans une chambre sentant le frais et où il faisait bon, sous des draps de soie et d'épaisses couvertures. Il souleva les paupières, mais il était trop faible pour bouger quoi que ce soit d'autre.

Il sentit un linge humide et frais se poser sur son front, puis vit soudain une beauté à la chevelure flamboyante et aux magnifiques yeux verts qui se penchait sur lui l'air inquisiteur.

— Lady Moncrieffe…

Il pouvait à peine parler. Sa voix était rauque et presque inaudible.

— Ma parole, c'est un vrai miracle ! Bon retour dans le monde des vivants !

Elle le regardait avec des yeux pleins de gentillesse, ce qui n'avait aucun sens pour lui. Il avait menacé de tuer cette femme. Il l'avait terrorisée à force de méchanceté et de violence et avait fini par trahir son mari, le célèbre Boucher des Highlands. Était-ce une hallucination ?

— Depuis combien de temps suis-je ici ?

— Depuis tôt ce matin, répondit-elle. Vous avez dormi toute la journée après vous être effondré dans l'entrée du château, mais tout va bien, maintenant. Vous avez juste besoin de vous reposer.

— J'ai été empoisonné, essaya-t-il d'expliquer, en humidifiant du bout de la langue ses lèvres sèches et craquelées.

— Oui, vous nous l'avez dit. Le médecin est passé il y a peu de temps. Il a dit que vous survivriez. (Elle se redressa et le considéra avec inquiétude.) Vous avez aussi dit que votre beau-frère avait tenté de vous assassiner, que vous aviez été pendu par le cou aux remparts de Kinloch. Est-ce que c'est vrai ?

— Oui. (Il ferma les yeux.) Il semble bien que je sois incapable d'éviter les ennuis, hein ?

— Vous avez toujours été très doué pour foncer dedans tête baissée, exactement comme Duncan.

Angus se tut, méditant l'étrangeté de la situation dans laquelle il se trouvait.

— Pour une raison bizarre, Dieu devait me protéger ce matin, dit-il. Je ne saurai jamais pourquoi. Je suis loin de mériter Sa miséricorde.

L'image de Gwendolen s'imposa soudain à lui et le chagrin de sa perte l'oppressa violemment. Il prit une inspiration, et un fort sentiment d'urgence l'envahit.

Il tenta de se redresser.

— Où est Duncan ? Acceptera-t-il de me voir ? Je dois lui parler.

— Je vous en prie, soyez patient. (Avec douceur, la comtesse le força à se rallonger.) Il sera bientôt là.

Elle se détourna du lit et trempa le linge dans une coupe de porcelaine.

Angus vit alors que son ventre était rond.

— Vous attendez un enfant.

— Oui, notre deuxième.

— Et le premier… ?

Il vit son regard s'éclairer quand elle répondit à sa question.

— C'est un fils sain et vigoureux.

— Comment s'appelle-t-il ?

— Charles, comme mon père.

Lady Moncrieffe revint au chevet du lit et recommença à tapoter le front d'Angus avec le linge mouillé.

— Votre père, ce remarquable colonel anglais ami des Écossais. Duncan a toujours eu beaucoup de respect pour lui.

— C'était réciproque.

Angus savait que son père était mort, à présent. Ce qui représentait une perte importante pour le Royaume-Uni de Grande-Bretagne.

— Y a-t-il quelque chose dont vous ayez besoin ? demanda-t-elle en se dirigeant vers la porte, la coupe en mains.

Angus tenta de nouveau de se redresser, mais elle posa le récipient sur une table et se précipita à son chevet.

— Je vous en prie, Angus, reposez-vous. Je vais aller chercher Duncan tout de suite, je vous le promets.

Il contempla son doux visage, lut la compassion dans ses yeux, et lui dit, éberlué :

— Pourquoi me traitez-vous avec tant de gentillesse ? Il y a deux ans, j'ai fait tout ce que je pouvais pour vous détruire, et puis j'ai essayé de détruire Duncan.

— Les choses étaient compliquées.

— Et elles le sont moins maintenant ?

Il ne pensait pas que ce fût le cas.

— Vous êtes le plus vieil ami de mon époux, expliqua-t-elle avant de remettre draps et couvertures en place.

Puis, après un temps d'hésitation, elle ajouta :

— Et j'ai lu votre lettre.

Soulagé, il se laissa aller en arrière sur les oreillers.

— Alors, vous l'avez reçue. Je n'en étais pas sûr. Il n'y avait pas de réponse.

— Duncan comptait venir vous voir en personne, expliqua-t-elle, mais il ne pouvait pas partir tout de suite. Il voulait attendre la naissance de notre enfant.

Angus la considéra d'un air calme à la lumière changeante du feu.

— Je comprends.

De fait, il ne comprenait que trop bien, et il sentait son estomac se nouer à la pensée de son propre enfant à naître, sans sa protection et à la merci de ses ennemis.

Et Gwendolen. Sa femme. Son amour… qui lui avait fait boire le vin empoisonné…

Son cœur saignait. Ses émotions étaient mêlées. Il ne savait pas quoi penser, quoi ressentir, quoi faire. De toute façon, il était trop faible pour faire quoi que ce soit. Il lui fallait recouvrer ses forces. Et il devait absolument voir Duncan. Ils avaient beaucoup de choses à se dire.

Sans la moindre idée du temps qui s'était écoulé, Angus se réveilla en sursaut. Il se redressa et porta les mains à son cou, cherchant désespérément à prendre de l'air tout en luttant contre l'urgente nécessité de se battre.

À part les crépitements du feu dans la cheminée, la chambre était tranquille. Une bûche glissa et tomba, et il regarda les flammes vives qui dansaient, s'efforçant de calmer le rythme inquiet de son cœur. Il parvint à prendre quelques profondes inspirations.

— J'imagine que tu vas en rêver pendant un bon moment, dit une voix.

Angus plissa les yeux dans la pénombre et vit Duncan se pencher en avant dans le fauteuil à oreilles qu'il occupait devant le feu. Il faisait passer un verre de whisky d'une main à l'autre en faisant tourner le liquide ambré.

Angus n'avait pas vu son ami depuis deux ans, et sa première réaction fut une bouffée d'indicible joie, mais cette émotion fut immédiatement étouffée par sa culpabilité et la certitude que Duncan le haïssait. Sans parler du risque d'un geste agressif de sa part. Dieu sait qu'il l'aurait mérité.

Il tenta de se détendre en se laissant aller sur les gros oreillers de plume, en se préparant à toute éventualité.

— J'ai cru que j'étais en train de mourir, expliqua-t-il sans quitter Duncan des yeux.

— Eh bien, tu n'es pas mort. Tu rêvais, c'est tout.

— Et tu n'as pas été tenté de me réveiller ?

— Non.

Duncan se leva de son fauteuil et s'assit sur une banquette de fenêtre proche du lit. Il regardait Angus intensément.

Duncan MacLean, comte de Moncrieffe. Connu par quelques rares élus comme le Boucher des Highlands. Il méritait totalement la célébrité et la notoriété qui en avaient fait une légende d'Écosse, car il avait toujours été un personnage imposant, un guerrier valeureux et courageux doté d'un sens de l'honneur et d'une intégrité exceptionnels.

Ce soir-là, il était vêtu du tartan des MacLean et d'une ample chemise de lin, et il avait réuni en queue-de-cheval ses cheveux noir de jais. Il lui arrivait de porter des vêtements très différents – des vestes de soie, des chemises à jabot et manchettes de dentelles, des gilets de brocart à boutons de laiton –, et souvent aussi une perruque de cheveux noirs bouclés sur la tête. Cela faisait partie de sa double identité, de son déguisement.

Car, parfois, aux yeux des Anglais, c'était un gentilhomme.

À d'autres moments, c'était un sauvage.

Qui était-il ce soir-là ? Probablement un peu des deux.

— Je suis surpris que tu m'aies laissé franchir les portes de Moncrieffe après ce que je t'ai fait, dit Angus, se redressant pour croiser le regard bleu de Duncan. Tu as parfaitement le droit de me haïr, je le sais bien. Je devrais brûler en enfer.

Il avait indiqué aux soldats anglais l'endroit précis où ils trouveraient le Boucher, et Duncan avait été capturé, battu, emprisonné et condamné à mort. Sans le courage de son épouse anglaise, qui avait tout risqué pour le sauver, il ne serait plus en vie.

Et voilà que la même rousse flamboyante avait soigné Angus avec beaucoup de gentillesse et de douceur. Il lui arrivait d'être surpris par la charité et l'aptitude au pardon dont était capable le cœur humain. Le sien en particulier, car il n'aurait jamais cru en avoir un. Pourtant, il ressentait une profonde douleur dans cette zone. Il regrettait ses actions passées, son manque de loyauté et sa traîtrise, et la femme qu'il aimait lui manquait, même s'il avait des doutes sur son intégrité.

— Oui, déclara Duncan. Il y a deux ans, tu t'es comporté comme un tyran et un vrai salaud. Je devrais te tirer une balle dans le cœur sur-le-champ.

— Dans ta situation, la plupart des gens le feraient.

Il y eut un silence tendu au cours duquel Angus se demanda avec angoisse si Duncan cachait un pistolet dans la pièce. Combien il avait dû rêver de cet instant quand il était étendu dans sa cellule, conscient qu'il avait été trahi par l'ami en lequel il avait le plus confiance…

Duncan finit son verre de whisky d'un coup.

— J'ai une bouteille de ma meilleure cuvée ici même, dit-il avec un signe de tête vers la table installée près du feu. Tu devrais en boire un peu. Ça pourrait aider à calmer tes maux d'estomac.

Angus ricana.

— Je ne crois pas qu'il existe la moindre boisson en mesure de faire ça.

— C'est le meilleur whisky du coin ! (Duncan se laissa aller sur le dossier de la banquette.) Détends-toi, Angus. J'ai lu ta lettre. Je me souviens de la pression que nous subissions tous les deux il y a deux ans. C'étaient des temps difficiles.

Il se leva, remplit un verre et traversa la pièce en le tendant à Angus, qui s'assit dans le lit pour le prendre.

— Tout ce que je voulais, c'était voir la tête de Richard Bennett au bout d'une pique.

Bennett était l'officier anglais qui avait violé et assassiné sa sœur, et Angus comprenait à présent qu'il avait été tellement dévoré par le chagrin et la fureur qu'il en était devenu obsédé jusqu'à la folie. Lorsque Duncan avait décidé de laisser la vie sauve à Bennett, Angus avait perdu la tête.

— Mais j'ai eu tort, dit Angus, et je pourrais difficilement te reprocher de vouloir me chasser maintenant.

Duncan haussa ses larges épaules avec un grand soupir.

— Je ne t'aurais peut-être pas laissé franchir les portes il y a deux ans, mais le temps calme la colère et guérit les vieilles blessures. Et quand tu trouves une façon de vivre qui te rend heureux, il devient plus facile d'arrêter de se tourmenter pour des événements passés.

Angus hocha la tête.

— J'ai commencé à m'en rendre compte par moi-même. Depuis que je suis revenu à Kinloch, j'ai pensé à d'autres choses qu'au passé. J'ai pris femme, et pendant quelques semaines, j'ai cru que Dieu m'avait donné une seconde chance.

— Mais, laisse-moi deviner... tu ne le crois plus désormais, à cause de ce qui vient de t'arriver. Lorsque tu t'es effondré ce matin, tu nous as dit que ta femme t'avait empoisonné. C'est difficile à avaler.

Angus finit son verre et le reposa sur la table de chevet, puis il rejeta les couvertures et balança les jambes pour poser les pieds par terre.

— Oui.

— Tu crois vraiment qu'elle voulait ta mort ?

Ressentant le besoin de tester ses forces, Angus se leva, reprit son verre et le remplit à la carafe.

— Je n'en sais rien. Ça me tue de penser que oui, et ça me tue tout autant de me dire que, si elle est innocente, je l'ai abandonnée derrière moi.

Duncan regarda Angus se recoucher.

— Je ne peux pas te dire si ta femme est innocente ou non. Je ne sais pas ce qu'elle a en tête, mais je peux te dire que je connais bien les MacEwen, car j'ai des espions à Kinloch depuis qu'ils ont envahi le château et tué ton père, il y a deux ans.

Angus faillit tomber.

— Tu plaisantes ?

— Non, je suis très sérieux.

— Et tes espions sont encore là-bas à l'heure qu'il est ? Comment se fait-il que je ne l'ai pas su ? Qui sont ces hommes ?

Duncan secoua la tête.

— Je ne peux pas révéler leur identité, mais ne t'inquiète pas, ils sont de ton côté. C'est sur les MacEwen que je veux garder un œil. Après la mort de ton père, j'avais besoin de savoir à quoi m'attendre de la part de mes voisins. Et j'ai appris certaines choses que tu devrais savoir.

— Par exemple ?

— Assieds-toi et je te dirai tout sur les opinions politiques de ton beau-père.

Ils rejoignirent les fauteuils à oreilles installés devant le feu.

— Était-il jacobite ? demanda Angus en s'asseyant sur l'épais siège tapissé.

Duncan posa les coudes sur les genoux.

— Non, mais son fils si. C'est la raison pour laquelle il a quitté Kinloch il y a un an, pour réorganiser les forces jacobites et planifier une nouvelle rébellion. Il s'est disputé avec son père à ce sujet, mais ce dernier a choisi de garder secrète l'orientation politique de son fils.

— Ça se comprend, commenta Angus. Il avait reçu Kinloch en tant que Whig fidèle à la maison de Hanovre. (Il tourna le regard vers le feu.) Ce qui veut dire que j'ai perdu Kinloch au profit d'un Jacobite. Quelle ironie !

Son propre père avait été un ardent Jacobite, et Angus avait combattu pour la cause lors d'innombrables batailles, d'importances très diverses, pendant la rébellion. Depuis son bannissement, toutefois, il n'avait aspiré qu'à la paix. Même s'il ne pouvait se considérer comme un soutien de la maison de Hanovre – il en voulait encore trop aux Anglais pour ça –, il avait espéré rester neutre, mais il semblait que c'était impossible, comme il était impossible d'avoir la paix en choisissant l'un ou l'autre des partis. Il y aurait toujours des va-t-en-guerre. C'était ce que lui-même avait été. Tout ce qu'il voulait alors, c'était se battre.

Il n'avait aucun autre objectif, aucun autre moyen de satisfaire sa faim dévorante de vengeance contre le monde dans son entier.

— Et Gwendolen ? demanda-t-il en plongeant le regard dans son whisky. As-tu jamais appris quoi que ce soit sur ses choix politiques ? Elle a toujours prétendu qu'elle soutenait l'union, mais maintenant, je ne sais plus que croire. C'étaient peut-être des mensonges. Rien que des mensonges, sur toute la ligne.

Angus prit une gorgée pour noyer l'agitation qui bruissait dans sa tête, mais il se rendit compte que ce n'était d'aucune aide et reposa son verre. Seule la vérité pouvait l'aider désormais.

Duncan secoua la tête.

— Autant que je puisse en juger, elle a soutenu les Hanovre. Rien n'a jamais indiqué qu'elle ait même connu les opinions de son frère. Mais peut-être est-elle simplement douée pour le mensonge ? Sa mère, en tout cas, est capable de faire retomber en enfance un homme adulte.

— Oui, et c'est ce qu'elle a essayé de faire avec mon cousin.

— Lachlan MacDonald ? s'exclama Duncan, surpris. (Il prit une lampée de whisky.) C'est pourtant un solide guerrier, de ce que je connais de lui. Pas le genre à se faire embobiner par une séductrice. C'est plutôt dans l'autre sens que ça se passe d'habitude, non ?

Angus hocha la tête.

— Oui, c'est un vrai bourreau des cœurs. Je ne sais même pas s'il est mort ou vivant.

Ils gardèrent le silence un moment.

Duncan prit le tisonnier et raviva le feu.

Angus laissa aller sa tête en arrière contre le dossier du fauteuil et ferma les yeux.

— Et si ma femme était coupable de cette tromperie ? demanda-t-il. Elle porte mon enfant.

Duncan raccrocha le tisonnier.

— Si elle a essayé de t'empoisonner et si elle était vraiment derrière ce complot visant à te pendre, alors le choix est simple. Arrête-la, divorce et occupe-toi toi-même de ton enfant.

Angus ouvrit les yeux.

— Et si elle est innocente ?

Duncan réfléchit longuement.

— Si tu penses qu'il y a une chance qu'elle ait été manipulée par son frère, alors bouge ton cul et fonce récupérer ta femme et ton château.

Angus étudia le conseil que son ami venait de lui donner sans ambages.

— Mais comment connaître la vérité ? Raonaid a toujours dit que Gwendolen se rangerait du côté de sa famille contre moi.

— La devineresse ? (Duncan s'esclaffa.) Ouais, eh bien elle est certainement agréable à regarder, mais c'est une sorcière doublée d'une intrigante, celle-là. Ne l'écoute pas. Écoute ton cœur, rien d'autre.

Angus garda les yeux fixés sur les flammes.

— C'est bien le problème. Je ne sais pas trop ce qu'en dit mon cœur. Il est engourdi depuis trop longtemps. Et même si Gwendolen est innocente de tout ça, je ne suis pas sûr de pouvoir tenir de nouveau à elle, car elle a fait ce que je ne voulais pas qu'elle fasse.

— C'est-à-dire ?

— Elle m'a rendu faible.

Duncan fronça les sourcils.

— Comment ça ?

Angus ne savait pas comment exprimer ce qu'il voulait dire. Tout ça était si nouveau pour lui.

— Avant, je n'avais jamais eu peur, dit-il. Maintenant, je sais exactement ce que la peur veut dire et j'hésite à faire ce qui doit l'être vite et d'instinct. Je suis sans arrêt distrait par autre chose. Une part de moi la déteste à cause de ça et veut que je continue à la haïr pour le restant de mes jours. Je pense que la vie serait tellement plus simple sans l'amour.

— Elle serait peut-être plus simple, répliqua Duncan, mais elle aurait beaucoup moins de sens. Est-ce que je t'ai vraiment entendu prononcer le mot "amour" ?

Ignorant la question, Angus se releva et alla à la fenêtre, où il contempla le reflet de la lune dans l'eau.

— Comme je viens de le dire, mon pauvre cœur est engourdi depuis longtemps. Il est possible qu'il ne tienne pas à repartir.

— Quoi qu'il en soit, tu as un château à récupérer et un clan qui a besoin de toi.

— Oui, et j'ai bien l'intention de remplir mon devoir envers eux, mais je n'ai pas d'armée à ma disposition.

Duncan se leva.

— Tu n'as pas besoin d'armée, Angus. Il y a une autre façon de faire.

— Ah oui ?

Angus en doutait.

— Oui, mais cela suppose que tu abandonnes ton vieux ressentiment une fois pour toutes, que tu les enterres bien profond et que tu leur dises adieu à jamais.

Angus fronça les sourcils, mal à l'aise.

— Que dois-je faire, Duncan ?

Son ami le regarda droit dans les yeux.

— Je te conseille de t'allier aux Anglais. Va à Fort William et explique au colonel Worthington que Murdoch planifie une nouvelle rébellion. Ils lui tomberont dessus comme la foudre.

Angus se rassit et regarda le feu.

— Trahir un autre Écossais auprès de l'armée anglaise… (Il secoua la tête.) J'en serai incapable, Duncan. Tu sais ce que je ressens envers les Anglais.

Sa sœur avait été assassinée par un tunique rouge. La mort de sa mère à Glencoe était la conséquence d'un ordre donné par un Anglais.

Angus secoua de nouveau la tête et se pencha en avant.

— Non, je ne peux pas. Je dois me charger de ça moi-même.

— Comment ? demanda Duncan. Comme tu viens de le dire, tu n'as pas d'armée. Tous les guerriers qui te sont fidèles sont soit morts, soit en prison à

Kinloch. Comment crois-tu pouvoir venir à bout de ton beau-frère, qui, lui, a ses propres forces au château ?

Angus posa les coudes sur les genoux et joignit les mains.

— En te demandant de me faire une faveur. Je sais que je ne suis pas en droit de m'attendre à la moindre générosité de ta part après ce que j'ai fait il y a deux ans, et tu ne me dois certainement rien, mais il faut que je demande.

Duncan le considéra d'un air entendu, puis se pinça le haut du nez.

— Bordel, tu veux m'emprunter mon armée.

— Oui.

Duncan se renfonça dans son fauteuil et réfléchit.

— Je ne peux pas venir avec toi, dit-il. Pas avec cet enfant à naître.

Angus ressentit comme une joie hésitante. Il se dit qu'il devait avoir peur de tout ce qui pouvait ressembler à de l'espoir.

Ils trinquèrent et burent en silence. Et soudain, Angus se rendit compte que l'espoir n'avait pas grand-chose à faire dans cette histoire. Il avait une armée à commander et un château à envahir : cela seul comptait.

Une fois de plus, il se pencha en avant et posa les coudes sur les genoux.

— Dis-moi, en plus des hommes, tu n'aurais pas un bélier que je puisse emprunter ?

Duncan gloussa et finit son whisky cul sec.

Chapitre 28

Allongée, les yeux rivés sur le ciel de lit, incapable de dormir, Gwendolen avait l'impression d'être enfermée dans une tombe glaciale.

Cela faisait quatre jours qu'Angus s'était échappé et évanoui comme un fantôme dans la forêt, quatre jours d'une souffrance intolérable, car elle ne savait pas s'il était mort ou vivant. Après sa fuite, les hommes de son frère avaient fouillé les alentours pendant plus de douze heures avant de rentrer bredouilles. Il n'y avait pas la moindre trace d'Angus. Pour ce qu'elle en savait, il aurait tout aussi bien pu être mort du poison qu'elle lui avait administré malgré elle. Il avait pu tomber de son cheval et rouler dans un ravin quelconque, ou bien se noyer dans une rivière ou un loch, et personne ne saurait jamais ce qu'il était advenu de lui.

C'étaient là des pensées morbides, mais il lui était impossible de ne pas supposer le pire. Son existence tout entière se résumait à cette peur de ne plus jamais le revoir. Et si elle le revoyait, ne serait-il pas persuadé qu'elle avait prévu de le trahir depuis le début ?

Depuis quatre jours, elle jouait le rôle d'une sœur soumise à son frère, ce qui lui avait permis de ne plus être séquestrée.

La réussite d'une éventuelle réunion avec son mari allait dépendre des événements des jours suivants. En effet, si tout se déroulait selon ses plans, Kinloch serait le théâtre d'une activité intense et son allégeance à son époux ne ferait plus de doute pour personne.

Elle roula sur le côté et posa la joue sur sa main. Peut-être cela suffirait-il à lui prouver qu'elle l'aimait et que les prophéties de Raonaid avaient toujours été erronées.

Peut-être y avait-il encore de l'espoir, à condition que son frère ne la tue pas d'abord, ce qu'il pourrait bien faire quand il apprendrait sa trahison.

Trois heures plus tard, l'aube faisait couler une vague lueur grise sur le sol de la chambre de Gwendolen. Elle s'assit dans son lit, réveillée en sursaut par le son d'un cor dans la cour.

Ils sont là.

Elle rejeta les couvertures et se leva rapidement, puis alla à son armoire et enfila une simple jupe de laine, des bas et un corset. Elle se dépêcha d'en nouer les rubans, prit un châle et mit des chaussures. Un instant plus tard, elle grimpait l'escalier de la tour quatre à quatre pour rejoindre le toit, au moment où un soleil rose pointait à l'horizon.

Quelques membres du clan MacEwen étaient penchés aux créneaux. Ils n'avaient pas l'air d'accord sur la marche à suivre. Disputes et pugilats éclataient un peu partout. Les hommes criaient les uns sur les autres, tandis que le sol sous leurs pieds tremblait sous l'impact des coups d'un bélier contre les portes.

Tout cela avait quelque chose de familier, et en même temps de différent. La fois précédente, rien n'aurait pu empêcher Gwendolen d'attraper une arme et de participer à la défense de son foyer.

Cette fois, les occupants du château étaient divisés et elle ne ressentait pas ce besoin. Son cœur battait à tout rompre. Que Dieu lui vienne en aide, car c'était elle la responsable.

Son esprit se remplit de crainte, car le combat allait commencer. La violence explosait partout autour d'elle. *Pourvu que la bataille ne dure pas et se termine avec aussi peu de dommages que possible!*

Boum ! Le bélier venait de finir sa course dans les portes, et crac ! Le bruit du bois qui éclatait l'attira vers un créneau, d'où elle regarda ce qui passait en bas.

Ce qu'elle vit lui coupa le souffle. Ce n'était pas les envahisseurs qu'elle attendait. Ce n'était pas l'armée du colonel Worthington !

— Mais qui est-ce ? demanda-t-elle éberluée à l'homme qui se tenait le plus près d'elle. Qui nous attaque ?

Elle s'attendait à l'armée anglaise, mais ceux-là étaient des Highlanders. Était-ce quelque autre clan voulant s'approprier Kinloch ? S'agissait-il d'un conflit différent dont elle n'avait pas la moindre idée ?

— C'est l'armée de Moncrieffe ! lui cria l'homme par-dessus les craquements assourdissants des mousquets.

Livide de peur, il rechargea son arme.

Moncrieffe ?

Gwendolen se remit sur la pointe des pieds pour se pencher de nouveau par-dessus le créneau, au moment même où le lourd bélier venait à bout des portes épaisses en secouant tout le rempart.

— Le comte est-il avec eux ? demanda-t-elle.

— Nous n'en savons rien, madame ! Tout ce que nous avons pu voir, c'est le tartan des MacLean et les oriflammes de Moncrieffe.

Certes, à cette hauteur, Gwendolen ne pouvait pas distinguer les visages, mais elle aurait reconnu Angus sous n'importe quel angle et à n'importe quelle distance. Était-il parmi ces soldats ? Était-ce lui qui prenait d'assaut le château, comme il l'avait déjà fait une fois auparavant ? Avait-il trouvé refuge chez son vieil ami, Duncan, le Boucher des Highlands, et lui avait-il demandé son aide ? Bien des fois elle s'était posé la question, mais elle n'avait parlé à personne de cet espoir, de peur que son frère utilise l'information à mauvais escient.

L'homme qui était à côté d'elle tira et le bruit la fit sursauter. En bas, l'armée de Moncrieffe se déversait dans la cour par les portes. Gwendolen se précipita de l'autre côté du toit pour voir les envahisseurs pénétrer au cœur de Kinloch, où ils ne rencontraient que peu de résistance. Personne ne semblait vouloir défendre le château ou se battre pour Murdoch. MacEwen comme MacDonald déposaient les armes ou s'enfuyaient. Certains se battaient même entre eux, en raison de leurs divergences sur l'objet de leurs loyautés respectives.

Seul Slevyn, le bœuf sans cervelle de Murdoch, taillait dans le vif, éliminant un guerrier de Moncrieffe après l'autre en criant, comme une espèce de troll géant.

Mais où est Angus ? se demandait désespérément Gwendolen en fouillant la cour du regard, à la recherche d'un éclair de blondeur. Était-il parmi les assaillants, ou cette attaque n'avait-elle rien à voir avec lui ? Un combat politique ? Les partisans des Hanovre contre les Jacobites ? Ou bien s'agissait-il d'une vengeance ?

C'est alors qu'elle le repéra – son mari, le grand Lion des Highlands –, qui fonçait dans la cour sur un cheval noir couvert d'écume, s'ouvrant un passage rectiligne au milieu de l'armée, dont les membres s'écartaient devant lui comme les eaux de la mer Rouge devant Moïse.

Avec un cri de guerre féroce, il se dirigea vers Slevyn, son épée étincelant au soleil. Slevyn pivota pour lui faire face. Les sabots du cheval faisaient un bruit de tonnerre sur la terre battue de la cour. D'un coup d'épée bien ajusté, Angus arracha son bouclier à Slevyn, puis sauta de monture pour se mettre aussitôt à courir, le cheval toujours au galop.

Gwendolen sentit la peur lui serrer la poitrine en regardant les deux hommes, à présent face à face, en venir aux coups avec leurs lourdes claymores. Le choc métallique des armes sonnait clair dans l'air du petit matin, et les guerriers des trois clans observaient le combat, à l'arrêt, silencieux, fascinés.

Elle aperçut alors Murdoch du coin de l'œil. En retard sur les événements, il se précipitait hors de la grand-salle tout en serrant sa ceinture et en ajustant son épée d'apparat. On aurait dit qu'il sortait du lit.

Son attention revint au combat singulier. Musclé, épais comme un bœuf, Slevyn était un Highlander géant, mais Angus était plus affûté et plus rapide. Feintes et bottes se succédaient chez lui à la vitesse de l'éclair. Il était beaucoup trop vif pour Slevyn, qui fut incapable de parer le coup qui lui perça le cœur et chuta sur le côté comme un grand arbre qu'on abat, avant de rebondir lourdement sur le sol dur et de s'immobiliser.

Gwendolen vit Murdoch battre en retraite pour se fondre dans la foule.

Angus leva son épée et appela :

— Murdoch MacEwen ! Montre-toi !

Personne ne bougeait ou n'osait parler. Gwendolen aussi se sentit paralysée par la force d'acier de la volonté de son époux, mais cela ne l'empêcha pas de se réjouir. Son mari était vivant ! Il était revenu comme l'invincible conquérant qu'il était, et il avait triomphé de ceux qui lui avaient fait du tort.

Elle ne l'avait jamais autant aimé, ni autant désiré qu'à ce moment-là.

Sous l'emprise du besoin irrépressible d'être enfin réunie à lui, elle dévala l'escalier de la tour et, se précipitant dans la cour couverte de monde, se fraya un passage dans la foule. Il y avait là trois clans assemblés qui attendaient de voir quel chef allait l'emporter.

Elle parvint enfin au milieu de la cour, où se tenait Angus, son épée sanglante à la main. Il tournait lentement en rond, son regard ardent balayant les toits.

— Murdoch MacEwen ! cria-t-il une deuxième fois, sa voix profonde résonnant sur les murs de pierre. Viens te battre !

Gwendolen joua des coudes pour déboucher dans le cercle vide.

— Il ne viendra pas, déclara-t-elle. Il a peur de toi.

Leurs regards se croisèrent et ne se lâchèrent plus. Elle sentit son sang pulser sous le coup d'une nouvelle terreur inattendue. Elle s'était représenté leurs retrouvailles de nombreuses fois, mais jamais dans son imagination elles n'avaient pris cette tournure. Elle ne s'était pas attendue à ressentir la même peur suffocante que celle qu'elle avait éprouvée le jour de leur première rencontre, quand ses yeux étaient aussi froids et aussi durs que l'acier. Aujourd'hui encore, tout son être était envahi par la soif de sang. On aurait dit qu'il s'apprêtait à plonger et à la transpercer à son tour, rien que pour avoir osé parler en sa présence.

— Où est-il, alors ? demanda Angus.

Il eut un rictus méprisant. C'était comme s'il ne la connaissait pas. Comme s'ils ne s'étaient jamais rencontrés, n'avaient jamais fait l'amour, n'avaient jamais dormi dans les bras l'un de l'autre. Il poursuivait son ennemi. C'était tout ce qui comptait pour lui.

Elle montra le magasin à poudre du doigt.

— Je l'ai vu entrer là-dedans.

Le regard d'Angus se fit encore plus intense.

— Est-ce un piège ? Est-ce que tu me mens, femme ?

— Non !

Sa détresse creva la surface. Son mari la haïssait. Elle le sentait comme une bise d'hiver. Il la blâmait pour ce qui s'était passé et il croyait qu'elle l'avait trahi.

Soudain, le courage lui manqua. Elle lisait dans ses yeux que tout ce qui comptait pour lui, c'était se battre. Il avait besoin de se retrouver face à face avec son frère, qui lui avait pris son foyer et l'avait jeté du toit.

Angus allait le tuer. Il n'y avait pas d'autre issue possible. Il n'y avait pas la moindre chance que Murdoch le batte. Son frère ne maniait pas bien l'épée. C'était pour ça qu'il gardait Slevyn auprès de lui, pour mener ses combats à sa place.

C'était par bien des côtés un lâche, et pourtant, elle ne voulait pas qu'il meure. Malgré tout, il était toujours son frère.

— Je t'en prie, ne le tue pas !

Les mots sortirent doucement de sa bouche, même si elle savait que c'était la pire chose à dire. Elle se devait de plaider la grâce de son frère. Elle ne pouvait pas se contenter d'envoyer son mari le tailler en pièces dans le magasin à poudre.

Angus plissa ses yeux bleu pâle. Il contracta la mâchoire et serra le poing sur la garde de son épée. Puis il fit signe à deux guerriers de Moncrieffe.

— Emparez-vous d'elle ! Emmenez-la à la prison de la tour sud et enfermez-la !

— Non, Angus, je t'en supplie !

Elle se mit à lutter contre leur emprise, tandis que quelques MacEwen courageux et loyaux se précipitaient à son secours. Ils furent cependant bien vite maîtrisés par des hommes de Moncrieffe, qui leur mirent le couteau sous la gorge.

— Laisse-moi t'expliquer ! cria-t-elle, tandis qu'ils l'emmenaient en la traînant. Je ne savais pas que cela allait arriver. Je ne t'ai pas trahi. Je ne savais pas que le vin était empoisonné. Ça faisait partie de leur complot, ils m'ont manipulée !

De l'endroit où il était resté, Angus pointa son épée sur elle. La haine assombrissait sa voix.

— Je ne veux rien entendre. Pas maintenant. Emmenez-la ! (Il se détourna pour partir, puis se ravisa.) Ne lui faites pas de mal ! Elle porte mon enfant !

Il fila à grandes enjambées à la recherche de Murdoch, tandis qu'on emmenait Gwendolen dans l'autre direction. Elle lutta pied à pied tout du long. À la fin, il fallut quatre hommes pour lui faire monter l'escalier de la tour jusqu'à la cellule, où elle finit par s'effondrer à genoux sur le sol et sangloter de frustration et de désespoir.

Chapitre 29

Angus traversa la cour d'un pas assuré jusqu'à la poudrière, tous les muscles tendus, son esprit acéré et prêt à un nouveau combat. Il ne penserait pas à la douleur qu'il avait ressentie à la vue de Gwendolen. Pas à ce moment crucial.

Il ouvrit la porte et entra, avant de s'arrêter brusquement : Murdoch se tenait devant un tonneau de poudre, une torche allumée dans une main, son épée sertie de joyaux dans l'autre.

— Un pas de plus, dit Murdoch, et j'envoie ce château et tout ce qu'il y a dedans rejoindre les nuages.

Angus le considéra pendant quelques secondes chargées de tension, puis avança de nouveau avec assurance. Murdoch écarquilla les yeux.

Bien avant qu'il puisse appréhender la situation, Angus lui arracha la torche.

— Foutu imbécile, grogna-t-il.

Il retourna à la porte et tendit la torche enflammée à l'un de ses hommes.

— Sors-moi ça de là !

Puis il fit de nouveau face à Murdoch.

— Je devrais te transpercer sur place. Tu es trop bête pour avoir le droit de vivre.

Murdoch leva son épée et plongea.

— Oh, comme c'est mignon ! s'exclama Angus. Tu veux faire mumuse, c'est ça ? Tu crois vraiment pouvoir m'affronter ?

Il secoua la tête d'un air méprisant, avança, sa lourde claymore devant lui, et fit gicler l'épée d'apparat de Murdoch d'un petit coup bien ajusté. Murdoch leva les deux mains en l'air et recula jusqu'au mur où étaient alignés les tonneaux de poudre.

— Tu ne me tueras pas, dit-il d'une voix tremblante.

— Ah bon ?

— Non.

— Et pourquoi pas ?

— À cause de ma sœur. Si tu touches à un seul de mes cheveux, elle maudira jusqu'au jour de ta naissance, et tout le monde sait que tu en es fou.

— Écarte-toi du mur, intima Angus.

Murdoch revint au milieu du magasin.

— Très bien, déclara-t-il d'un ton prudent. Parlons, alors. Tu as clairement l'avantage au combat à l'épée, mais j'ai celui des relations et des bons choix politiques. Ton père était connu pour ses opinions jacobites. Je suis sûr que tu pourrais envisager de te joindre à moi. Nous pourrions diriger ensemble Kinloch, et quand la guerre entre l'Angleterre et l'Espagne débutera…

— La guerre entre l'Angleterre et l'Espagne ? rétorqua Angus d'un ton irrité. Je ne veux rien avoir à faire dans cette histoire.

— C'est une chance pour l'Écosse d'avoir de nouveau un roi, insista Murdoch.

Angus le considéra de la tête aux pieds.

— Non, c'est une chance pour toi de porter une couronne ducale. Eh oui ! J'ai appris ta traîtrise ce matin même. Si tu t'imagines pouvoir devenir duc, tu te fais des illusions, et je ne te laisserai pas te servir de Kinloch et du sang de mes hommes pour parvenir à tes fins.

Angus posa la pointe de son épée sur la poitrine de Murdoch.

Son beau-frère fronça les sourcils.

— Si tu dois le faire, fais-le maintenant. Comme ça, chacun saura de quel côté de la frontière penche ton épée.

Angus serra les mâchoires et sentit les flammes si familières de la violence et de la vengeance se raviver en lui. C'était une force obscure à nulle autre pareille, et il se demanda soudain combien d'hommes il avait tué au cours de sa vie. Avant, la mort d'un homme n'avait pour lui aucune importance, parce qu'il n'avait pas la moindre considération pour la vie humaine, pas même la sienne – surtout pas la sienne !

Mais cet homme était le frère de Gwendolen. Le fils d'Onora.

Sans baisser son épée ni quitter Murdoch des yeux, il recula et dit à ses hommes.

— Enfermez-le ! Mais menez-le à la tour ouest, loin de sa sœur.

Murdoch n'offrit aucune résistance quand trois hommes s'emparèrent de lui et l'emmenèrent rapidement. Il avait l'air de quelqu'un qui est certain d'avoir le dernier mot.

Angus referma le magasin à poudre derrière lui et rejoignit la cour où se tenaient des dizaines d'hommes, MacEwen, MacLean et MacDonald, figés dans un silence craintif, les yeux rivés sur lui.

En traversant jusqu'au milieu de la foule il se demanda s'ils le jugeaient, s'ils le trouvaient faible d'avoir épargné la vie de son ennemi.

Il se dressa devant tous les hommes présents et ne dit rien pendant un long moment, se contentant de les regarder dans les yeux. Il fit ainsi un cercle complet, les scrutant l'un après l'autre, défiant quiconque de formuler son désaccord ou de lever l'épée contre lui.

Personne n'émit le moindre son. Ils le regardaient, attendant que quelque chose se produise.

Angus leva les yeux vers le soleil matinal, puis vers les quatre tours d'angle de Kinloch, et jeta son épée dans la poussière.

— Je suis Angus Bradach MacDonald, lança-t-il d'une voix forte, et je suis seigneur et maître de ce château ! Si certains d'entre vous sont jacobites, eh bien, soit ! Vous pourrez combattre pour le roi Stuart si tel est votre choix. Mais Kinloch demeurera terrain neutre. Toutes les guerres devront être menées sur des champs de bataille lointains. (Il se retourna.)

Hommes de Moncrieffe ! Je vous remercie de vous être joints à moi dans ce combat ! Restez faire la fête avec nous ce soir, puis vous pourrez retourner à votre propre seigneur, à vos femmes et à vos enfants. Vous avez en moi, seigneur de Kinloch, un allié. Tous les autres… prêtez-moi allégeance sur-le-champ, ou quittez ces lieux !

Les hommes de Moncrieffe commencèrent à se retirer, tandis que tous ceux qui restaient mettaient un genou en terre. Personne ne souhaitait le combattre, et personne ne s'en alla.

Angus repéra Gordon MacEwen, debout sous le porche voûté de la grand-salle. Le vieil intendant croisa son regard, hocha la tête, puis mit un genou en terre.

Angus ramassa son épée et traversa la foule pour venir lui parler.

— Tu es bien prompt à déserter, alors que je t'ai fait enfermer comme renégat.

Gordon ne cilla pas.

— Murdoch MacEwen voulait nous entraîner dans une guerre entre l'Angleterre et l'Espagne. Il m'a dit que je devais me battre ou qu'il me ferait trancher la tête.

Angus s'attarda sur l'expression affligée de l'homme.

— Ta tête a sa place ailleurs que sur le billot, Gordon. Tu es un bon intendant. Tu maîtrises les chiffres. J'ai besoin de toi pour gérer le trésor, et je te rétablirai dans tes fonctions si cela te convient.

Le regard de Gordon s'éclaira.

— Cela me convient, monseigneur.

Angus posa une main sur son épaule.

— Bien. Maintenant, dis-moi : où est Onora ?

Il lui fallait s'assurer qu'elle n'essaierait pas de libérer son fils ou de séduire d'autres hommes pour qu'ils le fassent à sa place.

Gordon pâlit.

— J'ai bien peur que vous ne la trouviez pas.

— Pourquoi ça ?

— Elle a quitté le château il y a deux jours. Elle s'est enfuie pour épouser votre cousin et chef d'état-major.

Angus laissa retomber sa main le long du corps et regarda Gordon d'un air interrogateur.

— Lachlan est en vie ? Et il a l'intention d'épouser Onora ?

Impossible. C'était une ruse. Angus connaissait trop bien Lachlan. Il n'épouserait jamais Onora, ni aucune autre femme. Le mariage, ce n'était plus pour lui. Il ne remettrait jamais ça.

— Oui, confirma Gordon. Onora l'a libéré de sa prison et a écrit à son fils un long message émouvant, dans lequel elle l'informait de leur amour et le suppliait de ne pas les poursuivre. Elle disait que son bonheur en dépendait et promettait de ne pas interférer dans ses projets. Incroyable !

Angus était ravi d'apprendre que son cousin était en vie.

Quant à ce mariage improbable, ce ne pouvait être qu'un stratagème pour s'échapper, rien de plus. Angus était sûr que l'avenir prouverait qu'il avait raison.

— Et votre épouse ? demanda Gordon d'un ton prudent. Si vous voulez vraiment que la paix règne, monseigneur, vous ne pouvez pas la garder enfermée. Son clan n'apprécierait pas. Combien de temps comptez-vous la laisser en prison ?

Angus regarda du côté de la tour sud, où était retenue Gwendolen. Il se demanda avec un accès de crainte de quel côté son cœur penchait. Avait-elle vraiment commis l'irréparable et tenté de l'empoisonner pour que son frère devienne duc ? Si c'était le cas, il n'aurait pas d'autre option que de divorcer et de garder l'enfant.

Ou bien y avait-il une autre fin possible à cette histoire ? Était-elle sincère quand elle avait prétendu qu'elle ne savait pas que le vin était empoisonné ?

Tout ce qu'il savait, c'était qu'il lui fallait marcher sur des œufs, parce qu'il voulait vraiment la croire. Mais comment serait-il jamais sûr ? S'il lui parlait tout de suite, un seul regard de ses yeux meurtris risquait de le convaincre de croire tout ce qu'elle lui dirait, car il l'aimait toujours. Il était inutile de le nier. Cependant, il savait à présent mieux que personne que l'amour pouvait obscurcir le discernement.

Il considéra Gordon MacEwen d'un regard posé et rengaina son épée.

— Je ne sais pas encore, répondit-il. Je crois qu'il faut que je prenne le temps d'y réfléchir.

Chapitre 30

Gwendolen essuya ses larmes, ramassa ses jupes et se releva. Elle avait au moins la maigre consolation d'avoir été enfermée dans la cellule de la tour sud, et non dans le cachot de la tour ouest, humide et infesté de rats. Ici, elle avait une vraie fenêtre et une chaise pour s'asseoir, et le sol était recouvert d'un plancher balayé il y avait peu.

Cela ne suffisait toutefois pas à l'arracher à ses sombres pensées : elle était coincée là, impuissante à soustraire son frère à la lame inflexible de la colère d'Angus. Elle ne pouvait pas non plus expliquer à son mari qu'elle ne l'avait pas trahi volontairement. Il n'y avait personne qui puisse confirmer sa version des faits. Sa mère avait quitté le château et rien ne s'était déroulé comme elle l'avait espéré.

Pas pour l'instant, du moins.

Elle prit la chaise et s'assit, joignit les mains sur ses genoux, et fit de son mieux pour ne pas penser à la haine qu'elle avait vu briller dans les yeux de son époux quand elle lui avait fait face. Quoi qu'il arrive, elle ne devait pas perdre espoir. S'il y avait une justice dans ce monde, il apprendrait la vérité et la pardonnerait. Et s'il n'en était pas capable, peut-être devrait-elle alors envisager que l'amour qu'ils avaient partagé n'avait jamais vraiment existé.

Elle baissa le regard sur ses mains et s'efforça de repousser la vague d'angoisse nauséeuse qu'elle ressentait.

Il y a encore de l'espoir, se dit-elle. *Tout n'est pas terminé.*

Gwendolen se leva de sa chaise et alla à la fenêtre, où elle riva le regard sur l'horizon.

Angus se laissa aller dans le bain chaud qu'il s'était fait préparer dans sa chambre et se mit à laver la crasse dont il était couvert. Les deux derniers jours, passés à voyager dans des vallées obscures et de sombres forêts à la tête de l'armée de Moncrieffe, avaient été pénibles ; mais la matinée qui s'achevait, au cours de laquelle il avait dû enfoncer les portes de son propre château peu après les avoir reconstruites, l'avait été encore plus.

Il ruminait encore sa décision d'épargner Murdoch. Six mois plus tôt, il n'aurait pas hésité une seconde. Il se serait contenté de débarrasser Kinloch de l'ennemi. L'amour d'une femme n'aurait joué aucun rôle là-dedans.

Mais il n'était plus le même homme et, de fait, il était amoureux… même s'il était possible qu'elle l'ait trahi.

Elle lui avait dit qu'elle avait été manipulée. Il voulait la croire. Il n'y avait rien dont il eût plus besoin que de sentir de nouveau ce qu'il avait éprouvé avec elle. Dans les bras de son épouse, il avait vécu une véritable extase et il avait commencé à croire qu'il n'était ni maudit, ni destiné à l'enfer. Il ne savait pas alors qu'une telle joie était possible, ou qu'on pouvait éprouver tant de plaisir avec une femme.

Pas n'importe quelle femme. La sienne.

Il appuya la nuque sur le bord de la baignoire et ferma les yeux, conscient qu'il lui faudrait aller la voir très bientôt. Il devait savoir ce qui s'était passé. Il avait besoin de la regarder dans les yeux pour y lire la vérité.

Un peu plus tard, les cheveux toujours humides, il était dans la tour sud, devant la porte de la cellule, et regardait le garde lever la barre de fer qui la bloquait. La porte s'ouvrit en grinçant et il pénétra à l'intérieur.

Gwendolen lui faisait face à l'autre bout de la pièce, les bras le long du corps.

Il était venu avec la ferme intention de rester objectif, mais à l'instant où il la vit, il ressentit comme une décharge. C'était de la plus belle femme qu'il ait jamais vue et il la désirait… même s'il savait qu'il devait se montrer prudent. Tout ce dont il avait envie, c'était de la traîner jusqu'à son lit pour prouver qu'elle lui appartenait et qu'il pouvait la conquérir, comme tout ce qui se trouvait dans ces murs.

Cependant, une autre part de lui-même, une part qu'il connaissait moins, aurait voulu se mettre à genoux et la supplier de jurer qu'elle lui avait toujours été fidèle, et qu'elle l'aimait, même s'il était l'ennemi de son frère.

— As-tu tué mon frère ? demanda-t-elle presque immédiatement.

Sous l'effet d'une réalité plus brutale que ce qu'il avait envisagé, il expira à fond.

— Non.

— Quelqu'un d'autre l'a-t-il fait ?

— Non. Il est toujours vivant. Je l'ai fait mettre au cachot.

Était-ce tout ce qui importait pour elle ?

Le feu du regard de Gwendolen s'apaisa un peu et elle sembla respirer.

— Je suis bien consciente, naturellement, que tu avais parfaitement le droit d'en finir avec lui après ce qu'il t'a fait. Si ta réponse avait été différente, je n'aurais pas pu te blâmer. Mais je suis contente. Merci de l'avoir épargné… Je suis…

Elle s'interrompit et baissa les yeux.

— Tu es quoi, ma belle ?

Dis-le, bon Dieu ! Redis-moi que tu étais innocente dans toute cette histoire ! Que tu n'as jamais cessé de m'aimer. Et regarde-moi dans les yeux !

Mais elle garda les yeux au sol.

— Je te suis reconnaissante.

— Reconnaissante ?

Il s'approcha d'elle ; son sang commençait à bouillir dans ses veines.

— C'est tout ? Tu n'as rien d'autre à dire ? Tu m'as fait boire du vin empoisonné, et j'ai beaucoup de chance d'être encore en vie. Je devrais te battre à mort en ce moment même. C'est ce que la plupart des maris feraient à ma place.

Il hésita quelques secondes, puis se mit à faire les cent pas devant elle.

— Tu as dit dans la cour que tu ne savais pas que le vin était empoisonné, qu'ils t'avaient manipulée. Est-ce vrai ? Comment en serai-je jamais sûr ?

Enfin, elle releva la tête et le considéra avec des yeux écarquillés. Son visage avait perdu toute couleur. Elle avait les lèvres entrouvertes et sa poitrine se soulevait avec effort.

— Il te faudra simplement me faire confiance, se contenta-t-elle de déclarer.

— Te faire confiance ?

Il n'arrivait plus à penser. Il se sentait submergé par un océan d'émotions, et il aurait voulu sortir pour ne jamais revenir.

— Oui.

Elle haussa les épaules comme pour suggérer qu'il n'y avait pas d'autre réponse possible.

— Tu crois que c'est si simple ?

— Oui. Tu n'as qu'à suivre ton cœur, Angus. Je sais que tu ne croyais pas en avoir un quand tu as conquis Kinloch pour la première fois, mais pourtant, c'est le cas. Certes, je ne veux pas que mon frère meure, mais ma loyauté t'est acquise. Elle l'a toujours été. Je ne savais rien de ce complot. C'est ma mère qui l'a orchestré et elle m'a laissée dans l'ignorance de tout ce qui se tramait. De toute façon, j'étais tellement amoureuse de toi que j'étais sur un petit nuage.

— Tout comme moi, répliqua-t-il. Et je l'ai payé cher.

Ils continuèrent à se regarder jusqu'à ce qu'il n'en puisse plus. Il était furieux et frustré à cause du mélange confus d'émotions qui l'envahissait. D'un côté, il aurait voulu ne jamais avoir rencontré cette femme qui l'avait rendu vulnérable. Il avait perdu ce tranchant qui faisait de lui un guerrier efficace. Il avait été piégé et pris au dépourvu par ses ennemis, et cela lui avait coûté son château.

De l'autre, il mourait de savoir s'il pouvait faire confiance à Gwendolen, sans preuves tangibles. Il en avait indéniablement envie et il s'était cru capable de reconnaître la sincérité, ou peut-être la tromperie, dans ses yeux. Mais ce n'était pas si simple. Il avait peur de suivre son cœur.

Tout ce qu'il savait, c'était ce dont il crevait d'envie, à savoir la tenir dans ses bras et la proclamer sienne de nouveau. Forcer tout et chacun à se plier à sa volonté.

Après tout, c'était bien le genre d'homme qu'il était, non ? Il prenait ce qu'il voulait par la force. Il l'avait toujours fait. C'était bien comme ça qu'il l'avait conquise la première fois, n'est-ce pas ?

N'est-ce pas ?

Incapable de penser plus avant, il la rejoignit et colla sa bouche à la sienne en un baiser brûlant qui l'excita au plus haut point. Il voulait coucher avec elle sur-le-champ, la posséder, la conquérir, et pourtant il y avait toujours en lui quelque chose qui se languissait de ce qu'ils avaient avant, quand tout était tendre et joyeux.

— Oh, Angus, lâcha-t-elle dans un soupir. Est-ce que tu me crois, maintenant ? Est-ce que tu as compris que je n'ai eu aucun rôle dans tout ça ?

Non, il n'était pas prêt à la croire. Pas encore. Mais en cet instant torride, tout ce qui comptait pour lui, c'était de la tenir dans ses bras. Il était resté trop longtemps loin d'elle. Pour une raison ou pour une autre, tout ce dont il avait besoin, c'était elle, et rien d'autre.

Il la poussa contre le mur et referma les mains sur ses seins tout en l'embrassant goulûment. Elle glissa les doigts le long de son tartan et vint soulever son kilt pour lui masser doucement les bourses.

— Fais-moi l'amour, murmura-t-elle en embrassant sa gorge et son torse.

Bien sûr, c'était ce qu'il voulait, mais il ne pensait ni avec sa tête, ni avec son cœur. Il était complètement à la merci de son désir et espérait secrètement que le sexe lui donnerait la réponse qu'il cherchait désespérément.

Puis, tout à coup, il lui prit les épaules et recula d'un pas.

— Non.

— Pourquoi ?

Elle semblait comme frappée par la foudre.

— Parce que je ne sais toujours pas vraiment si je peux te faire confiance, ma belle, et que cela n'aidera pas.

La colère enflamma le visage de Gwendolen. À moins que ça n'ait été la déception.

— Si ce dont tu as besoin, c'est une preuve tangible et irréfutable, lança-t-elle, tu ne devrais pas tarder à l'avoir.

— Comment ça ?

Elle se calma en s'écartant de lui.

— Parce que c'est moi qui ai libéré Lachlan de sa cellule. J'ai demandé à ma mère d'écrire un mot évoquant une fugue amoureuse. Je lui ai dit exactement quoi mettre dedans, puis je les ai envoyés tous deux à Fort William pour qu'ils informent le colonel Worthington de la trahison commise par mon frère en Espagne. Quand ton cousin reviendra, il pourra confirmer. À ce propos, l'armée anglaise peut arriver à tout moment pour arrêter Murdoch et te rendre Kinloch, à toi, son seigneur légitime.

Surpris, Angus la contempla à la lumière du midi.

— Tu as trahi ton frère ?

Pourquoi avait-elle attendu ce moment pour le lui expliquer ?

Elle lui tourna le dos.

— Je préfère ne pas voir les choses sous cet angle. Je veux croire que j'ai fait ce qui était juste, parce que je t'étais fidèle, à toi, mon mari, et au Royaume-Uni de Grande-Bretagne. Une nouvelle rébellion contre l'Angleterre ne pourrait que mal se terminer, j'en suis sûre. Et après ce que Murdoch a essayé de te faire... (Elle s'interrompit, avant de reprendre d'une voix raffermie.) Mais je pensais que tu aurais plus foi en moi, Angus. Qu'à ton retour, tu me croirais quand je te dirais que je n'avais aucune responsabilité dans le plan de Murdoch. Comment as-tu pu vraiment croire que je te ferais une chose pareille ? Toi, mon propre époux ?

Il s'avança pour la toucher, mais elle leva la main.

— Je t'en prie, non ! Va-t'en et reviens quand tu auras trouvé la preuve dont tu as besoin pour me faire confiance – si tu la trouves.

Peut-être aurait-il dû argumenter et la convaincre qu'il n'avait besoin d'aucune autre preuve, que sa parole lui suffisait, mais il se trouvait justement que ça n'avait pas été le cas. Si elle ne lui avait pas donné ce gage de sa fidélité, il serait resté tout aussi suspicieux qu'en entrant dans la pièce.

Il aurait aimé qu'il en soit autrement, mais il était trop las pour un tel acte de foi. Il avait subi de nombreux torts et de nombreuses blessures au cours de sa vie. Il avait même trahi son meilleur ami. Il savait combien il était facile de tromper quelqu'un.

Il se détourna pour partir, mais elle l'arrêta.

— Attends ! Que vas-tu faire de mon frère ?

Il la regarda.

— Je n'ai pas encore décidé.

— Est-ce que tu vas le faire exécuter ?

Angus inclina la tête et contempla le visage de Gwendolen.

— Peut-être que je vais suivre ton exemple et le remettre aux Anglais.

Elle se détendit un peu.

— Je sais que ce qu'il t'a fait était mal, mais, comme je l'ai déjà dit, c'est mon frère et je ne veux pas qu'il meure. C'est pourquoi j'ai écrit une requête au colonel Worthington en lui demandant d'être clément avec Murdoch, en échange de mon témoignage contre lui. Je lui ai promis des preuves écrites de ses activités en Espagne.

— Et tu fais confiance aux Anglais pour le laisser en vie une fois qu'ils l'auront convaincu de trahison ?

Elle haussa les épaules avec un grand soupir.

— Peut-être suis-je maintenant plus prête à croire en la parole donnée. C'est toi qui m'as appris ça. Tu te souviens ?

Angus secoua la tête, incrédule.

— Même après ce que ton frère – et ta propre mère ! – t'ont fait ? Après la façon dont ils t'ont manipulée, Gwendolen ?

Elle répondit sans hésiter un seul instant.

— Oui, parce que sinon, quel autre choix y a-t-il ? Renoncer à toute confiance ? Les gens font parfois des erreurs, mais si on tient à quelqu'un et qu'il se repent vraiment, alors il faut pardonner. Il arrive qu'une deuxième chance soit suffisante pour une vraie rédemption. Tu devrais le savoir mieux que personne.

Il prit une brusque inspiration.

— Et ton frère, lui, n'a pas droit à une deuxième chance ? Ou bien est-ce que ton pardon est sélectif ?

— Il a essayé de te tuer, Angus, et je crois que s'il en avait de nouveau la possibilité, il recommencerait. Alors, oui, il y a des limites à mon pardon. Mon frère ne ressent aucun remords. C'est pour ça que je sais que ce que je fais est juste. Il n'est pas l'homme que j'ai longtemps imaginé.

Ils restèrent sans rien dire pendant un long moment. Au bout de quelques instants, Angus se rendit compte que la fureur qui l'avait animé avait disparu, et il ressentit une admiration sans borne pour sa femme.

Il était désormais tout à fait certain de la croire, mais il n'était pas sûr de comprendre pourquoi il avait eu la chance de prendre une telle femme pour épouse. Il se sentait indigne d'elle.

Peut-être était-ce ce qui le retenait. Ou était-ce autre chose ? Peut-être était-il simplement incapable de donner son cœur. Peut-être ce cœur était-il trop écorché et ne ressentait-il aucun espoir d'un amour absolu, sans crainte. Peut-être était-ce le mieux qu'il puisse faire : aimer avec prudence.

Un instant, le visage mort de sa mère dans la neige lui apparut. Il n'avait que quatre ans quand elle lui avait été arrachée.

Son regard tomba sur le ventre de Gwendolen, où grandissait son propre enfant. Il sut que cet enfant serait courageux, fort et sensé. Comment aurait-il pu en être autrement, avec cette femme extraordinaire comme mère ?

Il contempla Gwendolen à travers la pièce.

— Tu es libre d'aller et venir, lui dit-il d'un ton redevenu serein. Je ne te garderai pas enfermée.

— Eh bien, merci, j'imagine.

Il sortit de la cellule et ordonna au garde de ne pas bloquer la porte derrière lui, car son épouse allait rejoindre ses appartements. Puis il descendit l'escalier et se dirigea vers le trésor. Il voulait parler avec Gordon MacEwen et envoyer un message important.

Une heure plus tard, une fois le bélier retiré du pont-levis et les débris des portes dégagés, il se tenait sur le toit, regardant son messager quitter le château. Le jeune homme franchit le pont-levis au trot avant de se lancer au galop au milieu des champs. Puis il fit une courbe vers l'est, dans la direction de Fort William.

Angus suivit le rempart pour voir le cavalier disparaître à l'horizon. Il était déjà impatient de le voir revenir.

Chapitre 31

Gwendolen retira ses chaussures et ses bas avant de s'asseoir à la petite table de sa chambre, qu'elle avait rapprochée du feu. Une aide de cuisine lui avait apporté à déjeuner sur un plateau. C'était un repas savoureux constitué d'un ragoût de lapin et de morceaux de pain à la mie épaisse, ainsi que de gâteaux aux figues pour le dessert. Mais son appétit était faible, car elle avait l'esprit absorbé par Angus et ce qui s'était passé entre eux ce matin-là.

Elle était en colère contre lui. Une part d'elle-même aurait voulu lui hurler dessus et le traiter d'imbécile pour avoir cru le pire à son sujet, et pour être incapable de se rendre compte à quel point elle l'aimait.

L'autre, plus posée, comprenait pourquoi il restait tellement sur la défensive. Après tout, sa famille avait essayé de l'empoisonner. Il avait vécu une vie de violence, et il avait été non seulement témoin de toutes sortes de traitements cruels, mais aussi acteur de bon nombre d'entre eux. Il était féroce, agressif et brutal. Et il admettait ouvertement qu'il avait fait des choses dont il n'était pas fier. À cause de tout cela, il était meurtri, et elle se sentait tenue de se montrer patiente et de lui accorder un peu de temps pour accepter l'idée qu'elle ne lui infligerait jamais volontairement la moindre souffrance.

On frappa à la porte et elle sentit son cœur battre plus fort. Était-ce trop d'espérer que ce soit Angus ?

Elle se tapota la bouche avec une serviette et s'efforça de ne pas trop espérer. Puis elle repoussa sa chaise, se leva et alla à la porte.

— Qui est-ce ?

— C'est moi, ta mère.

Passé un mouvement de surprise, Gwendolen ouvrit rapidement la porte.

— Vous êtes enfin de retour. Que s'est-il passé ? Avez-vous amené l'armée anglaise avec vous ? Je vous en prie, dites-moi que vous n'avez pas changé d'avis sur…

Sa mère entra et ferma la porte derrière elle.

— Non, je n'ai pas changé d'avis, et oui, nous avons amené l'armée anglaise. Le colonel Worthington est ici et ses hommes s'apprêtent à emmener Murdoch. (Le remords obscurcit ses yeux.) Mais je ne sais pas si je vais pouvoir continuer à me regarder dans la glace, Gwendolen. Qu'est-ce que j'ai fait ? C'est mon seul fils !

Consciente de l'ampleur du sacrifice consenti par sa mère, Gwendolen la prit dans ses bras.

— Ça n'a pas dû être facile, mais vous avez fait ce qu'il fallait. Murdoch nous aurait tous entraînés dans une guerre perdue d'avance. Vous avez sauvé de nombreuses vies et assuré la paix pour notre clan.

C'est ce que père aurait voulu. Il n'a jamais cru en la cause jacobite.

Gwendolen recula d'un pas et regarda sa mère dans les yeux.

Onora essuya une larme.

— Venez vous asseoir, dit Gwendolen. Dites-moi tout. Quelles nouvelles de Lachlan ? Est-il revenu avec vous ?

Onora s'assit devant le feu.

— Oui. Il est en ce moment avec Angus et Worthington. Ils discutent de tout cela autour d'une bouteille de whisky. En fait, ton mari a envoyé un messager au fort pour confirmer ce que nous avions déjà dit à Worthington au sujet de Murdoch et lui expliquer qu'il avait repris Kinloch. Nous avons croisé ce cavalier en revenant ici. Le colonel a renvoyé son armée au fort et n'a gardé qu'un détachement pour arrêter Murdoch.

Gwendolen se dit qu'à présent, Angus savait qu'elle lui avait dit la vérité.

— Avez-vous entendu quelque chose sur Raonaid ?

— Rien, si ce n'est qu'elle a maudit Lachlan, car c'est lui qui lui a enlevé Angus.

Elles gardèrent le silence quelques minutes, plongées dans leurs réflexions sur les événements de la semaine écoulée.

— Que s'est-il passé entre Lachlan et vous, ces derniers jours ? demanda Gwendolen. Vous a-t-il pardonné de l'avoir attiré dans un piège ?

Onora regarda ses mains, qu'elle avait posées sur ses genoux.

— Il m'en voulait. J'ai cru qu'il me tordrait le cou dès que nous serions hors de vue. Heureusement, il s'est concentré sur notre évasion et sur les moyens d'aider Angus à récupérer Kinloch. Quand nous avons atteint la forêt, il s'est même montré reconnaissant de mon aide. Quant à obtenir son pardon... Eh bien... (Onora secoua la tête.) Il a accepté mes excuses et il faudra que je m'en contente.

Gwendolen versa un verre de vin à sa mère et la laissa reprendre contenance.

— Y a-t-il le moindre espoir de quelque chose de plus entre vous ? Peut-être plus tard ?

À l'expression d'Onora, Gwendolen comprit qu'elle avait déjà réfléchi longuement à la question et qu'elle avait accepté la réponse.

— Aucun, ma chérie, répondit Onora. Absolument aucun et, curieusement, je n'ai pas le cœur brisé. Après tout, j'ai fait quelque chose de courageux cette semaine. Je me suis opposée à mon fils. (Elle baissa les yeux.) J'espère que Murdoch reconnaîtra ses erreurs et deviendra un homme meilleur. Je pense que c'est possible, parce que je viens de découvrir qu'il y a peut-être chez moi autre chose que ma beauté physique. Je commence à comprendre que je n'ai pas toujours besoin de recourir à mes charmes pour avoir une influence. Je ne l'aurais jamais cru avant. Les gens peuvent changer. (Elle leva les yeux vers

Gwendolen et esquissa un sourire.) Peut-être que, moi aussi, j'apprendrai à manier la claymore.

Gwendolen eut un sourire pour sa mère et leva son verre.

Cette nuit-là, le lion vint visiter Gwendolen dans ses rêves. C'était un superbe fantôme doré qui avançait dans une prairie verte. Il se coucha dans l'herbe haute et attendit qu'elle s'approche.

Gwendolen s'agenouilla et sourit, puis caressa sa douce crinière fauve. Le lion lui renifla l'oreille et lui fourra le museau dans le cou.

— Je ne sais pas pourquoi tu es si fâché contre moi, dit-elle. Je n'ai rien fait de mal.

C'est alors qu'il lui rugit au visage. Le bruit était tellement puissant qu'elle le sentit résonner dans sa poitrine et dut se couvrir les oreilles et fermer les yeux.

Gwendolen se redressa dans son lit et regarda autour d'elle. Tout était sombre. Son cœur battait la chamade.

— Angus ? Tu es là ?

Mais la porte était fermée. La chambre était silencieuse. Elle reposa la tête sur l'oreiller et essaya de se rendormir.

Murdoch MacEwen quitta Kinloch le jour suivant, dans un chariot-prison. Depuis un créneau sur la tour est, Gwendolen regarda son frère être emmené au loin sous la garde du colonel Worthington, de quelques officiers à cheval et d'un petit détachement de fantassins.

Quelque part en elle sourdait une honte terrible : elle avait organisé la capture et l'arrestation de son propre frère. Mais son côté le plus raisonnable savait qu'elle avait fait le bon choix. Si elle avait laissé Murdoch poursuivre ses ambitions personnelles, une tragédie se serait abattue sur leur clan. Il lui avait fallu penser au bien-être de son peuple, et aussi à son enfant à naître, et il n'y avait jamais eu pour elle le moindre doute qu'elle serait absolument, inconditionnellement loyale envers son mari.

Elle espérait qu'un jour Angus finirait par le reconnaître et par comprendre qu'elle désirait les mêmes choses que lui. Et en premier lieu, la paix. Après tout, elle lui avait sacrifié son frère.

— Je l'ai, maintenant, énonça une voix derrière elle.

Surprise, elle se retourna pour se trouver face à son époux, le Grand Lion d'Écosse. Ses cheveux étaient noués en une queue-de-cheval impeccable. Il portait une chemise blanche propre et la broche fixée à son tartan, soigneusement polie, luisait doucement.

— Tu as quoi, exactement ? interrogea-t-elle, décidée à le narguer.

— La preuve. La preuve de ta loyauté envers Kinloch. Et envers moi.

Il se rapprocha lentement, et la brise tiède souleva une mèche qui lui était revenue sur la tempe.

— C'est merveilleux, répondit Gwendolen d'un ton sec. Maintenant, tu peux te reposer tranquillement la nuit en sachant que ta femme ne va ni t'empoisonner, ni te poignarder dans ton sommeil.

Elle vit une lueur d'amusement traverser son regard. Ce n'était pas quelque chose qu'elle avait souvent eu l'occasion de voir, et elle ne s'y attendait pas. La plupart du temps, il semblait très menaçant.

— À moins que je ne me remette avec Raonaid ou une autre femme, ajouta-t-il, visiblement décidé à la corriger. Tu m'as un jour mis en garde, si je me souviens bien, et je t'ai prise au sérieux, ma belle.

Elle se rapprocha de lui.

— Effectivement, je m'en souviens. C'était après que tu as soulevé mes jupes pour me prendre sur le bureau de Gordon. Ça n'a pas été l'heure la plus glorieuse de notre relation, Angus. Tu venais juste de m'accuser de te mentir à propos de ma grossesse et tu me suspectais d'organiser ton assassinat.

— Mais tu as aimé, n'est-ce pas ? interrogea-t-il sans tenir compte de ses autres propos. De cela, au moins, je suis certain.

Ils étaient là, debout sur le toit, à quelques centimètres à peine l'un de l'autre, et Gwendolen se demanda s'il était possible qu'une femme s'évanouisse sous la pression d'émotions contraires. En dépit de tout, son époux restait pour elle le plus beau et le plus fascinant des hommes qu'elle ait connus, et elle aurait fait n'importe quoi à cet instant précis pour ne serait-ce que le toucher.

— Peut-être, répliqua-t-elle, mais ça ne change rien au fait que tu as pensé les pires choses de moi.

Tu n'as pas cru à ma loyauté. Tu t'es persuadé que je t'avais donné sciemment du vin empoisonné. Je n'aurais jamais fait une chose pareille, et je te l'avais dit, mais il n'empêche… tu ne m'as pas fait confiance.

Elle vit son formidable poitrail se gonfler sous l'effet d'une profonde inspiration, puis il tira son épée. Gwendolen fit un pas en arrière, effrayée par l'aspect menaçant d'Angus le Lion s'apprêtant au combat. À sa grande surprise, il mit un genou en terre et, posant la pointe de son épée sur le sol de pierre, il en agrippa la garde des deux mains.

— Je suis Angus Bradach MacDonald, énonça-t-il d'une voix douce, et je te prête allégeance, Gwendolen MacEwen, mon épouse, mère de mon enfant. J'ai eu tort de douter de toi.

Il ferma les yeux, comme s'il attendait quelque chose.

— Qu'est-ce que tu veux que je fasse ? demanda-t-elle. Que je te donne une tape sur l'épaule et que je te dise que tu es pardonné ?

Il ouvrit les yeux.

— Oui, ce serait bien.

Elle fronça les sourcils et lui donna une tape sur la joue.

— Tu es fou ou quoi ? Je n'ai cessé de te prêter allégeance et de te satisfaire au lit. J'ai été assez fertile pour faire de toi un futur père après à peine un mois de mariage, et cela n'a même pas suffi. J'admets que ma mère s'est montrée retorse et mon frère, une crapule intéressée, mais moi, je n'ai jamais rien fait pour te trahir. J'ai été une bonne épouse, et j'ai été trompée, tout comme toi. Et pourtant, tu m'as traitée comme si je méritais un châtiment. Tu m'as fait enfermer comme une criminelle et tu ne m'as pas crue quand je t'ai dit que j'étais innocente. Je devrais t'imposer de rester à genoux pendant un an !

Angus la regarda, surpris, puis il fit un large sourire et… éclata de rire.

C'était la première fois que Gwendolen voyait son époux sourire ainsi. Quant à son rire… elle ne l'avait jamais entendu. Pas une seule fois.

Elle fronça les sourcils.

— Est-ce que tu rirais de moi ?

Il hocha la tête. Des larmes pointaient aux coins de ses yeux.

— Oui, ma belle ! Je viens de me rendre compte que tu es encore plus folle que la sorcière avec laquelle j'ai vécu dans les Hébrides pendant près d'un an. Tu es complètement marteau !

Gwendolen se mit à rire à son tour, en se demandant comment elle pouvait lui pardonner si facilement toutes les souffrances qu'il lui avait causées.

— Ce n'est pas drôle, dit-elle, à la fois profondément offensée, irritée et amusée. J'ai respecté mon serment et tu n'avais aucun droit d'être en colère contre moi. Je n'ai rien fait de mal.

Il se releva lentement et son sourire disparut.

— Tu as raison, ma belle. C'est moi qui ai mal agi, et ce n'est pas toi qui étais en tort. C'était moi. (Il se tut un instant.) C'est juste que… je n'ai jamais aimé personne avant toi, alors je suis… je suis un peu brut.

À ces mots, Gwendolen sentit son cœur fondre. Elle avait si souvent rêvé d'entendre Angus parler d'amour, ne serait-ce qu'une fois, si souvent désiré ressentir sa tendresse.

— Ça, tu peux le dire !

— Ce n'est pas que je ne t'ai pas crue à propos du vin, poursuivit-il. Je t'ai crue. Je savais que tu disais la vérité et que ton frère t'avait trompée. Je pense que je l'ai su tout de suite, mais j'avais peur d'y croire, peur d'une certaine façon d'être déçu… parce que j'ai eu une vie difficile, ma belle. J'ai perdu les deux seules femmes auxquelles j'ai jamais tenu…

— Ta mère et ta sœur, acheva-t-elle pour lui.

— Oui. Toute ma vie a été consacrée à la vengeance. Il n'y avait rien d'autre. Et même quand je t'ai rencontrée et que j'ai décidé de faire de toi mon épouse, il y avait une part de moi qui voulait te faire du mal, être cruelle envers toi, parce que je te voyais comme un ennemi. Je voyais tout le monde comme un ennemi… même ceux qui m'étaient chers. Mais depuis que je suis avec toi, ma belle, mon désir de combattre et de me venger s'est évanoui. C'est une part de moi qui est devenue très…

Gwendolen fit un pas vers lui, anxieuse d'entendre la suite.

— Très quoi, Angus ?

Il détourna le regard vers l'horizon.

— Très tranquille.

Elle tendit une main tremblante et lui caressa la joue.

— J'en suis heureuse.

Il lui saisit la main et tourna la tête pour lui baiser la paume. Puis il la prit dans ses bras et la serra contre lui pendant un long moment chargé d'émotion. Enfin, il l'embrassa. Ses lèvres étaient du miel tiède, sa langue, un vin enivrant qui la faisait fondre de plaisir. La faisant reculer contre le rempart, il l'embrassa sur la gorge et lui prit la tête dans les mains.

— Oh, Angus, soupira-t-elle. Je voudrais rester fâchée contre toi, mais j'en suis incapable. Tu me fais défaillir quand tu parles comme ça, tellement c'est nouveau. La première fois que je t'ai vu, j'étais terrifiée. Et je le suis encore, à bien des égards.

— Tu n'as plus besoin d'avoir peur de moi maintenant, ma belle. Je ne te ferai jamais de mal. Je donnerais ma vie pour te protéger.

Elle attira sa tête vers elle pour un nouveau baiser. Il fut tendre et profond, et elle eut l'impression d'un ravissement sans fin. Elle fit lentement courir ses mains sur les muscles bandés de ses bras et les posa sur ses larges épaules. Puis elle parcourut son tartan, paume ouverte.

— J'ai rêvé du lion la nuit dernière, dit-elle en se rappelant sa rencontre imaginaire avec le fauve dans la prairie. En fin de compte, je ne crois pas être un oracle.

Il repoussa sa tête en arrière.

— Pourquoi ça ?

— Parce que j'ai rêvé que je lui disais qu'il n'avait aucun droit d'être en colère contre moi et qu'il rugissait à m'en faire trembler tout entière. Mais toi, tu ne rugis pas, Angus. Tu m'embrasses et tu m'aimes.

Il la regarda dans le glorieux soleil matinal.

— C'est vrai, mais je suis capable de te faire trembler de bien des manières, ma belle Écossaise. (Il souleva ses jupes et remonta lentement la main le long de sa jambe.) Comme ça, par exemple.

— Ah, je crois bien que tu as raison..., laissa-t-elle échapper, tout son être envahi par le désir.

Il lui massa doucement les fesses.

— Et ça ?

Elle ferma les yeux et hocha la tête, et son lion lui titilla l'oreille et lui embrassa la gorge jusqu'à ce qu'elle se pâme.

— Tu connais la suite ? demanda-t-il.

— Je crois que oui.

— Alors, il semble bien que tu aies toujours des prémonitions.

Gwendolen sourit.

— J'y croirai quand tu me feras rugir d'extase.

Il glissa un doigt dans le sexe brûlant de Gwendolen et commença à la caresser avec un art consommé.

— Il vaut mieux que je m'y mette immédiatement, alors, parce qu'il semble bien que j'aie quelque chose à prouver.

De fait, Gwendolen MacDonald, épouse d'Angus le Lion, grand guerrier écossais, trembla de la tête au pied ce jour-là, d'abord sur le toit de Kinloch, puis dans la chambre du seigneur des lieux – sur le lit, sur le sol, et sur son bureau aussi – jusque tard dans la nuit.

EN AVANT-PREMIÈRE

Découvrez la suite de la série
Le Highlander dans :

SÉDUITE PAR LE HIGHLANDER
(version non corrigée)

Bientôt disponible chez Milady Romance

Traduit de l'anglais (États-Unis)
par Patricia Lalande

Prologue

Kilmartin Glen, Highlands d'Écosse
Décembre 1718.

Désir. Envie. Sexe.

Dans son rêve, il se noyait dedans, s'enfonçant de plus en plus profondément dans l'océan d'un besoin aussi éperdu qu'impétueux. Des mains douces parcouraient et caressaient son torse et ses épaules tandis que des bouches humides et chaudes lui léchaient le ventre.

Son nom était Lachlan MacDonald. Il était Seigneur de Guerre de Kinloch Castle, combattant aguerri et le plus notoire séducteur de toute l'Écosse. Pourtant, il n'en aimait qu'une seule, mais elle n'était plus qu'un souvenir vague et fugitif dans son esprit.

Où était-elle dans ce rêve ? En faisait-elle seulement partie ? Et s'agissait-il vraiment d'un rêve ? Cela ressemblait plus à la mort. Mais si tel était le cas, ils seraient réunis, n'est-ce pas ?

Le tourbillon des eaux autour de lui s'intensifia. Non, elle n'était pas là. Pas en ce lieu. Il ne connaissait aucune de ces femmes. Soudain, il se rendit compte qu'il ne pouvait plus respirer.

Lachlan se réveilla en sursaut, aspirant une grande goulée d'air glacé. Il tenta de s'asseoir mais n'y parvint pas. Ses bras étaient tendus en arrière, chaque poignet immobilisé par une corde. Ses jambes étaient écartées et ses chevilles ligotées. Il était allongé dans une sorte de fosse, un ciel clair et étoilé face à lui.

Une douleur lancinante, pire que la mort, lui vrilla soudain le crâne, et il poussa un hurlement de rage. Il banda ses muscles, secouant et tirant sur ses liens. En vain. Il était solidement attaché et son corps était faible. La nausée lui brûlait les entrailles. Il cessa toute tentative et scruta les ténèbres qui l'entouraient. Quatre murs de pierre se dressaient autour de lui. Il était étendu sur un lit de cailloux glacés.

Ce n'était pas une fosse : c'était une tombe à ciel ouvert. Une ciste datant de l'antiquité.

Lachlan serra les poings et hurla de rage, mais cela eut pour seul effet de l'étourdir, et la tombe se mit à tournoyer en cercles vertigineux devant ses yeux.

Avait-il été drogué ? Si oui, par qui ? Et, au nom du ciel, comment s'était-il retrouvé là ?

Tâtonnant dans une épaisse brume d'incompréhension, il s'efforça de se souvenir de ses derniers faits et gestes. Il avait voyagé seul jusqu'à Kilmartin Glen, en mission pour celui qui était à la fois son cousin et son chef, Angus MacDonald, seigneur de Kinloch Castle. Il avait fait halte dans la taverne pour prendre son repas de midi…

Sa respiration laborieuse s'accéléra et il exhala une rapide succession de petits nuages de vapeur dans l'air nocturne glacé.

Les images lui revinrent lentement en tête. Il y avait une femme. Il était parti avec elle vers les bottes de foin dans le champ. Elle avait gloussé et éclaté de rire lorsqu'il avait glissé ses mains sous ses jupes pour les retrousser tout en soufflant dans le creux de son oreille. Après cela, il ne subsistait plus rien dans son esprit. C'était comme s'il était simplement tombé dans son rêve.

Des bruits de pas retentirent et une silhouette apparut au-dessus de lui, au pied de la tombe béante. Une femme. Il l'observa alors qu'elle se mouvait telle une ombre devant la lune. Elle se pencha en avant pour ramasser quelque chose... Un seau de bois avec une anse de corde. Puis elle se redressa et posa les yeux sur lui.

Il était désorienté mais, par le ciel, il reconnaissait cette silhouette ! Il s'agissait de Raonaid, l'oracle. Il y avait un mois de cela, elle avait juré de lui faire regretter amèrement le jour où il l'avait exilée de Kinloch Castle.

— Raonaid...

Lachlan n'avait jamais redouté la mort avant ce jour, mais cette femme suscitait en lui une terreur infernale. Ses pouvoirs venaient de l'au-delà et du fond des âges, et à l'instant où il l'avait vue pour la première fois, il avait senti tout son venin. C'était la raison pour laquelle il avait poussé Angus à la bannir de Kinloch.

Elle fit un pas en avant et déversa le contenu du seau sur lui. Il était rempli d'os, qui cliquetèrent en s'écrasant sur son kilt. Lachlan frémit de dégoût.

— Ce sont là les ossements de tous tes anciens amants ? demanda-t-il.

Raonaid serra les pans de sa jupe entre ses mains et se laissa tomber dans la fosse. S'installant à califourchon au-dessus de lui, elle frotta ses fesses sur les hanches du captif.

— Si tu espères me chevaucher, grogna-t-il à travers ses mâchoires crispées, tu seras déçue de ne pas me voir à la hauteur de la situation.

Elle était belle femme, l'une des plus désirables de toute l'Écosse, avec son épaisse chevelure rousse et son corps voluptueux, ses seins opulents et généreux, et son visage d'ange. Mais il n'avait que mépris pour elle.

— Ce n'est pas toi que je veux, dit-elle, les yeux brillant de haine et d'hostilité. Je n'ai jamais voulu de toi. En revanche, Angus a été mon amant pendant plus d'une année… jusqu'au jour où tu es arrivé et où tu me l'as arraché.

C'était une véritable torture pour Lachlan de garder les idées claires avec cette douleur qui martelait son cerveau.

— Angus n'est pas né pour partager ta couche, répondit-il d'une voix pâteuse. Sa place est de mener les MacDonald, d'être leur chef et le seigneur de Kinloch Castle, et je l'ai aidé à regagner cette fonction qui est naturellement sienne. Si tu tenais véritablement à lui, tu ne l'aurais jamais soustrait à sa destinée. Tu l'aurais laissé partir.

Elle se pencha en avant.

— Mais Angus a été contraint d'épouser la fille de son ennemi, murmura-t-elle au creux de son oreille. Non, Lachlan, c'est toi qui l'as poussé malgré lui à revenir à un monde et une vie qu'il avait laissés derrière lui, et tu lui as empoisonné l'esprit à mon sujet.

Raonaid s'assit et sortit un petit poignard de sa botte. Lentement, avec un air moqueur, elle fit passer à plusieurs reprises la lame devant les yeux de Lachlan, puis sa main s'abattit vers lui et elle lui sectionna une mèche de cheveux.

— J'aurai besoin de cela pour que le sort se prolonge indéfiniment, dit-elle.

D'un geste vif, elle passa la pointe acérée du couteau en travers de sa joue, l'écorchant.

— Et de cette goutte de sang, reprit-elle.

Dans un accès de rage, Lachlan se raidit et tenta de la désarçonner d'un coup de hanche, mais elle se contenta de rire, comme si tout cela était trop facile.

Quelle que soit la substance qu'elle lui avait fait prendre, elle faisait toujours effet sur son cerveau. Ce mouvement brusque lui avait fait tourner vertigineusement la tête. Des ombres vinrent obscurcir son champ de vision et la nausée le gagna. Il ferma les yeux et sentit un mince filet de sang couler le long de sa joue et s'infiltrer dans son oreille.

Lorsque enfin la sensation de vertige s'estompa, il leva les yeux vers elle.

— Tu veux me vider comme un poisson ? demanda-t-il. Est-ce que cela satisfera ton besoin pervers de vengeance ?

— Non, ce serait trop facile. Ce que je désire vraiment, c'est que tu souffres. Et ce, pendant les nombreuses années qui vont suivre.

Elle prit un des os sur les cailloux, à côté de lui, et murmura une nouvelle fois au creux de son oreille :

— Je sais pour ta femme.

Se servant de l'arête de l'os, elle racla le filet de sang qui s'écoulait sur sa joue. Les nerfs de Lachlan se glacèrent. Il se pétrifia sous elle, et sa fureur se déchaîna tout au fond de lui.

— Je sais qu'elle est morte dans la souffrance en mettant un fils au monde, poursuivit Raonaid. Elle a hurlé et pleuré, aurait tout donné pour que l'enfant survive, mais hélas, tu les as perdus tous les deux. C'était il y a dix ans, jour pour jour. Tu ne t'en souvenais pas quand tu as entraîné la souillon dans les bottes de foin ?

Évidemment qu'il le savait. C'était même la raison pour laquelle il l'avait fait. Il lui fallait penser à autre chose.

— C'est elle qui m'a empoisonné ? demanda-t-il. Tu l'as soudoyée ?

— Non, elle m'a juste facilité la tâche. Il m'a été aisé de verser le poison dans ton vin pendant que tu la courtisais et l'enjôlais, lui faisant croire qu'elle était l'unique amour de ta vie.

Les lèvres de Lachlan frémirent et il serra fortement les poings. Les cordes craquèrent quand il tira dessus de toutes ses forces.

— Il est trop tard pour te libérer à présent, dit Raonaid. Le sort est jeté. Il l'était déjà avant ton réveil.

— Tu m'as ensorcelé ? dit-il, renouvelant ses efforts pour se libérer et se débattant vigoureusement sous elle.

Elle se redressa et sortit du trou, avant de le considérer de toute sa hauteur.

— Tu as tué la femme que tu aimais en déposant ta semence dans ses entrailles, et pourtant tu continues à séduire et à coucher avec toutes les donzelles qui croisent ton chemin. Tu aurais couché avec moi, Lachlan, si je l'avais voulu, la première fois que nous nous sommes rencontrés.

— C'était avant que je sache à quelle espèce de sorcière rancunière j'avais affaire.

Elle se pencha en avant et ramassa le seau vide.

— Je ne contredirai pas que je ne sois pas du genre à pardonner, mais si j'avais été une proie plus aisée, tu aurais couché avec moi avant d'avoir le moindre soupçon quant à ma malice. Avec combien d'autres « sorcières rancunières » as-tu couché ? Le sais-tu seulement ?

Il n'avait rien à répondre, car il restait rarement assez longtemps avec une femme pour apprendre à la connaître.

— Je me doutais bien que tu l'ignorais toi-même, dit Raonaid, ce qui est la raison pour laquelle j'ai choisi une malédiction tout appropriée.

Il attendit en silence qu'elle détaille le sort pervers qu'elle lui avait réservé. Une légère brise faisait onduler la jupe de la jeune femme.

— À compter de ce jour, chaque femme qui écartera les cuisses pour toi tombera inéluctablement enceinte et mourra en couches. Tu ne pourras rien y faire. Une nuit avec Lachlan MacDonald équivaudra à une sentence de mort pour toute drôlesse assez stupide pour succomber à tes charmes, et l'enfant sera mort-né.

Sur ces mots, elle se détourna et s'éloigna. Lachlan lui cria après et se débattit violemment, mais elle ne revint pas. Le bruit de pas s'évanouit peu à peu dans la nuit.

Des heures plus tard, il entrouvrit les yeux. Le soleil se levait. Ses liens avaient disparu. Il y avait du givre dans l'air. Il pouvait voir la vapeur de son souffle. Ses joues et ses lèvres étaient engourdies en raison du froid. Sa tête l'élançait toujours. La douleur était si intense qu'il roula de côté et vomit tout ce qu'il avait dans l'estomac.

Faible et tremblant, frissonnant de manière incontrôlable, Lachlan s'extirpa de la ciste. Il était debout sur un cairn d'au moins douze mètres de diamètre, quelque part aux environs de Kilmartin Glen. Il baissa la tête. Un cercle de minuscules pierres debout faisait le tour de la tombe, lui-même entouré par un second cercle de pierres, plus hautes celles-là. Des menhirs. Il était dans un cromlech.

Lachlan souffla dans ses mains pour les réchauffer, puis il posa un doigt sur le sang séché sur sa joue.

Il avança en chancelant sur le lit de roches branlantes et gagna l'extrémité du cromlech, au-delà duquel l'herbe était recouverte d'une couche de givre. Il se laissa tomber à genoux, puis s'effondra sur le dos. Clignant les yeux au ciel du matin, il évalua la situation.

Il n'était pas superstitieux et n'avait jamais cru aux dons de Raonaid, à l'inverse d'Angus. Mais comment vivre ainsi si la malédiction était bel et bien réelle ?

Roulant de côté avant de se mettre à quatre pattes, il toussa et se redressa maladroitement. Comme il repartait en direction du village, il fit le serment de retrouver Raonaid. Peu importait le temps que cela prendrait, ou les distances qu'il lui faudrait parcourir, il la retrouverait. D'une façon ou d'une autre, il la contraindrait à lever le sort qu'elle lui avait jeté.

Peut-être menacerait-il de la tuer au moyen de sa propre malédiction.

Oui… Cela l'inciterait assurément à réfléchir. Cette idée lui donna du courage.